KB008460

로크미디어가
유혹하는
재미있는 세상

신컨의
원코인
클리어

## 신컨의 원 코인 클리어 1

2023년 2월 14일 초판 1쇄 인쇄
2023년 2월 17일 초판 1쇄 발행

**지은이** 아케레스
**발행인** 강준규

**기획** 이기헌 왕소현 박경무 강민구 조익현
**책임편집** 오영란
**마케팅지원** 이원선

**발행처** (주)로크미디어
**출판등록** 2003년 3월 24일
**주소** 서울시 마포구 마포대로 45 일진빌딩 6층
Tel (02)3273-5135 **Fax** (02)3273-5134
**홈페이지** rokmedia.com **E-mail** rokmedia@empas.com

ⓒ 아케레스, 2023

값 9,000원

ISBN 979-11-408-0737-6 (1권)
ISBN 979-11-408-0729-1 04810 (세트)

# 신 컨 의
# 원 코 인
# 클 리 어

아케레스 퓨전 판타지 장편소설 ①

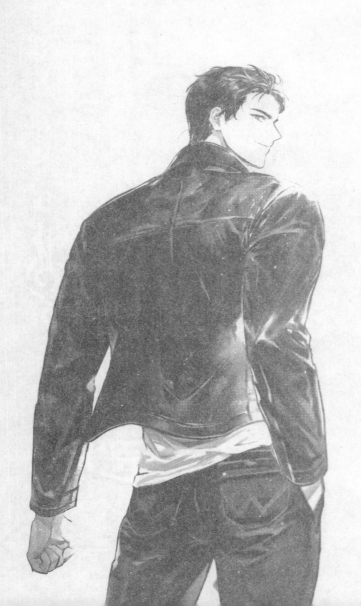

# Contents

# 프롤로그+접속 (1)

가상현실 게임 '단탈리안'.

출시된 지 8년이 된 장수 게임이다.

장르는 판타지, 미궁 탈출 로그라이크.

다른 유저와 상호작용이 가능한 온라인 서비스를 지원했다.

단탈리안은 출시와 동시에 가상현실 게임계에 지각변동을 일으켰다.

싱크로율 99%, 수천만 번 도전해도 동일 패턴 반복 없음.

단탈리안이 선보인 경이로운 기술력은 전 세계의 가상현실 게이머를 열광의 도가니에 빠뜨리기 충분했다.

이전까지 1위의 왕좌를 차지해 온 격투 게임 '킹 오브 피스트'는 대거리도 제대로 못 해 보고 바닥으로 추락했다.

1위를 차지한 단탈리안은 얼마 지나지 않아 동시 접속자 2억 명을 달성했다. 그러고도 상향 곡선은 사그라지지 않았다.

명백히 비정상적인 추세.

그것보다 더 비정상적인 건 그 많은 유저가 5년 동안 게임을 플레이했는데도 클리어한 사람이 나오지 않았다는 사실이다.

전문가들은 단탈리안이 비정상적인 난이도에도 불구하고 천문학적인 인기를 얻은 이유를 이론적으로 밝혀내지 못했다.

싱크로율 99%라는 SF적 기술력이 선사하는 초월적 감각이 비정상적인 중독성을 불러일으키는 게 아니냐는 추측만 무성할 뿐이었다.

꽈직.

태양의 주먹이 마지막 스켈레톤의 턱뼈를 으스러뜨렸다.

―?ㅋㅋ 원래 얘네 이렇게 약했냐?
―이상하다. 스켈레톤 원원투 하이킥에 골통 부서진 게 엊그제 같은데.
―엌ㅋㅋ 스켈레톤한테 골통이 박살 남?
―보통 사람이면 박살 남. ――
―이렇게 약할 리가 없는데; 하향된 거 아님?

신전
원 코인
클리어

-단탈리안에 밸런스 패치가 어디 있음. ㅋㅋ

"이제야 감이 좀 잡히네."
이리저리 팔을 휘돌리며 신체를 점검하는 태양.
그리고 그 뒤로 무수히 널브러져 있는 스켈레톤의 잔해들.
말이 안 되는 장면이었다.
-아무 보정도 없는 기본 캐릭터 맞지?
-1층 첫 번째 스테이지, 망자의 탑 맞는데.
-아니, 씨ㅂ 이거 뭐야. 말이 돼?
-ㄷㄷ 이게 킹피 고인물인가?
태양이 씨익 웃었다.

⁂

양복을 입은 한 남자가 다리를 꼰 채 한 알록달록한 그래프를 보고 있다.
현재 접속자 수 299,999,995
천문학적인 숫자를 담은 그래프는 아주 미미한 상승세를 그리고 있었다.
현재 접속자 수 299,999,998
남자의 긴 속눈썹이 미려하게 내려앉았다 다시 올라갔다.
현재 접속자 수 300,000,005

"3억."

붉은 입술이 유려한 호선을 그렸다.

남자가 희고 얇은 손가락을 들어 입술을 톡, 톡 쳤다.

"이 정도면……."

남자의 눈에서 푸른빛이 일렁였다.

그 빛은 지구에 사는 인간의 상식으로는 설명할 수 없는 무언가였다. 이윽고 기하학적인 도형이 빼곡하게 들어찬 마법진이 모니터를 감쌌다.

도형은 모니터를 잠식하고, 전선을 침범하여 가상현실 게임 단탈리안의 서버를 담당하는 슈퍼컴퓨터의 본체에 도달했다.

투웅.

얼마 지나지 않아 세계 곳곳의 인터넷 신문사가 속보를 내보냈다.


　　속보! 가상현실 게임 단탈리안, 치명적 오류 발견. 사망자 속출…….


꽃無

초월 진각 - 선풍권.

꽈지지직.

반인반마(半人半魔)의 주먹이 초월적 전자기를 휘감았다.

맞으면 뼈아픈 데미지를 입고, 풀 콤보를 얻어맞겠지.

막는다면?

상태 이상 감전에 걸린다. 감전은 피격 데미지 증폭, 반응 속도 감소 효과를 가진 뼈아픈 디버프다.

꾸웅.

초월 진각.

싱크로율 70%를 유지하고, 0.1mm의 오차도 없이 모션을 이행해야 이펙트가 발동한다.

어려운 만큼 메리트가 큰 기술이다.

물론 대처 방법이 없는 건 아니다.

맞지도 말고, 막지도 말고, 피하면 된다.

가장 좋은 건 피하는 김에 내 기술을 때려 넣는 거다.

지금처럼.

훅.

허리를 숙이며 전진한다.

권투 선수들이 흔히 '더킹'이라고 부르는 움직임이다.

번개를 휘감은 주먹이 태양의 이마를 스쳤다.

짜지지직!

짜릿하다.

종이 한 장만큼만 더 움직였어도 피격 판정이었다.

동시에 앞발을 내딛는다.

방금 저 반인반마가 밟은 보법과 똑같은 경로로.

초월 진각 – 승룡권.

꽈지지지직.

오른팔에 미증유의 힘이 깃들었다.

태양의 앞에서 주먹을 휘두르는 반인반마, 아이작의 얼굴이 왈칵 일그러졌다.

피식.

태양은 참지 못하고 웃고 말았다.

어떡하냐. 내가 잘하고, 네가 못 하는 걸.

뻐억.

아이작의 턱에 태양의 주먹이 꽂혔다.

선풍권의 모션이 끝나기도 전이라 아이작은 어떤 대처도 할 수 없었다.

클린 히트(Clean Hit).

-아아아! 태양, 태양, 태양! 신기에 가까운 피지컬!

-초월 진각을 맞초월 진각으로 회피! 월드 챔피언십 결승전에서! 감탄만 나오는 선수예요, 윤태양!

이후는 쉽다.

선풍권, 승룡권, 중단 무릎 치기. 상대방의 심리를 파악할 것도 없이 콤보를 욱여넣는 과정이다.

태양은 슬쩍 눈을 들어 아이작의 체력 게이지를 확인했다.

잽 한 대만 맞아도 죽을 피다.

그럼 마무리로.

태양격(太陽格).

태양격.

아직 킹 오브 피스트가 쇠락하지 않았을 때, 제작진이 태양을 위해 헌정한 기술이었다.

최고 난도 모션과 화려한 이펙트, 그에 걸맞지 않은 한심한 데미지의 기술.

모션을 성공적으로 마치자 주먹이 화르륵 작열하기 시작했다. 태양이 허공에서 미처 내려오지도 못한 아이작의 얼굴을 보았다.

잔뜩 일그러진 얼굴이 인상적이었다.

번쩍!

경기 화면이 점멸했다.

—아아! 태양격! 투신 윤태양 선수! 킹 오브 피스트가 헌정한 자신의 시그니처 기술로 월드 챔피언십 결승전을 마무리합니다! 믿기지 않는 기록! 5연패입니다!

치이익.

캡슐이 열렸다.

후욱, 상쾌한 공기가 땀 맺힌 태양의 얼굴을 훑었다.

정정.

남자 혼자 사는 자취방 공기가 상쾌하진 않았다.

태양이 컴퓨터 앞으로 다가갔다.

온라인으로 중계되는 킹 오브 피스트 월드 챔피언십.

해설자들의 소란이 한창이었다.

시청자는…… 4,602명.

전 세계를 대상으로 서비스하는 게임이라기에는 적은 숫자였다. 한때는 10만을 우습게 넘던 시절도 있었다.

그나마 이 정도 숫자가 나온 것도 월드 챔피언십 결승전이라는 타이틀이 걸렸기 때문이라는 게 더 슬펐다.

─비운의 준우승자! 아이작과 인터뷰를 시작하겠습니다!

아이작 아킨페프. 불쌍한 녀석이다.

다른 선수들 사이에선 언터처블(Untouchable)로 통하지만, 하필 태양과 동시대 사람인 바람에 항상 2인자에 머무르는 녀석.

이번으로 결승전에서만 태양과 네 번째로 붙었다.

잠깐 다른 생각을 하는 사이 인터뷰가 막바지로 치달았다.

─아이작! 우승자 윤태양 선수에게 한마디 하시죠!

─다, 다음엔 내가 이긴다. Fuck!

─역시 화끈합니다.

어쭈, 한국말도 배워 왔다.

그래도 욕은 제 정체성을 잃지 않았다.

씨발까지 배워 왔으면 만점인데.

세계 대회라고는 해도, 인터넷 방송이나 다름없는 규모인지라 저렇게 욕을 해도 상관없다.


─렘뒷발상필: ㅋㅋㅋㅋ 아이작좌 오늘도 2등.

─할머니리어카부수는아이작: 눈물… 나 같으면 킹피 때려

쳤다.

　─뉴비는4초진부터: ㄹㅇ. 단탈리안이나 하지. 왜 이런 똥겜을 붙잡고서 난리인지...

　─킹피재림기원: ? 단탈리안 소식 못 들음? 지금 조졌는데?

　─그럼 다음으로 우승자! 5연패의 주인공! 윤태양 선수를 만나 보겠습니다.

　인터뷰.

　킹 오브 피스트 선수로서 하는 인터뷰는 익숙하기 그지없다.

　묻는 것은 항상 비슷하다.

　5연패인데 긴장되지 않았냐. 초월 진각에 맞초월 진각으로 대처할 생각은 대체 어떻게 한 거냐. 새로운 역사를 써 내려가는 기분이 어떠냐.

　당연히 대답 역시 평소와 다를 바 없다.

　긴장됐지만 잘 이겨 냈다. 그냥 했다. 좋다.

　─킹피재림기원: ㅋㅋ 윤태양 매크로 on

　─렘뒷발상필: 쟨 항상 대답이 똑같냐?

　─뉴비는4초진부터: 감흥이 있겠냐? 나왔다 하면 우승인데.

　아, 다른 대답도 하나 있었다.

　─아이작 선수가 윤태양 선수에게 한 말이 커뮤니티에서 화

제인데요. 아이작 선수에게 한마디 해 주실 수 있을까요?

"아, Fuck?"

"하하하. 네. 그거요."

태양이 캠을 바라보고는 픽 웃었다.

"너무 상심하지 마. 상대가 나잖아."

킹 오브 피스트는 모션 기반의 격투 게임으로, 유저 본인이 실제 행동을 취해야 기술이 발동되는 하드코어한 게임이었다.

라이트 유저를 위해 보정이 꽤 크게 들어간 버전도 있었지만, 프로 게임은 당연히 그런 보정 따위는 없다.

킹 오브 피스트의 프로 게이머들은 현실에서 해당 기술을 연습했다. 고작 게임에 그렇게까지 하냐는 말이 나올 법도 하지만, 연봉이 억 단위가 넘어가는 시점에서 게임은 즐기는 놀이가 될 수 없었다.

연습은 치열했다.

기술의 형태적인 완성도 부분에서 킹 오브 피스트 프로 게이머가 현역 격투기 선수보다 더 많이 뛰어다닌다는 연구 결과도 있을 정도였다.

뭐, 과거의 이야기지만.

킹 오브 피스트가 과거의 영광이 되어 버린 이 시점에서 그렇게까지 하는 사람은 태양과 아이작, 줄리아 정도밖에 없었다.

대회는 고인물화되고, 올라오는 사람이 맨날 올라오고, 재미는 없어지고.

악순환의 연속이다.

털썩.

"좋다!"

태양이 푹신한 소파에 쓰러지듯 누웠다.

그리고 조각같이 갈라진 팔로 스마트폰을 들었다.

오늘만큼은 모든 것을 잊고 즐길 생각이었다.

태양이 그의 동생, 별림에게 전화를 걸었다.

"받아라. 받아라."

보통 남매는 남보다 못한 사이라고들 많이 하는데, 별림과 태양은 사이가 돈독한 편이었다.

어려서 부모님을 여의고, 서로 의지하며 성장한 탓이 컸다.

-고객이 전화를 받지 않아 삐 소리 이후 음성 사서함으로…….

태양이 입술을 삐죽였다.

"방송 중인가."

이해하지 못할 것도 없었다.

별림의 직업은 게임 스트리머였다.

전화를 포기한 태양은 스마트폰을 또닥였다.

오빠 우승했다. ^^

당연히 답장은 오지 않았다.

"⋯⋯그래도 월드 챔피언십 결승인데. 좀 봐 주지."

별림은 태양과 남매 사이라는 걸 밝히기 싫어했다.

밝히면 자신의 이미지가 '태양의 동생'이라는 이미지에 덮일 게 분명하다나.

맞는 말이긴 했다. 과거의 영광이긴 하지만 태양의 인지도는 어지간한 연예인 수준이니까.

태양은 게임 전문 사이트에 접속했다.

킹 오브 피스트 월드 챔피언십 5연패.

태양 자신이 생각해도 전설적인 업적이었다.

"이게 뭐야."

한참 스마트폰을 뒤적거리던 태양의 입술이 뚱 나왔다.

사이트가 온통 가상현실 게임 단탈리안의 이야기뿐이었기 때문이다.

"단탈리안이 뭐라고!"

곧 동시 접속자 3억을 찍을 추세라니 대단⋯⋯하긴 하지만 여긴 한국 사이트고, 한국인인 내가 킹 오브 피스트 월드 챔피언십 우승을 했는데!

어떻게 기사 한 줄이 없을 수가 있냐고!

태양은 뚱한 얼굴로 기사를 클릭했다.

이내, 그의 눈동자가 급격하게 확장됐다.

　가상현실 게임 단탈리안, 치명적 오류 발견. 사망자 2천만 명 추정
　세계적으로 선풍적인 인기를 끌고 있는 가상현실 게임 단탈리안에
사용자를 사망에 이르게 하는 치명적인 오류가 발견되어 세계 각국에
비상이 걸렸다. 단탈리안은 동시 접속자가 3억에 다다르는 메가 히트
게임으로…….

태양이 벌떡 일어났다.
단탈리안.
별림이 주로 하는 게임이었다.
치명적 오류라고? 목숨을 잃을 정도로?
그때 태양이 들고 있던 스마트폰이 진동을 울렸다.
발신자는 현혜였다.
어렸을 때부터 알아 온 소꿉친구이자, 별림이와 같은 게임 스
트리머.
그녀의 주력 게임 역시 단탈리안이다.
"여보세요?"
긴장한 탓인지 입술이 바싹바싹 말랐다.
－너 별림이랑 연락돼?
"나 대회 방금 끝났잖아."
잠시 정적이 이어졌다.

태양이 조급하게 물었다.

"단탈리안 기사 봤어. 혹시 별림이 지금 접속해 있는 상태야?"

─모르겠어.

태양은 삽시간에 머리에 피가 식는 걸 느꼈다.

별림은 태양의 유일한 피붙이었다.

어린 시절 온 가족을 덮친 화마에서 건져 낸 마지막 피붙이.

기억 속 태양의 아버지가 씨익 웃었다.

─믿는다. 아들!

태양이 초조하게 머리를 쓸어 넘기며 입을 열었다.

"나 지금 상암동으로 바로 갈게. 미안한데 부탁 하나만 하자."

─내가 먼저 별림이네로 가서 확인해 볼게. 그거지?

먼저 말하지 않아도 찰떡같이 알아듣는다.

이럴 땐 현혜의 빠른 눈치가 고마웠다.

"부탁한다. 확인하고 바로 연락 줘."

전화를 끊고, 얼굴이 백지장처럼 새하얘진 태양이 자취방을 박차고 나갔다.

태양과 현혜는 침울한 채 별림의 방에 앉아 있었다.

짧은 사이, 사태는 꽤 파악됐다.

사람들은 게임 안에서 사망하면 실제로 사망한다는 사실을 알아냈다.

　심장이 멈춘 것이다. 끔찍했다.

　유족들이 할 수 있는 건 시체가 되어 버린 유저를 캡슐에서 꺼내는 것밖에 없었다.

　방송을 송출하고 있던 스트리머들의 방송이 끊기지 않았고, 이를 통해 게임 속에 있는 유저들과 소통할 수 있다는 것도 알아냈다.

　현재, 문제 해결은 전혀 되고 있지 않았다.

　각국의 정부는 허겁지겁 단탈리안의 다운로드를 막았지만, 의미 없는 일이었다.

　3억이라는 천문학적인 인구가 접속해 있었으니까.

　몇몇은 추가 접속자를 막기 위해 가상현실 캡슐도 전량 회수해야 한다고 외쳤지만, 가상현실 캡슐은 21세기 컴퓨터와 같은 역할을 하고 있어서 캡슐을 회수한다는 규제는 현실적으로 불가능한 실정이었다.

　세계는 뒤늦게 책임을 묻기 위해 단탈리안 관계자를 찾았다.

　이쪽의 상황은 더 놀라웠다.

　회장은 실종, 대표 이사는 유서도 없이 자택에서 목을 맸다.

　하와이에서 휴가를 즐기던 팀장급 인사는 강도에게 총을 맞았고, 브라질에 출장을 간 또 다른 인사는 마피아에게 린치당해서 죽었다는 소식이 전해졌다.

이 밖에도 주식회사 단탈리안의 고위 임원진이거나 '이었던' 사람들까지도 하나 같이 자취를 감추거나, 죽었다.

팀장 이상 계급 인원이라면 단 한 명도 빠짐없이.

21세기 현대 사회에서 벌어졌다고 말하기엔 지극히 비현실적인 이야기.

현혜가 조심스럽게 입을 열었다.

"스트리머들이 바깥소식을 안으로 전했대. 별림이도 그런 사람들이랑 같이 있을 가능성이 크니까 걱정하지 마. 생체 반응이 있는 걸 보면, 죽지는 않은 거니까…….."

"별림이도 스트리머잖아. 왜 별림이는 방송 안 켜?"

"방송 안 켜고 게임만 하고 있던 모양이야. 원래 켜져 있던 방송은 계속 송출되는데, 게임 안에서 새롭게 송출 프로그램을 조작할 수가 없대."

"그게 뭐야…….."

태양이 까치집이 된 제 머리를 두 손으로 움켜쥐었다.

# 접속 (2)

캡슐 속의 별림은 미동도 하지 않았다.

하루아침에 여동생을 잃은 태양은 넋이 나간 사람처럼 지냈다.

"이게 무슨 일이람."

현혜가 별림의 밀린 설거지를 하며 한숨을 포옥 내쉬었다.

별림도 그렇고, 태양도 그렇고 현혜에겐 가족 같은 사람들이었다.

하루아침에 상황이 이렇게 변하니 그녀도 마음이 좋지 않았다.

"현혜야, 이것 봐 봐."

머리가 온통 산발이 된 태양이 스마트폰을 들이밀었다.

가상현실 게임 단탈리안의 룰 북(Rule book)이었다.


규칙 0. 모든 스테이지를 클리어하면 자동 로그아웃된다.

규칙 1. 클리어 형식에 제한은 없다.

규칙 2. 차원 미궁 안에 존재하는 모든 존재는 죽일 수 있다.


…….

논란의 발단은 '규칙 0. 모든 스테이지를 클리어하면 자동 로그아웃된다.'에서 시작했다.

단탈리안에 아무 문제가 없었을 때는 전혀 의미 부여가 되지 않던 조항이었다. 하지만 유저들이 게임에 갇힌 채 로그아웃을 할 수 없게 된 지금은 이야기가 달라졌다.

개발진이 애초에 이 상황을 예견하고 적어 둔 문구라는 의견이 고개를 쳐든 것이다.

물론 현혜도 본 글이었다.

그녀가 반쯤 억지로 미소 지었다.

"다행이다. 그분들에겐 죄송한 이야기지만, 랭커분들도 많이 접속해 있다고 들었어. 그분들이 클리어하기를 기다리면……."

"최고 기록이 50층이라며."

단탈리안은 72층까지 있었다.

즉, 이제껏 게이머들은 60%를 간신히 넘긴 수준에 불과했다.

현혜가 입을 꼭 다물었다.

단탈리안은 '미친' 난이도로 유명한 게임이었다.

미치도록 어려운 난이도와 공략을 만들 수 없는 다양성, 그리고 말도 안 되는 완성도를 구현한 게임.

"딱 말해."

"……뭘?"

"그 사람들이 깰 수 있는 거 맞아?"

현혜는 선뜻 대답하지 못했다.

싸구려 위안을 해 준답시고 거짓으로 대답하기에는 질문의 무게가 너무 무거웠다. 당장 태양의 피붙이인 별림이 캡슐 안에 들어가 있었기 때문이다.

"……그걸 왜 묻는데?"

"안 될 것 같으면 내가 들어가려고."

현혜가 놀라서 소리쳤다.

"미쳤어? 수천만 명이 수천, 수만 번 도전해도 클리어한 사람이 없다니까?"

"그러니까 내가 해야지. 나 킹피(킹 오브 피스트) 월챔 5회 연속 우승자야. 나보다 가상현실 게임 잘하는 사람, 공식적으로는 없어."

'컨트롤' 측면에서라면 확실히 그럴지도 몰랐다.

하지만.

현혜가 반박했다.

"킹 오브 피스트는 싱크로율 70%잖아! 70%랑 99%는……."

"하!"

태양이 사납게 웃었다.

싱크로율.

단탈리안 유저가 킹 오브 피스트 유저를 까 내릴 때 가장 많이 사용하는 주제였다.

"반대로 생각 안 해 봤어?"

"태양아."

"맞아. 나 70% 싱크로율에서도 허공에서 몸을 세 번 뒤집고 5초 만에 풀 콤보를 때려 넣어."

"……."

"내가 싱크로율 99%로 가면 어떨 것 같아?"

"……."

"말할 것도 없어. 날아다니겠지."

"해 보지 않았잖아."

"해 보지 않아도 알아. 오히려 그 이상일걸? 내 체질, 너도 알잖아."

현혜가 눈을 질끈 감았다.

태양은 단탈리안이 출시되고, 킹 오브 피스트가 무너져 가는 과정을 모두 지켜본 사람이었다.

2위, 3위, 5위, 12위, 300위, 순위권 밖.

킹 오브 피스트의 위상은 빠르게 무너졌다.

당연히 태양의 명성 역시 그 궤를 같이했다.

많은 사람이 태양에게 킹 오브 피스트를 버리고 다른 게임을 시작하는 게 어떻겠냐고 물었다.

하지만 태양은 킹 오브 피스트를 포기하지 않았다.

더 정확히 표현하자면, 포기할 수 없었다.

'빌어먹을 특이 체질.'

태양은 싱크로율이 70%가 넘어가면 가상현실 시스템의 통각 제어 장치가 통하지 않는 특이 체질이었다.

즉, 싱크로율 70%가 넘는 게임에 접속하기만 하면 강제로 통각의 싱크로율이 100%로 끌어 올려졌다.

게임 속에서 손가락이 잘렸을 때, 보통 사람의 뇌는 통각 제어 장치로 그 통증을 걸러 낸다.

하지만 태양의 뇌는 그 통증을 실제와 같이 받아들였다.

만약 태양이 단탈리안 속에서 죽기라도 한다면, 태양은 현실에서도 쇼크사로 죽는 것이다.

세계의 유수한 의사들에게 찾아가 봤지만, 이유는 알 수 없었다. 당연히 해결책을 제시한 사람도 없었다.

"그러다가 잘못되면 어쩌려고 그래?"

"이미 별림이가 이렇게 된 시점부터 너무 크게 잘못됐어."

"넌 다른 사람이랑 다르잖아! 전투 중에 크게 다치기라도 하면……."

"쇼크가 오거나, 더 심각한 경우에는 죽겠지."

현혜가 반박하려다, 태양의 눈을 보고 입을 닫았다.

"걱정하지 않아도 돼. 안 죽고, 안 맞고 깨면 되잖아."

태양의 눈은 이글이글 불타오르고 있었다.

마치 8월의 태양같이 뜨겁게.

"단탈리안, 내가 깬다."

킹 오브 피스트의 시대는 저물었지만, 세계에서 게임을 잘하는 사람은 여전히 나라고.

태양은 증명할 자신이 있었다.

⚜

"태양아, 다시 한번 생각해 봐. 이건 완전 미친 짓이라니까?"

현혜는 무려 16시간이나 잠도 자지 않고 설득했다.

TV에서는 연일 단탈리안의 피해, 사망자 소식이 보도됐다.

하지만 태양은 눈도 끔벅하지 않았다.

한 번 결정한 일은 무슨 일이 있어도 마음을 바꿔먹질 않는 황소고집.

윤 씨 가문의 특징이었다.

"안 도와줄 거면 그냥 가."

태양은 휴대폰에 시선을 고정하며 현혜에게 팔을 설레설레 휘둘렀다. 태양이 손가락으로 휴대폰 액정을 긁을 때마다 수많은 게시글이 드르드륵 내려갔다.

단탈리안은 어렵고, 정확한 공략법도 나와 있지 않지만 8

년이나 된 게임인 만큼 팁과 설정은 꽤 많이 밝혀져 있었다.

현혜가 태양을 보며 머리를 부여잡았다.

"그거 보고 단탈리안을 깨겠다고?"

단탈리안 게시판, 단탈리안 갤러리, 넥스트 로그라이크.

수많은 사이트가 있었지만, 신빙성은 그렇게 높지 않았다.

아무나 접근할 수 있는 사이트에는 일반 유저들이 똥 싸지르듯 올린 글 사이에 진짜배기가 가끔 1~2개 정도 끼어 있을 뿐이었다.

게임에 접속할 마음을 굳힌 태양은 닥치는 대로 그런 게시물들을 읽어 대고 있었다.

그 모습을 바라보던 현혜가 한숨을 내쉬었다.

"휴, 내가 졌다."

"응?"

"도와준다고!"

"진짜?"

태양이 휴대폰에 고정하고 있던 시선을 슬쩍 들어 현혜의 눈치를 봤다.

그 모습에 현혜는 손에 힘이 불끈 들어가는 걸 느꼈다.

하지 말라는 이야기를 할 때는 들은 체도 하지 않다가 도와준다는 말에 곧장 반응하는 태양의 모습이 얄밉기 그지없었다.

현혜의 마음을 아는지 모르는지, 태양은 곧장 자리에서 일어나 냉장고로 다가갔다.

"내가 손님을 집에 들여놓고 대접도 못 했네. 주스라도 줄까?"

"이미 꺼내 먹었거든!"

"그럼 다행이고."

태양이 히죽 웃었다.

현혜는 최고 기록 38층의, 나름 준랭커 소리까지 듣는 실력파 스트리머였다. 그녀가 도와준다면 게임 플레이가 훨씬 편해질 것이 분명했다.

솔직히 말하자면 단탈리안에 대한 제반 지식이 굉장히 부족한 상태라 그녀의 도움이 절실했다.

"좋아. 일단 게임 설명부터……."

"아, 대충은 알아."

"잠자코 들어. 확실한 게 좋으니까. 이거 다 설명해 주려면 앞으로 사흘 동안 떠들어도 모자라."

현혜의 말에 태양이 눈을 가늘게 뜨고 반박했다.

"사흘? 3일? 너무 긴데."

"뭐가 길어! 목숨이 걸린 일인데. 최소한의 준비는 하고 가야 할 거 아니야. 너도 너지만 별림이 목숨도 걸린 일이라는 거 몰라?"

현혜가 별림을 걸고넘어지자 태양이 깨갱 하고 쪼그라들었다. 그렇게 현혜의 교육이 시작됐다. 가히 고등학교 3학년 수험생을 가르치는 담임 선생님의 포스로.

"단탈리안. 판타지 로그라이크류의 게임. 목표는 직관적이야. 단탈리안이라는 이름의 차원 미궁에서 탈출하면 돼."

"음."

"한 층은 한 스테이지로 이루어져 있어. 스테이지를 클리어하면 다음 층, 다음 스테이지로 넘어갈 수 있는 구조인 거지. 야, 자는 거 아니지? 알아도 들으라니까?"

차원 미궁 단탈리안의 기초적인 구조부터.

"플레이어. 유저랑 NPC를 통칭해서 플레이어라고 불러. 탈출을 위해 플레이어는 미궁을 올라야 해. 때론 힘을 합치고, 때론 서로 죽이면서."

게임의 목표.

"탑은 총 72층까지 있는데, 15층, 36층을 기점으로 완전히 달라져. 그다음 분기점이 있는지는 모르겠어. 적어도 55층까지는 없어. 자냐?"

현혜가 15cm 자로 태양의 정수리를 때렸다.

"뭘 안 자. 방금 내가 뭐라고 했어? 기억 안 나지? 이거 중요하다니까? 탑은 총……."

그리고 탑의 세부적인 구조.

"NPC는 두 종류로 나누어져. 무협 세계 '창천'에서 온 무협계 NPC. 판타지 세계 '에덴'에서 온 판타지계 NPC."

"오, 무협이랑 판타지."

"익숙하지? NPC. 이 게임에서 가장 중요한 요소니까, 꼭 기억해 둬. 지능이 굉장히 높긴 한데 잘 이용하면……."

NPC의 활용처까지.

태양이 커뮤니티에서 이리저리 긁어모았던 B급 정보와는 다른, 랭커 사이에서도 정설로 받아들여지는 정확한 정보들.

현혜는 자신의 방송 영상, 혹은 다른 랭커들의 갖가지 영상을 보여 줘 가며 무려 일주일가량 밤낮으로 태양을 교육했다.

"큼, 이 정도면 대충 되겠다. 어때? 이제 대충 알겠지?"

쿵.

태양이 모니터에 머리를 박았다.

현혜가 그런 태양을 미심쩍은 눈초리로 쳐다봤다.

"……잘 기억하고 있는 거 맞아?"

"기억하고 있어."

태양이 반사적으로 대답했다.

대답하지 않으면 또 수업을 시작할까 무서웠다.

"제일 중요한 게 뭐라고?"

"……NPC. 그나저나 너 선생님 하지 그랬냐? 적성에 맞는 것 같아."

놀랍도록 태양의 수준에 딱 맞는 눈높이형 강의였다.

대치동에서 공부를 해 본 적은 없었지만, 대치동 1타 강사는 이런 느낌 아닐까.

감탄하는 태양을 보며 현혜가 입술을 삐죽 내밀었다.

"……적성에 맞는 거 아니야."

사실 현혜가 태양을 잘 가르칠 수 있었던 이유는 따로 있었다. 그녀가 태양의 재능을 부러워했기 때문이다.

 현혜는 피지컬 플레이보다 지능적인 부분에 강점이 있는 플레이어였다. 그래서 게임 플레이 중 피지컬적인 한계에 부딪혀 캐릭터가 죽음을 맞이하는 경우가 많았다.

 그녀는 전 세계의 게이머 중 열 손가락 안에 꼽힌다는 태양이 단탈리안을 했다면 어떻게 플레이했을까, 상상하고는 했다.

 그래서 종종 태양의 특이 체질이 개선되어서 단탈리안을 플레이할 수 있게 되면 어떻게 가르칠까 고민을 하기도 했었던 거고.

 '이렇게 진짜 가르치게 될 줄은 몰랐지만.'

 입맛이 썼다. 그녀가 상상했던 IF는 지금처럼 절박하고 극단적이지 않았다.

 "맞다. 태양이 너도 단탈리안 스트리밍 아이디 만들자."

 "내가? 왜?"

 "접속하기 전에 방송을 먼저 송출하면 될 거야. 방송 프로그램에 문제가 생긴 게 아니라 게임 내에서 접근 불가능한 거라고 하니까."

 "아니, 그러니까 왜?"

 현혜가 태양의 등허리를 쫘악 때렸다.

 "왜긴 왜야! 내가 알려 준 것들, 완벽하게 기억할 수 있겠어?"

 못 한다.

사람이 단기로 기억할 수 있는 정보량은 한계가 있으니까.

"야! 왜 때리고 그래. 말로 하지."

"답답하게 구니까 그렇지."

"그런데 그렇게 하면 송출할 수 있는 건 확실해? 게임 속에서 새로 송출하는 건 못 한다며?"

현혜가 스마트폰을 꺼내 들어 보여 줬다.

화면 속에서 푸른 눈의 외국인이 시끄럽게 웃고 있었다.

"실제로 성공했거든. 나는 너 같은 사람이 너뿐일 줄 알았는데, 아니더라."

"와, 그거 참 위안이 되는 이야기인걸."

"미친놈이야. 자기가 게임 속에 갇힌 3억 명을 구원하겠대."

자세히 보니 스트리머 이름이 MESSIAH였다.

메시아, 구원자라는 뜻이다.

"어? 본 얼굴인데?"

"나름 랭커급 유저니까. 내가 보여 준 영상 중에 있었겠지. 아무튼, 네가 방송을 켜야 내가 바깥에서 도움을 줄 수 있어."

"……난 킹피 방송도 안 켜는데."

"쓰읍!"

현혜가 다시금 오른손을 들자 태양이 곧바로 패배를 선언했다.

"켤게! 켜면 되잖아!"

태양이 단탈리안 스트리머로 데뷔하는 순간이었다.

# 망자의 탑

캡슐 안에서 태양이 중얼거렸다.

"방송 나와?"

"응, 나온다."

"오케이."

캡슐과 마이크를 직통으로 이은 덕분에 캡슐 안에서도 현혜의 목소리를 들을 수 있었다.

방송이 나오는 걸 확인한 태양은 설정을 이리저리 건드리기 시작했다.

"그런데 공개 방송으로 하자고?"

"응, 채팅 창은 숨길 수 있으니까 인 게임 도중에 방해받는 일은 없을 거야."

"할 필요가 있을까?"

"채팅에도 은근히 톡톡 튀는 생각들이 많아. 도움도 되고."

집단 지성은 때로 새로운 시각을 제공하기도 했다.

시청자들 사이에 현혜 이상의 고인물이 있는 경우도 종종 있었다. 물론 대부분이 쓸모없는 정보일 테지만, 그건 현혜가 걸러주면 되는 부분이다.

"넌 안 봐도 돼. 내가 보고 특별한 거 있으면 알려 줄게."

"시청자들한테 휘둘려서 막 이상한 오더 내리는 거 아니야?"

"나 이래 보여도 평균 1만 명이 보는 대기업 스트리머거든?"

"햐. 네 방송을 1만 명이나 보다니."

태양은 현혜의 계정을 매니저 계정으로 설정하고, 채팅 창에 관한 설정도 만졌다.

태양이 설정을 만지는 사이, 현혜가 감탄했다.

"햐, 나도 이런 캡슐로 게임 한번 해 보고 싶다."

"해 봤잖아."

"그건 맛보기지. 잠깐 하고 나왔잖아."

"단탈리안은 어차피 싱크로율 99퍼센트 고정인데 뭘. 그렇게 다른 것도 없다던데?"

"그래도. 기분이 다르잖아."

킹 오브 피스트 프로게이머인 태양의 캡슐은 최고 사양의 캡슐이었다. 장시간 누워 있을 경우를 대비한 마사지 기능은 물론이고, 장시간 이용 시 영양소 공급, 사용자의 신체 정보를 스캔

해 최적의 환경을 만들어 주는 기능도 있었다.

"이제 접속하면 돼?"

"응. 아, 잠깐만."

"왜?"

푸슉.

현혜의 조작에 캡슐 문이 열렸다.

게임에 접속하면 안전 문제 때문에 바깥에서 열 수 없지만, 게임에 접속하기 전에는 상관없었다.

현혜는 한참이나 태양의 얼굴을 빤히 바라봤다.

"뭘 봐."

"그냥."

"그냥?"

"'살아 있는' 너는 이게 마지막이 아닌가 싶어서."

태양이 팍 인상을 썼다.

"재수 없게 무슨 소리야."

"꼭 해야겠어?"

태양이 현혜를 바라봤다.

현혜의 눈동자에 여러 감정이 비쳤다.

걱정, 불안, 초조, 후회.

"지금 접속하면 평소보다 수십 배는 힘들 거야. 새로운 유저 유입이 없으니까. 1층부터 3층까지는 다른 유저들과 힘을 합쳐서 깨는 스테이지인데 너 혼자서……."

태양이 낮은 목소리로 말을 끊었다.

"현혜야, 별림이 일이잖아."

태양의 삶에서 가치를 가지는 건 많지 않았다.

킹 오브 피스트, 그리고 별림이 정도.

그리고 둘 중에 더 중요한 걸 꼽으라면 태양은 아무렇지도 않게 별림을 고를 사람이었다.

당연한 일이다.

가족이니까.

현혜가 씁쓸하게 웃었다.

"맞아. 별림이 일이네."

현혜는 잠시 망설이다가 캡슐 문을 닫았다.

시작할 때 선택할 수 있는 캐릭터는 5개였다.

검을 든 채 시작하는 용병.

단검에 경갑을 무장한 채 시작하는 강도.

창을 든 채 시작하는 경비병.

활과 화살을 든 채 시작하는 사냥꾼.

그리고 천 옷에 신성 시너지 카드를 하나 들고 시작하는 몽크.

"큼, 현혜야. 들려?"

―들려. 너도 들려?

"어. 들린다. 누구 선택하라고? 몽크?"

―응, 몽크.

각 캐릭터는 시작할 때 주는 장비를 제외하고는 아무 차이도 없었다. 주어진 장비는 초반 플레이어의 플레이 스타일에 관여할 뿐이다.

그런 의미에서 무기도 주어지지 않고, 방어구가 아닌 천 옷만 달랑 입은 채 시작하는 몽크는 굉장히 어려운 난이도의 캐릭터였다.

신성 +1 시너지 카드가 주어지긴 하지만, 시너지는 최소 2개에서 3개의 동일 시너지 카드를 모아야 효과가 발동했다.

몽크 캐릭터를 고른 태양이 이리저리 어깨를 휘돌렸다.

"99퍼센트라더니. 대단하긴 하네."

움직이는 데 끊김이 전혀 느껴지지 않았다.

팔, 다리, 허리, 목. 신체 모든 부위가 부드럽게 돌아갔다.

태양은 접속한 지 1분 만에 킹 오브 피스트 유저로서 패배감을 느꼈다. 적어도 싱크로율, 접속감에서 단탈리안은 따라올 수 없는 게임이 맞았다.

―곧 단탈리안이 들어올 거야.

달칵.

현혜의 말이 끝나기 무섭게 문이 열리고 한 남자가 들어왔다.

한 손에 붉은 표지의 책을 들고 있는 곱슬머리의 미남자였다.

남자는 곧 눈꼬리를 곱게 접으며 웃었다.

"새로 들어온 죄수라, 의외입니다."

태양의 눈썹이 꿈틀거렸다.

─아마 접속자가 확 줄어서 그런 걸 거야. NPC 인공지능이 장난 아니거든. 그리고 저 붉은 표지의 책, 잘 봐 둬. 저게 본체야.

남자는 태양에게 악수를 청하며 말했다.

"71계위 마왕, 만변의 단탈리안입니다. 귀하의 성함을 여쭤봐도 될까요?"

"……윤태양."

"좋습니다. 플레이어 태양. 먼저 유감을 표합니다. 차원 미궁은 감옥으로서 만만찮은 곳이거든요."

태양은 멍하니 단탈리안을 응시했다.

표정 변화 하나하나가 생생했다.

단탈리안이 그런 태양을 보고 웃었다.

"하하. 그런 얼빵한 얼굴은 오랜만입니다. 제가 봐 온 얼굴 중에서도 손가락에 꼽을 수준이군요."

NPC라는 걸 알면서도 기분이 나빠지는 걸 막을 수가 없었다.

태양이 발끈하려는 찰나를 단탈리안이 교묘하게 치고 들어왔다.

"여러 질문이 있으시겠죠. 압니다. 무슨 죄를 지었는지, 왜 차원 미궁에 갇혔는지, 당신은 전혀 모를 테니까요. 제가 드릴 말은 한 가지뿐입니다."

단탈리안이 손가락으로 천장을 가리켰다.

"그 모든 답은 위에 있습니다."

그리고 싱긋 웃었다.

"차원 미궁을 오르십시오. 최선을 다해서. 되도록 처절하게 올라 주시면 감사하겠습니다. 비통한 신음을 지르고, 피눈물을 흘리면서 말이죠. 그래야 보는 맛이 있을 테니까요."

달칵.

단탈리안이 저가 들어온 문을 열었다.

현혜가 설명해 준, 총 72층의 1-1 스테이지.

망자의 탑으로 가는 문이 분명했다.

"들어가시죠."

다른 설명은 없었다.

들어가기 전, 태양이 문득 물었다.

"이런 짓을 하는 이유가 뭐야?"

단탈리안이 처음으로 미소를 거둬들였다.

그러고는 다시 웃으며 대답했다.

"오르다 보면 알게 될 겁니다."

❧

태양이 투덜거렸다.

"무슨 튜토리얼 NPC가 설명도 하나 없나?"

-그런 콘셉트야. NPC들은 불친절하기 짝이 없지. 그래도 왜 인기 있는지는 알 것 같지 않아?

태양이 저도 모르게 고개를 끄덕였다.

이 압도적인 수준의 접속감.

말 그대로 또 다른 현실에 와 있는 듯했다.

이런 감각을 느껴 버린 이상 다른 가상현실 게임을 구닥다리라고 여길 수밖에 없겠지.

채팅 창이 좌르륵 올라왔다.

-?? 뭐야 이거? 누구 단탈리안 접속함?

-메시아 따라쟁인가?

-야;; 님 그러다 뒈져요;;

-골 때리네. 이거 누구임?

단탈리안의 모든 캐릭터는 자동으로 커스터마이징 되어서 나오는 탓에 얼굴을 알아볼 수가 없다.

대신 신체 스펙은 해당 유저의 스펙을 그대로 따라가기 때문에 웬만한 단탈리안 랭커들은 금방 들통 나고는 했다.

-님, 뒈진다니까요?

-다른 유저 한 명도 없는 거 봐. 벌써 토 나오는데.

-요즘 단탈리안이 신종 자살 명소라던데. 토토라도 꼴으셨나?

-선 지켜라.

-어? 채팅 창에 달님 있다!

-? 달님? 진짜네. 달님! 왜 방송 안 켜요!

-빨리 켜셈! 방송!

현혜는 일단 시청자들을 가볍게 무시했다.

이렇게 될 걸 알고 있었던 탓이다.

[1-1 망자의 탑: 스켈레톤을 물리치고 망자의 탑 꼭대기에 도달하라.]

태양이 탑 안으로 들어오자 시스템 창이 나타났다.

"불친절한 NPC 대신 설명해 주는 착한 시스템 창이로구먼."

태양이 목을 좌우로 꺾었다.

현혜가 긴장된 목소리로 중얼거렸다.

-할 수 있는 최대한으로 움직여 줘. 그래야 내가 계획을 세울 수 있으니까.

-아니, 달님. 여기서 뭐 하냐구욧!

-아, 달 손실 와서 머리가 어지러워...

태양의 피지컬은 검증된 사실이었다.

하지만 그 피지컬이 단탈리안 내에서 얼마나 발현될 수 있을 지는 미지수였다.

현혜는 태양이 못 할 거라고 생각하지는 않았다.

다만 '얼마나' 잘할 수 있는지 확인해야 했다.

일반적인 기준에서 잘하는 수준이라면 솔직히 클리어할 가능성은 없다고 보는 게 맞았다.

그리고 가능성이 보이지 않으면, 현혜는 태양에게 미궁을 오르는 걸 포기하라고 말할 생각이었다.

별림을 구하는 것도 중요한 일이지만, 그것만큼이나 태양의 목숨도 소중하기 때문이다.

꽈드드득.

꽈드드득.

허여멀건 해골이 태양 앞에서 형체를 이루었다.

태양은 해골이 형체를 완벽히 이루기도 전에 주먹부터 날렸다.

퍼억.

해골 하나가 무너져 내렸다.

—와씨, 깔끔한데?

—자살은 아닌 건가?

—모르지 그건.

—저렇게 잘해도 죽기 십상인 게 단탈리안임. ㅋㅋ

—심지어 혼자잖아.

현혜가 말했다시피, 망자의 탑은 원래 한 명이 깨는 스테이지가 아니었다.

캐릭터를 막 생성한 유저들이 단체로 모여서 집단의 힘으로 스켈레톤 무리를 뚫어 내는 게 스테이지의 핵심이었다.

태양은 수많은 유저들이 힘을 합쳐 깨던 미션을 혼자 깨야 했다.

물론 성공 사례가 있긴 하다.

스트리머 MESSIAH.

그는 고인물로 유명한 유저였다. 그리고 그런 MESSIAH도 반쯤 죽어 가며 겨우 깬 게 1-1 스테이지, 망자의 탑이었다.

그러니 다른 시청자들이 태양의 죽음을 예견하는 것도 무리는 아니었다.

꽈드드드드드드드드득.

"현혜야, 이거 원래 이렇게 많이 나오냐?"

―ㅋㅋㅋ 조졌죠?

―너무 많죠?

이미 영상을 돌려보긴 했지만 직접 겪는 건 또 다른 법.

대충 봐도 수십의 스켈레톤 무리는 혼자서 대적할 수 없어 보였다.

―중요한 건 탑 꼭대기에 도착하는 거야. 무시하고 뛰어!

방송에 현혜의 목소리가 들어갔다.

―어! 달님!

―목소리 잘못 들은 거 아니었네.

―매니저 맡으셨나 본데.

―달님 방송 켜라!!!!!!!

―근데 플레이어 누구야? ㅈㄴ 잘하는데.

―신체 스펙으로 빨리 찾아보셈.

－도와줘요, 스피드 웨건!

－언제 적 스피드 웨건이야;

－그 친구 늙어 뒈졌답니다. 찾지 마세요.

화면 속 태양이 뛰기 시작했다.

형체를 완성한 스켈레톤들이 태양을 뒤쫓고 앞길을 막았다.

해골답지 않은 민첩함이었다.

처음 게임을 접한 사람들은 이 해골부터 힘겨워하고는 했다.

보통 유저 3명이 스켈레톤 하나를 맡는 게 공식화되었을 정도.

쉬잇!

해골이 주먹을 뻗었다.

현혜가 그 장면을 보며 저도 모르게 주먹을 꼭 쥐었다.

태양은 간단하게 고개를 틀어 해골의 주먹을 피해 내고, 그대로 팔을 뻗어 턱에 카운터를 먹였다.

뻐억, 파스스.

치명적인 타격에 스켈레톤이 제 형체를 잃고 무너져 내렸다.

"쉬운데?"

확실히, 처음 시작했다고는 볼 수 없는 압도적인 피지컬이다.

－방심하지 말고 계속 뛰어! 물량 금방 쌓인다?

"넵!"

현혜가 설명하지 않아도 사위에는 꽈드득하며 조립되고 있는 해골 천지였다.

태양은 재빠른 몸놀림으로 층을 올랐다.

"여긴 더 많네."

위층에는 이미 조립된 스켈레톤이 가득했다.

밑에서 뒤늦게 조립된 스켈레톤이 태양을 쫓기 시작하니, 상황은 말 그대로 진퇴양난.

"야! 이거 몇 층까지 있더라? 3층?"

ㅡ어. 3층.

ㅡ'야.'

ㅡ반말하네. 달님 실친인 듯?

ㅡ달님 실친 중에 이렇게 게임 잘하는 사람이 있음?

ㅡ그나저나 플레이 존나 일품이네. 녹화해 놓고 연구하고 싶다.

ㅡ써먹을 일도 없잖아 이제.

ㅡ아, 맞네.

퍼억.

태양이 밑에서 올라오는 스켈레톤을 발로 대충 밟아 으깼다.

현혜는 그 장면을 보며 감탄을 감추지 못했다.

'프로는 프로네.'

간단해 보이는 동작 하나에 예술에 가까운 기술이 종합되어 있었다. 디딤발은 굳건했고, 힘의 전달을 관장하는 골반은 유연하기 그지없다.

뻗어지는 발은 정확히 목표물을 타격하고 회수.

그 와중에도 시아는 자연스럽게 위험한 요소를 캐치하는데, 그 우선순위가 슈퍼컴퓨터 나무랄 정도로 정확했다.

자연스럽게 스텝을 디디며 스켈레톤의 공격을 회피하고, 최적의 움직임으로 카운터를 박아 넣는 장면은 현혜의 등줄기에 소름을 돋게 했다.

"저기 반대편에 저거 계단 맞지? 저기만 오르면 끝이야?"

그 와중에 맵 스캔까지.

-맞아!

-진짜 맞음?

-끝 맞음.

-와. 메시아보다 나아 보이는데?

-이 남자... 섹시하다?

-뭔지 모르겠는데, 존나 잘해.

태양이 목표지를 바라봤다.

새하얀 해골 무리에 가려 목표지가 자꾸 가려졌다.

태양은 분명 예술적인 움직임으로 분전하고 있었다.

하지만 냉정하게 평가하자면, 현상 유지일 뿐이었다.

한 걸음도 계단 쪽으로 나아가지 못했고, 태양의 손에 형체를 잃은 스켈레톤은 시간이 지나면 재생했다.

과연 저기까지 어떻게 도달할까.

꿀꺽.

현혜가 침을 삼키며 화면에 시선을 집중했다.

"오케이, 오케이. 각 나오네."

태양이 미소를 지었다.

가상현실 게임 단탈리안의 싱크로율은 99%이지만, 당연하게도 게임 안에서 일어나는 모든 사건을 99% 체감도로 받아들이는 건 아니었다.

게임 콘셉트상 팔다리가 잘려 나가는 일이 비일비재한데, 통각이 조절되어 있지 않다면 끔찍한 일이 벌어질 수밖에 없지 않겠는가.

당연히 제작진은 게임 내에서 발생하는 충격이 유저에게 유의미하게 악영향을 미친다고 예상되면 신경을 차단하는 장치를 개발했다.

문제는 거기에서 시작됐다.

태양은 그 모든 유의미한 악영향에 노출되어 있었으니까.

현혜는 그것을 걱정하고 있었다.

그리고 태양은 현혜의 걱정을 한마디로 일축했다.

"안 맞으면 돼."

퍼억!

태양의 무릎이 해골의 안면부를 박살 냈다.

태양은 실적에 취하지 않고 곧바로 움직였다.

제 차례를 기다리고 있는 스켈레톤은 많았다.

"이건 뭐 챔피언십 팬 미팅만큼이나……!"

-뒤에!

-삐빅, 힌트. 챔피언십.

-이 남자 뭐냐고!

-미쳤냐고! 무냐고!

-와, 무슨 액션 영화 보는 거 같냐.

-더블 케이 좌 생각나는디?

-단탈리안에 챔피언십 이름 있는 대회 있음?

-ㄴㄴ 그냥 플레이가 닮았다고.

-kk는 오바지.

-어딜 비벼.

-kk좌는 접속 안 함?

-하겠냐?

-말투 씹...

태양이 허리를 숙였다.

후웅.

뼈다귀 칼의 휘두름이라기엔 무거운 소리가 허공을 갈랐다.

태양은 허리를 굽힌 김에 앞으로 굴렀다.

콰앙!

태양이 있던 자리에 또 다른 스켈레톤의 발길질이 날아들었
다.

격한 움직임이 스켈레톤 전열에 틈을 만들었다.

태양이 날쌔게 비집고 들어갔다.

퍼억! 퍼억!

주먹질 두 번에 해골 두 기가 허물어졌다.

지켜보던 현혜의 의아한 음성이 울렸다.

―이상하다. 이게 이런 게임이 아닌데...

―ㄹㅇㅋㅋ.

―ㅋㅋㅋㅋㅋㅋㅋㅋㅋㅋ.

―나만 그렇게 느끼는 거 아니었구나.

―그니까. 왜 게임이 쉬워 보이냐.

정말 이상했다.

태양이 하는 단탈리안은 너무나도 쉬워 보였다.

"나 알잖아? 못 믿었어? 설마?"

―우욱.

―뻐기는 말투 뭔데.

―ㅋㅋㅋㅋㅋ 빡치는데 잘해서 할 말이 없다.

―말하는 사이에 3킬. ㄷㄷ

밀집 대형을 벗어나자 태양은 물 만난 고기처럼 날뛰었다.

사선으로 그어 오는 뼈 검을 손등으로 쳐 내고, 한걸음 내디디며 턱에 스트레이트.

탄력을 죽이지 않고 전진하면서 상체를 앞으로 수그린다.

후웅.

또 다른 스켈레톤의 주먹질이 태양의 머리를 스쳤다.

다시금 허리를 펴며 강력한 어퍼컷.

현혜는 혹여 감탄사가 마이크를 통해 전해질까, 제 입을 틀어막았다.

허리를 노리며 찔러오는 검은 한걸음으로 중심을 이동하며 교묘하게 비껴 내고, 뻗어진 팔을 자연스럽게 잡아 매치며 반대편에서 들어오는 스켈레톤을 견제.

한참 멀어 보였던 3층 계단이 벌써 코앞이었다.

"생각보다 쉬운데?"

망자의 탑의 난이도가 쉬웠다기보다는 태양이 생각보다 괴물이었다.

여유가 생긴 태양이 이리저리 위빙을 하며 스켈레톤의 턱주가리를 부숴 대기 시작했다.

퍼억, 퍼억.

―세상에…….

일반 유저는 세 명이 달라붙어야 팽팽히 대적하고, 피지컬에 자신 있다는 유저들도 보정 없는 기본 캐릭터로는 긴장을 늦추지 못하던 스켈레톤.

태양의 주먹질에 '그 스켈레톤' 무리가 퍼석퍼석 무너져 내렸다.

약 10분 후.

퍼억.

마지막 해골이 쓰러졌다.

―?ㅋㅋ 원래 얘네 이렇게 약했나?

―이상하다. 스켈레톤 원원투 하이킥에 골통 부서진 게 엊그

신전의
원코인
클리어

제 같은데.

　-억ㅋㅋ 스켈레톤한테 골통이 박살 남? 나도.

　-이렇게 약할 리가 없는데; 하향된 거 아님?

　-단탈리안에 밸런스 패치가 어디 있음. ㅋㅋ

"이제야 감이 좀 잡히네."

　킹 오브 피스트와 단탈리안의 캐릭터 감도 차이를 완벽하게 파악한 태양이 머리를 쓸어 넘겼다.

　얼마나 해골을 때려 댔는지 정권 부분이 새빨갛게 달아올라 있었다.

　-잠만. 미친 피지컬. 챔피언십. ㅆㅂ 설마 이거 윤태양 아님?

　-윤태양?

　-윤태양이 왜 나옴? 근데 챔피언십 하니까 윤태양 맞는 것 같긴 한데.

　-달님이 자기 윤태양이랑 아는 사이라고 말하긴 했음.

　-ㄷㄷ 허센 줄 알았는데 진짜였누.

　-킹피 중독자 윤태양? 이 시점에서 단탈리안을 시작했다고?

　널브러진 스켈레톤의 잔해 사이에서 태양이 삐기듯 고개를 쳐들었다.

　그리고 씨익 웃었다.

"날아다닌다고 했지?"

　-아무 보정도 없는 기본 캐릭터 맞지?

　-1층 첫 번째 스테이지, 망자의 탑 맞는데.

─아니, ㅆㅂ 이거 뭐야. 말이 돼?

─이것이 킹피 고인물의 힘인가?

현혜의 대답은 없었다.

태양은 대충 현혜의 표정을 상상할 수 있었다.

아마도, 입을 떡 벌리고 눈을 부릅뜨며 경악스러운 얼굴로 화면을 바라보고 있겠지.

아, 명장면을 놓친 건 조금 아쉽긴 하네.

그런 얼굴은 직접 보면서 놀려 줘야 제 맛인데.

3층 계단을 오르자 마왕, 단탈리안이 태양을 기다리고 있었다.

그의 뒤로 3개의 문이 보였다.

짝짝짝.

단탈리안이 담배를 문 채 박수를 쳤다.

본래 들고 있던 붉은색 표지의 책은 허공에 둥둥 떠 있는 채였다.

이럴 때 보면 확실히 단탈리안은 판타지 장르란 말이지.

만변이라는 칭호답게 단탈리안은 모습을 드러낼 때마다 형태를 달리했다.

어떤 때는 중년의 신사, 어떤 때는 묘령의 미녀.

이번에는 그중에서 수위권의 미모인 것 같았다.

─와, 이번 단탈리안 잘생겼는데? 완전 발린다.

현혜의 반응을 보니까 말이다.

−ㅋㅋㅋㅋㅋ 달님 또 군침.

−얼빠 어디 안 가죠~.

−쓉! 얼빠라니! 당연한 거예요!

현혜가 제 방송하듯 대답했다가 '아차!' 하고 입을 막았다.

−오ㅋㅋㅋㅋ 달님! 방송 안 켜고 여기서 뭐 하냐고!

−〈3〈3〈3 달님 캠 켜~.

−솔직히 좀 재밌는디, 이거 방송 콘텐츠로 해도 될 듯?

−캠만 켜면.

현혜의 인지도, 단탈리안의 화제성, 태양의 플레이.

세 가지 요소가 합쳐진 탓에 시청자 수는 그사이 기하급수적으로 불어나 있었다.

채팅 창이 어떻든 상관없이 태양은 단탈리안을 보며 미간을 찌푸렸다. 재수 없게 느물느물 웃고 있는 모습이 영 마음에 들지 않았다.

"플레이어 태양. 당신은 저를 놀라게 하는군요. 최근에 본 그 어떤 입궁 의례도 이렇게 인상 깊진 않았습니다."

"아, 뭐."

−윤태양 맞았네. ㄷㄷ

−신체 비율만 보고 맞추는 건 진짜 사람이냐. ㄷㄷ

−오, ㅋㅋ 단탈리안 극찬.

−그럴 만해. 솔로 퍼펙트 클리어자너.

태양의 탐탁지 않은 기색에도 단탈리안은 웃음을 유지하며 말을 이었다.

"당신은 차원 미궁의 1층을 이겨 냈습니다. 자, 보이시겠지만 앞에 세 문이 있습니다. 각 문은 서로 다른 시련으로 이어지죠. 어떤 시련이 더 쉬울지, 어려울지는 알 수 없습니다."

각각 푸른빛의 문, 초록빛의 문, 그리고 노란빛의 문이었다.

태양은 현혜와의 예습으로 각 문이 무엇을 의미하는지 알았지만, 잠자코 들었다.

"푸른빛은 강화를 의미합니다. 저 문을 넘으면 당신은 약간 증가한 신체 스펙으로 다음 시련을 치를 수 있습니다. 물론 강화 효과는 다음 한 층 한정입니다."

―아까도 말했지만, 꽤 의미 있는 수치야.

별다른 문제가 없는 이상 플레이어들이 가장 많이 선택하는 문이었다.

"초록빛은 회복을 의미합니다. 당신이 시련에서 상처를 입었다면, 초록빛의 문으로 들어가는 게 현명한 선택일 겁니다. 물론 지금처럼 아무 상처를 입지 않았다면 의미 없는 선택이 되겠지요."

별다른 문제가 없다면 보통 부상이다.

시련을 치르는 과정에서 크고 작은 부상은 자주 겪는 일이다. 그 덕에 회복의 문은 강화의 문만큼이나 많이 선택받는 문이었다.

"마지막으로 노란빛의 문은 금화를 의미합니다. 강화가 필요 없을 정도로 자신감이 넘치는 동시에 어떤 상처도 입지 않았다면 고려할 만한 선택지라고 할 수 있습니다."

금화의 문은 플레이어들이 굉장히 기피하는 문이었다.

"금화는 쉼터에서 사용할 수 있는 차원 미궁의 재화입니다. 물론 모든 차원에서 널리 통용되는 재화이기도 하죠. 쉼터에 거주하는 바텐더, 혹은 상인에게 금화를 주고 '카드'를 살 수 있습니다. 아! 다른 플레이어와 거래를 할 수도 있겠죠."

단탈리안의 말을 들어 보면 금화는 굉장히 유용해 보였다.

실제로 '카드'를 구매하면 '시너지'를 맞출 수 있었다.

그러나 사람들이 금화의 문을 선택하지 않는 이유는 간단했다.

금화의 문을 통해 얻는 금화가 너무 적었다.

쉼터에 거주하는 바텐더, 상인은 카드를 100골드 단위로 파는 반면, 금화의 방이 주는 금화는 고장 10골드 내외였다.

금화의 문을 꼬박꼬박 선택하더라도 10층에 가서야 카드 하나를 구할 수 있다는 뜻이다.

그럴 바엔 강화의 문에 들어가서 안정적인 스펙으로 성과급 보상, 업적을 노리는 것이 효율적이라는 게 고인물들의 판단이었다.

―문 열면 바로 다음 시련이야. 알지?

태양이 심드렁하게 고개를 끄덕였다.

단탈리안이 매력적인 미소를 드러냈다.

"강화, 회복, 금화. 당신은 어느 문을 선택하시겠습니까?"

―강화 국룰.

―ㅇㅈ. 뒈지면 의미 없으니까.

―상처를 입은 것도 아니고, 금화 고르면 너무 이득충이야. 초반인데. 그러다 죽지.

―이 정도 기량이면 이득충 할 만한 것 같은데?

―초반에는 강화 버프 의미가 진짜 커서... 중반부터 골라도 늦지 않음.

벌컥!

태양이 잡은 문고리는 노란색이었다.

이유는 간단했다.

강화와 회복은 남지 않지만, 금화는 남는다.

쿠웅!

황금의 문이 닫히고, 반대편 단면에 글자가 새겨졌다.

―?

―?

―진짜 금화로 먹는다고?


　　[1-1 망자의 탑: 스켈레톤을 물리치고 망자의 탑 꼭대기에 도달하라.
　―Pass]

　　[획득 업적: 솔로 플레이어, 퍼펙트 클리어(No Hit), 망자의 탑 클리어.]

신전의
원코인
클리어

비석에 적힌 문구는 태양의 시스템 창에 그대로 나타났다.

"우왓! 업적 3개!"

─ㄷㄷㄷㄷㄷㄷㄷㄷ.

─오졌다. KK 재림인가?

─사실 얘가 KK 아님?

─윤태양이라니까.

─kk 아님. kk 지금 다른 게임 방송 중임.

─그럼 그거 보러 꺼지든가.

─아, 씹. 아까부터 말투…

─조용, 조용! 게임 진행하시잖아!

─이 ㅅㄲ는 뭐야, 또.

업적.

단탈리안은 스탯 시스템을 지원하지 않았다.

대신 업적의 개수만큼 캐릭터의 신체 능력이 향상됐다.

여기서 신체 능력은 힘, 민첩, 체력과 마나 운용 능력을 의미했다.

업적 1개와 2개, 1개와 3개 사이에는 유의미한 차이가 벌어지지 않았다.

하지만 숫자가 쌓여 10개, 20개로 그 격차가 늘어나게 되면 이야기가 달라진다.

당장 20층 후반부에서만 해도 업적을 많이 쌓은 플레이어와 그렇지 않은 플레이어는 아이와 어른 수준의 격차가 났다.

"많은 거야?"

─1층에서 업적 3개 뽑은 플레이어가 공식적으로 세 명일걸?

이에 더해, 첫 층에 3 업적을 달성한 셋 중, 두 명이 현 단탈리안 최고층 기록을 가지고 있었다.

중반부에는 종종 랭커들이 업적 3개, 혹은 그 이상을 뽑기도 했다. 성장이 궤도에 오르고, 해당 층에서 상황이 받쳐 줬을 때의 이야기지만.

태양은 히죽 웃고 말았다.

첫 게임 첫 스테이지에서 이런 기록을 뽑아 놓고 본인은 좋은지를 모르니 오히려 현혜와 시청자들이 뒤집어졌다.

─이 기세를 6층까지만 유지해도... 업적이 18개. 미쳤다, 미쳤어!

─행복 회로 미쳐 돌아간다아아앗!

─나는 그냥 클리어 기계였는데... 망자의 탑 클리어, 마녀 숲 클리어, 용의 둥지 클리어...

─그게 평범한 유저 업적 창이긴 해.

─10층 30개? 오늘 밤은 이거다.

후웅.

태양이 어깨를 빙글빙글 돌렸다.

몸에 신묘한 힘이 깃드는 기분은 나쁘지 않았다.

태양이 뚜벅뚜벅 걷자, 곧 사위가 밝아지며 시스템 창이 나타났다.

신권의
원코인
클리어

—두근두근.

—룰렛 돌아갑니다~.

　[1-2 미로, 감옥: 열쇠를 찾아 문을 따고 들어가라.]

　[제한 시간: 30:00]

—음, 가챠 실패.

—스피커 소리 줄여 친구들~.

우와아아아아아!

우아아아아아아!

태양의 첫 감상.

시끄럽기 그지없는 장소였다.

땀 냄새와 피 냄새가 섞인 역겨운 냄새가 태양의 코를 찔렀다.

—아, 하필.

현혜가 낙담했다.

미로, 감옥은 1-2 스테이지 중에서도 까다롭기 그지없는 스테이지였다.

태양이 주위를 살폈다.

일자형 복도를 중심으로 양옆에 창살이 빼곡하게 서 있었고, 그 안에 수많은 죄수가 소리를 지르고 있었다.

복도 바닥에는 열쇠가 널브러져 있었다.

너무 많아서 각 열쇠가 어느 감옥의 열쇠인지 알 수 없었다.

쿠궁!

어느새 태양이 걸어온 어두운 복도는 사라지고, 경비병들이 나타났다.

"탈옥한 죄수다! 잡아라!"

　[1-2 미로, 감옥: 열쇠를 찾아 문을 따고 들어가라.]
　[제한 시간: 29:54]


태양이 뛰면서 물었다.

"바닥에 열쇠는?"

─주울 수 있는 건 줍는데, 일단 지금은 뛰어!

─아, 이 사람 채팅 창 안 보고 달님이랑만 이야기하네.

─뭐야, 남친이야?

─윤태양이 달님 남친이라고?

─무슨 개소리야. 달님 내 랜선 여자 친구임;;

─? 너도? 나도.

─ㅋㅋㅋㅋ 랜선 의자 여왕 에반데.

태양은 정신없이 달렸다.

과연 미로 같은 감옥이어서 갈림길이 많아서 경비병을 쉽게 따돌릴 수 있었다.

"일단 바닥에 있는 열쇠 주워. 한곳에 오래 있으면 안 돼."

죄수는 기본적으로 플레이어의 편이 아니었다.

그들은 큰 소리로 플레이어가 어디로 갔는지 경비병에게 알렸다.

1-2 스테이지 중에서도 악명이 자자한 스테이지가 바로 '미로, 감옥' 스테이지였다.

시간은 부족하고, 끊임없이 방해 공작이 들어오기 때문에 칼같은 판단이 필수였다.

'미로, 감옥' 스테이지의 클리어 요령은 간단했다.

죄수 중 우호 NPC를 골라 풀어 주고 그들이 경비병을 상대하는 사이, 열쇠를 모으며 문을 수색한다.

문제는 이 스테이지도 유저 여러 명이 같이 진행하는 난이도로 상정되어 있다는 것.

현혜가 입술을 깨물었다.

이 부분은 태양을 믿는 수밖에 없었다.

그때 화면에 한 남자가 잡혔다.

다른 죄수처럼 소리를 지르지도 않고, 눈동자도 차분해 보였다.

무엇보다 최근에 채찍질을 당한 듯, 몸에 붉은 실선이 보였다.

간수와 최근에 갈등을 겪었다는 증거.

우호 NPC일 가능성이 컸다.

현혜가 마이크를 붙잡았다.

-지금 바닥에 있는 열쇠 다 모아서, 3시 방향 죄수를 풀어 줘. 하나는 맞을 거야.

　좌르르르륵.

　주위에 있는 감방은 대여섯 개, 열쇠는 10개 정도 되어 보였다.

　철컹, 철컹.

　태양이 문을 따자 죄수들이 소리를 질렀다.

　"이쪽! 이쪽! 이 새끼 죄수 풀어 준다아아악! 나 말고 다른 새끼만 풀어 준다아아악!"

　"기다리면 너도 풀어 줄 테니까 닥쳐!"

　태양이 인상을 쓰며 마주 소리를 질렀지만, 죄수들이 오히려 더 크게 소리를 질러 댔다.

　-ㅋㅋㅋㅋ

　-너무 시끄러운데.

　-방장님~ 옆방 저 친구 뮤트 좀요~.

　철컹, 철컹.

　5개째 열쇠도 실패였다.

　철컥.

　"그쪽이냐!"

　경비병의 등장과 함께 문이 열렸다.

　또 한 명의 죄수가 탈옥하는 장면은 말 그대로 광란의 도가니였다.

"죽어라!"

번쩍.

붉은 실선의 죄수가 눈을 뜨는 동시에,

경비병이 태양을 향해 창을 찔렀다.

# 미로, 감옥

유프라테스 차원.

한때 번성하고 감히 마계와 대적했으며, 끝내 패배하고 잘게 찢겨 차원 미궁에 복속된 비운의 차원이었다.

'내가 얼마나 갇혀 있었지?'

이카르디는 중앙 기사단 출신이었다.

중앙 기사단. 유프라테스 차원에서도 무를 숭상하기로 유명한 테베 왕국의 제1 기사단이었다.

고련을 통해 동작의 스킬화(Skill化)를 이뤄 낸 인재들만이 입단 자격을 얻는 초엘리트 기사단.

이카르디는 테베 왕국의 패배와 함께 명예를 잃었다.

흐려진 시야 속에서 시간의 감각도 잊었다.

남은 거라고는 뼛속 깊이 박힌 마족에 대한 증오뿐.

그마저도 압도적인 시간과 채찍질 속에서 흐려지고 있었다.

그런 줄 알았다.

"크흑!"

태양이 마족 경비병에게서 빼앗은 창을 제 주인의 복부에 꽂았다.

경비병이 피를 토하며 쓰러졌다.

이카르디가 그 장면을 보며 괴수처럼 울부짖었다.

흐려진 줄 알았던 증오는 피가 끓어오름과 동시에 놀랍도록 선명해졌다.

−12시 정면!

"3분만 붙잡고 있어! 이거만 열고 다시 움직인다."

태양의 외침에 탈출한 죄수들이 호응했다.

"알았다!"

"검은색 열쇠! 리안의 감방은 검은색 열쇠였다!"

"낄낄, 그걸 아직도 기억하고 있어? 변태 같은 자식."

이카르디를 제외하고도 벌써 두 NPC가 태양을 도와 감옥을 탈출하는 데 동참하고 있었다.

전체 죄수의 95% 이상이 말이 통하지 않거나 플레이어에게 적대적이었는데, 현혜가 고른 NPC는 놀랍도록 협조적이었다.

제한된 정보로 정확한 선택을 하는 것.

그게 바로 현혜의 장점이었다.

"나도 열어 줘! 멍청한 간수 녀석들아, 저 새끼들 탈출한다고! 잡아!"

"나도! 나도 잘 싸울 자신 있어!"

"아악! 저 머저리 자식들. 이봐, 이봐! 지나가지 말고 나랑 얘기 좀⋯⋯."

─진짜 더럽게 시끄럽네.

─방장니이이임! 옆방 친구들 아가리 묵념 좀!

미션 시작 이래로 문 따는 걸 제외하면 죄다 뛰기만 한 태양은 이미 땀범벅이었다.

[제한 시간: 11:23]

철컹! 철컹!

─검은색이래.

"들었어!"

철컥.

그새 문 따는 것에 적응한 태양의 손놀림은 능숙했다.

"고맙네, 내 이름은⋯⋯."

"닥치고 뛰어! 이동한다!"

콰아아앙!

"크아아악!"

태양의 발치에 한 사람이 고깃덩이가 떨어져 내렸다.

형태로 보아하니 이카르디와 함께 구출했던 두 NPC 중 하나였다.

─시간이 지나서 팀장급 전력이 움직이기 시작한 거야. 더 시간 끌리면 안 좋아.

화면 밖에서 현혜가 식은땀이 가득 찬 손을 꼬옥 쥐었다.

20분 동안 뛰었다. 당연히 많은 공간을 수색했다.

현혜가 제3자의 입장에서 냉철하게 오더한 덕분에 같은 길을 헤매는 경우도 거의 없었다.

본래 이 정도 했으면 문을 찾았어야 했다.

야속하게도 열 번 중 한 번이나 있을까 한 불운한 상황에 처한 것이다.

반대편에서 우렁찬 괴성이 울렸다.

"놓치지 않는다!"

피부가 저릿저릿한 게 목소리만 들어도 강한 놈이었다.

─ㄷㄷ 잡히면 죽는다.

─여기서 죽으면 진짜로 죽는 거 아님?

─와. 개쫄리네.

"뛰어!"

어차피 죄수들 사이에 유대감 같은 건 없었다.

가장 중요한 건 자신의 안위!

죄수들은 태양이 외치기도 전에 이미 뛰고 있었다.

반대편에서 판금으로 몸을 감싼 팀장 경비병이 창을 꽈드득 쥐었다.

악력이 얼마나 강한지 창이 손 모양으로 움푹 패어 들어갔다.

태양 일행이 코너로 꺾어 들어가기 직전, 팀장 경비병이 투창했다.

투웅!

"이익!"

태양이 이카르디의 창을 뺏어 마주 던졌다.

콰앙!

태양이 던진 창이 맥없이 튕겨 나갔다.

반면 팀장이 던진 창은 아직도 운동 에너지를 담고 쏘아져 나갔다.

궤도가 비틀린 창이 애꿎은 죄수의 가슴을 움푹 꿰뚫었다.

"크헤헥."

-? 내가 뭘 본거지?

-와. 윤태양이 단탈리안 하면 이 정도인 건가.

-왜 그동안 그 똥겜 붙잡고 있었던 거야?

-킹피가 똥겜은 아니지. 한물가서 그렇지.

-한물가면 똥겜이지. 뭘 똥겜이 아니야. ㅅㅂ

덕분에 태양 일행은 무사히 빠져나갔다.

경비병들이 뒤늦게 쫓아가지만, 코너를 돌면 나오는 건 또 다른 코너들.

"찾아라! 놓치지 마라!"

짐승 같은 얼굴의 팀장 경비병이 주변 경비병을 다그쳤다.

[제한 시간: 5:45]

"드디어!"

―진짜! 운 한 번 더럽게 없네!

문을 찾아낸 건, 경비병들에게 포위된 절체절명의 상황에서였다.

문은 아무도 들어 있지 않은 감방 안에 있었다.

"빌어먹게도 열쇠 2개가 필요하겠군."

한 NPC가 절망적으로 중얼거렸다.

당장 경비병들이 코앞에 있었는데, 오면서 모은 수십 개의 열쇠를 하나하나 넣어서 확인할 생각을 하니 벌써 막막했다.

철컹.

태양이 가장 손이 빠른 NPC에게 열쇠 꾸러미를 넘겼다.

"빨리해."

반대편에서 팀장급 경비병들이 무더기로 나타났다.

그중에서도 특출 나게 거대한 경비병이 새하얀 김을 내뿜으며 외쳤다.

"탈옥자들! 지금이라도 투항하라! 지금 투항하면 살려는 주겠다!"

제 창을 바닥에 쾅쾅 내리치며 소리치는 그 모습이 얼마나 서슬이 퍼런지, 시끄럽던 죄수들이 일순간 조용해질 정도였다.

"그, 그냥 항복할까?"

"이미 늦었어."

NPC들의 대화에 태양이 이죽거렸다.

"왜. 지금 무릎 꿇고 빌면 단번에 죽여줄지도 모르지. 고문 끝에 쇼크사하는 것보단 낫지 않아?"

이카르디가 중얼거렸다.

"이제 도망치지 않아도 되는 건가?"

"응, 도망갈 곳도 없잖아?"

"검 한 자루만 있으면 즐거이 휘두를 텐데."

"마침 쟤가 들고 오네. 잡아 죽여서 빼앗자고."

"그거 듣던 중에 반가운 이야기군."

―확실히. 얘는 네임드 느낌이 좀 난다.

―조커급?

―그 정도는 아닌 것 같기도 하고.

―봐야지.

태양이 먼저 달려들었다.

짐승 같은 움직임으로 뻗어오는 창을 피하고, 휘어잡고, 당기면서 발을 유연하게 올려쳤다.

빠악. 삽시간에 한 경비병이 녹다운(Knock Down).

정신을 잃었다.

"오호. 확실히."

태양이 감탄했다.

업적 3개의 차이는 확실히 컸다.

신체 능력이 스켈레톤보다 확연히 뛰어난 경비병을 상대하는 데 오히려 여유가 생겼다.

이카르디도 검을 빼앗아 경비병들 사이에서 난동을 부렸다.

하지만 둘을 제외한 나머지 NPC들의 상황은 녹록하지 않았다.

더 잘 먹고, 편하게 자며, 조금이라도 성실히 단련한 쪽은 당연히 죄수보다 경비병이기 마련이다.

진급을 위해 단련에 시간을 아끼지 않은 팀장급 경비병이라면, 당연히 그 차이는 두드러졌다.

경비병 처지에서 진급의 기회는 흔치 않았다.

눈에 탐욕이 덕지덕지 서린 채 경비병이 NPC를 찔러 댔다.

"사, 살려……."

퍼억.

경비병은 자비 없이 죄수의 머리에 창을 박아 넣었다.

죄수의 머리가 수박 깨지듯 새빨갛게 비산했다.

"히, 히익!"

땡그랑.

열쇠를 맡은 죄수가 손을 떨었다.

"너도 저 모양 되기 싫으면 빨리 문 따!"

─뒤에 창!

현혜의 조언과 동시에 태양이 바짝 엎드려 창을 피했다.

그 자리에 떨어지는 칼도 몸을 굴러 피하고, 탄력적으로 일어서며 경비병을 발로 밀어냈다.

죽여도, 죽여도 끝이 없어서 이렇게 밀어내는 게 오히려 효율적이었다.

─감방 문만 따면…….

문이 들어 있는 감방은 당연하게도 입구가 좁았다.

철창 사이로 무기가 비집고 들어올 순 있지만, 사람은 입구로 통할 수밖에 없을 터.

그것만으로도 소수인 태양 처지에서는 커다란 어드밴티지였다.

"비켜라!"

투항을 권고한 대장 경비병이 다른 경비병을 밀치며 태양에게 달려들었다.

밀쳐진 경비병이 그대로 벽에 부딪힌 후 쓰러졌다.

얼마나 힘이 강한지, 부딪힌 병사의 갑옷이 벽 무늬로 찌그러져 있었다.

"크아아!"

휘둘러오는 창의 기세가 가공했다.

태양은 막을 생각도 하지 않고 몸을 던졌다.

쾅!

바닥이 그대로 까뒤집힌다.

근력이 탈(脫) 인류 수준이다.

아, 마족이니까 인류라고 볼 순 없나.

이카르디가 검을 휘두르며 외쳤다.

"내가 맡는다!"

대장 경비병이 코웃음을 치며 창을 움켜쥐었다.

얼마나 쥐는 힘이 강한지 창이 기괴하게 울부짖는 것처럼 느껴졌다.

"열쇠는 아직이야?"

"이, 이제 거의 다!"

철컥!

드디어, 첫 번째 문이 열렸다.


[제한 시간: 32]


"어이! 일단 들어와서……."

이미 대장 경비병이 창을 휘두르고 있었다.

그때 이카르디가 앞으로 나섰다.

꾸욱.

한 걸음.

이카르디의 온몸이 유연하게 긴장했다.

스릉.

검을 들어 올렸다.

후웅.

그것은 극에 다다른 베기였다.

이카르디가 수십 년간 피땀을 흘려 완성한, 스킬화(Skill化)에 다다른 베기.

아마데우스식(式) 늑대 참수.

콰아아앙!

대장급 경비병이 뒤로 튕겨 나갔다.

힘을 견디지 못한 이카르디의 검이 박살 났다.

−스킬화?

−와, 오졌다. 이거 네임드는 확실하네.

−스킬화 쓰면 조커급 아님?

−조커급이 뭔데?

−보통 플레이어 한 30층까지 캐리해 주면 조커급이라고 부름.

−스킬화 쓴다고 다 30층급에서 통하진 않지. 조커급이면 여기서 뭔가 압도적인 걸 보여 줘야 함.

−그렇긴 해. 조커급 NPC가 2층에서 고전한다? ㅋㅋ

"지금!"

손 빠른 죄수가 급하게 손짓했다.

그가 문을 따는 사이에 살아남은 인원은 태양과 이카르디뿐이었다.

－구해! 태양아, 구해!

태양이 문에 도달한 순간, 현혜의 급박한 목소리가 흘러나왔다.

이카르디는 모든 기운을 소진한 채, 제자리에 우두커니 서 있었다.

고된 죄수 생활이 그의 기운을 극단적으로 쇠하게 한 탓이었다.

반면 대장 경비병은 부하의 창을 쥔 채 다시 일어난 상태.

태양은 곧바로 이카르디의 죄수복 목깃을 잡아당겼다.

후웅!

대장 경비병의 창이 아슬아슬하게 허공을 갈랐다.

급박한 상황에서 종종 벌어지는 우발적 행운이었다.

태양이 이카르디를 끌고 와서 재빨리 철창 문을 닫았다.

철컹!

"버러지 같은!"

콰앙!

대장 경비병이 창을 휘두르자 단단하기 그지없는 철창이 휘었다.

다행히도 창은 대장 경비병만큼 대단하지 못해서 철창을 휜 대가로 형편없이 박살 났다.

신권의
원 코인
클리어

-워매.

-저거 맞았으면 필킬이다.

"휴. 살았다."

-열쇠 안 따고 뭐 해!

"맞다! 열쇠! 열쇠! 빨리!"

챙그랑, 챙그랑.

손 빠른 죄수가 다시금 구한 열쇠를 집어넣기 시작했다.

"우리가 모은 열쇠 중에 맞는 게 없으면 어떡해?"

-그럴 일은 없어.

급박한 와중에도 철창 근처 복도에 있는 열쇠는 모조리 긁어
왔다.

시스템적으로 무조건 하나는 맞게 되어 있었다.

철컥.

저편에서 철창 문이 열렸다.

태양이 힐끗 이카르디의 상태를 확인했다.

"움직일 수 있겠어?"

이카르디가 고개를 저었다.

탈진 증상이었다.

"미, 미안하게 됐다."

"아니, 뭐. 딱히 기대도 안 했어."

이미 보여 준 것만으로도 기대 이상이다.

-조커급은 아니네.

-ㅇㅇ 그래도 초반 파티로는 쓸 만할 듯.

끼이익!

대장 경비병이 반쯤 휘어진 문을 억지로 비집고 들어왔다.

"버러지 같은 놈들. 네놈들 수작도 여기까지다."

-안 좋은데...

-여기서 대장 경비병이랑 맞짱을 뜨네.

-되겠음?

-안 될 것 같은데;;

-설마 여기서 죽나...?

대장 경비병 레이드.

실제로 랭커끼리 파티를 모아 도전할 때 종종 시도하는 콘텐츠였다.

일명 '즐겜' 콘텐츠로, 랭커가 모여도 성공률이 굉장히 낮았다.

"히이익!"

손 빠른 죄수는 거의 패닉 상태였다.

태양이 죄수의 어깨를 툭툭 쳤다.

"편하게 해, 편하게. 내 집 안방이다, 이런 마음가짐으로다가. 저놈은 내가 막을 테니까."

죄수가 울상이 되었다.

태양이 남은 시간을 확인했다.

―보면 알겠지만 한 방 맞으면 끝이야. 조심해야 해.

현혜의 목소리가 슬슬 떨렸다.

게임에서 죽으면 현실에서도 죽는 이 상황이 불안하기 때문이겠지.

태양이 목을 뚜둑뚜둑 꺾었다.

맞으면, 두 번은 없다.

안 맞으면 된다는 말이다.

문제는 감옥이 너무 좁아서 피할 구석도 없단 말이지.

대장 경비병과 태양은 단 한 걸음의 간격을 둔 채 대치했다.

창을 못 들고 들어온 게 그나마 호재라면 호재일까.

태양이 날름, 혀로 입술을 축였다.

그 역시 한 번에 끝낼 생각이었다.

쿠웅.

대장 경비병이 굳건한 다리에 제 무게를 실었다.

그에 태양도 한 걸음 걸었다.

그 한걸음이 동선을 그었다.

태양에게 편하고, 경비병에게 불편한 최적의 동선을.

태양의 다리가 저도 모르게 킹 오브 피스트의 초월 진각을 밟았다.

수천, 수만 번을 반복해 저도 모르게 나온 움직임이었다.

킹 오브 피스트의 기술은 게임 스킬로 구현되긴 했지만, 수많은 격투기를 연구, 해체, 재조립해서 만든 모션이었다.

실전성이 있다는 이야기다.

그리고 그런 모션이 태양의 신체에서 완벽에 가까운 형태로 구현되었다.

이카르디가 눈을 부릅떴다.

빠지지직.

태양의 주먹에 전자기가 번쩍였다.

이카르디의 '아마데우스식(式) 늑대 참수'처럼, 태양의 움직임에 세상이 반응하고 있었다.

반응해서, 주먹질을 주먹질 이상의 것으로 만들고 있었다.

태양이 그 사실을 아는지 모르는지, 주먹을 쳐올렸다.

초월 진각 - 선풍권.

콰지지지지직!

태양의 주먹이 대장 경비병의 턱에 작렬했다.

누구도 의심하지 못할 클린 히트.

킹 오브 피스트의 기술이 스킬화(Skill化)해 단탈리안에 구현되는 순간이었다.

신컨의
원코인
클리어

# 심심한 아키넬라

　-????? 스킬화?

　-ㅋㅋㅋㅋㅋㅋㅋㅋ 단탈리안에서 킹피 기술 써 버리기.

　-미쳤다. 도랐다. 와ㅋㅋㅋㅋ

　-말이 돼?

　-신태양, 그는 윤인가! 신태양! 그는 윤인가! 신태양! 그는 윤인가!

　-엄마! 나는 커서 윤태양이 될래요! 엄마, 나는 커서 윤태양이 될래요! 엄마! 나는 커서 윤태양이 될래요!

　채팅이 미친 듯이 내려갔다.

　['킹피의신윤태양' 님이 10,000원을 후원하셨습니다!]

　[마! 니 킹피 아나! 몰라? 모르면 맞아야지!]

화면을 보는 현혜의 동공도 반쯤 풀려 있었다.

화면을 보고도 믿을 수가 없었다.

스킬화(Skill化).

스킬 카드와 더불어 가상현실 게임 단탈리안이 이펙트를 지원하는 유이한 기술.

유저들은 스킬 카드는 모두의 것이고, 스킬화는 선택받은 자의 것이라고 말하고는 했다.

스킬화의 조건은 간단했다.

최정상급 숙련도의 움직임을 게임 안에서 성공하면, 그 행동이 스킬화되었다.

라이트급 세계 챔피언 권투선수 굴리스타의 스트레이트, 펜싱 금메달리스트 요아킴의 봉 덩 나방(몸을 날려 찌르기), 유도 금메달리스트 권상혁의 엎어치기와 같은 기술이 그 예였다.

정리하자면 세계 최고 스포츠 선수의 시그니처 기술급 완성도로 어떤 행위를 하면 '스킬화'라는 현상이 일어났다.

-스킬화를 이렇게 쉽게 하다니…….

똑같은 굴리스타의 스트레이트라도 완성도가 높은 스트레이트는 스킬화가 되고, 영 아닌 스트레이트는 이펙트가 생기지 않았다.

어느 정점에 있는 숙련자가 그 기량을 절정으로 끌어 올릴 때, 비로소 스킬화가 일어나는 것이다.

그만큼 '스킬화'의 기준은 높았다.

그러나 태양의 움직임은 너무나 쉽고, 자연스럽게 스킬화되었다.

"이것도 되나?"

태양이 샌드백이 되어 버린 대장 경비병을 향해 발을 뻗었다.

선풍권을 맞은 시점부터 의식은 잃은 채였다.

초월 진각 – 염라각(閻羅脚).

화르르륵!

뼈억 소리와 함께 피격당한 대장 경비병의 명치가 움푹 들어갔다.

태생적으로 전투를 위해 태어난 존재인 마족이 아니었다면 진작 형체를 잃고 허물어졌을 일격.

"되네!"

태양이 호탕하게 웃었다.

벌써 7개째였다.

세계 최고의 운동선수들도 2개, 혹은 3개 정도 발현에 성공하는 스킬화 현상을 태양은 벌써 7개째 성공시켰다.

한 번의 실패도 없이.

–너는 진짜…….

"응?"

–달님 속마음 : 미친놈.

–ㅋㅋㅋㅋㅋㅋㅋㅋㅋ

-조커급 NPC? 필요 없어! 내가 조커급 플레이어다!

그녀는 태양이 게임에 접속하고 처음으로, 어쩌면 '정말로' 게임을 클리어할 수 있을지도 모르겠다고 생각하며 주먹을 꼬옥 쥐었다.

※

철컹.

[1-2 미로, 감옥: 열쇠를 찾아 문을 따고 들어가라. – Pass]
[획득 업적: 선별의 눈, 인중여포(人中呂布), 미로, 감옥 클리어]
[금화: +13, 현 보유: 13]

문 뒤는 어둠이었다.

스테이지에 입장할 때 겪은 어둠과 같은 어둠.

달라진 점이라면 태양 혼자 들어갔다가 일행이 둘 생겨서 나왔다는 것 정도일까.

-크, 달달하구연.

-2층 6개 ㄷㄷ

-웬만한 강화 버프도 업적으로 찍어 누를 듯?

-이러면 금화 가져갈 만하지.

-1층 올라올 때도 금화 먹었음. ㅋㅋ

['할머니나는커서' 님이 1,000원을 후원하셨습니다!]

[윤태양이 될래요!]

-ㅋㅋㅋㅋㅋ

-왜 할머니지? 혹시 엄마...

-거기까지.

업적 확인과 동시에 태양의 몸에 힘이 깃들었다.

근섬유 한 올, 한 올에 힘이 들어차는 충만한 기분이 태양의 정신을 고양시켰다.

"어우, 중독될 것 같아."

-크, 그 맛. 알지.

현혜의 추임새에 태양이 피식 웃었다.

"저 두 녀석은 앞으로 나랑 같이 다니는 거야?"

-같이 다닐 수도 있고, 아닐 수도 있지.

플레이어가 스테이지에 갇혀 있던 NPC를 데리고 스테이지를 통과하면 해당 NPC도 플레이어로 취급됐다.

즉, 탑에 오를 권리가 생기는 거다.

플레이어는 탑을 오를 때, 선택하는 문에 따라 행선지가 바뀌었다.

같은 문을 동시에 통과하면 같은 스테이지에 들어서는 식이었다.

"일단 저 문 따던 쪼다랑은 같이 가 봐야 의미가 없을 것 같고."

-맞아. 중요한 건 저 친구지.

태양이 이카르디를 슬쩍 흘겼다.

손 빠른 죄수의 부축을 받아 힘겹게 걷는 이카르디는 안색이 썩 나빠 보였다.

-아무래도 쟤는 회복의 문으로 보내야 할 것 같지?

"난 금화의 문을 선택하고 싶은데."

-그럼 그냥 여기서 헤어지면 되지 뭐.

현혜의 말에 태양이 코를 찡그렸다.

"흠, 괜히 구했나?"

-아냐. 의미 있는 일이었어. 네가 쟤한테 캐리받을 수준이 아니긴 한데, 분명 포텐은 있는 캐릭터니까.

스킬화를 사용하는 캐릭터는 어디에 가져다 놓아도 1인분은 했다.

심지어 게임 속 NPC들은 대부분 전투 기술만 수행하는 전투 기계들이었다.

"살린 게 헛고생되는 것 같아서."

-오르다 보면 또 만날걸? 믿을 만한 예비 동료 하나 미리 만들어 뒀다고 생각해.

탑을 오를수록 생존자는 급격히 줄어들었다.

10층쯤 되면 전에 만났던 플레이어를 또 만나기도 했다.

"저…… 감사합니다."

"저도. 감사를 표하겠습니다."

신칸의
원코인
클리어

두 죄수의 말에 태양이 손사래를 쳤다.

"뭘요. 저도 저 살자고 한 일인데."

"그래도 감사합니다. 성함이……."

"태양이요. 윤태양."

—킹피의 신! 이세카이 강림!

—헤으응...

—축포를 들어라~.

이카르디가 힘 있게 말했다.

"태양 님이 저희를 구원해 주지 않았더라면, 저희는 마족을 향한 증오도 잊고, 버러지만도 못한 목숨을 연명했을 겁니다. 당신이 한 일이 당신에게는 별일이 아니더라도 저희에게는 천 금과도 같은 중대한 사항이었습니다."

"저, 저희라뇨?"

손 빠른 죄수가 무슨 개소리냐는 표정을 지으며 이카르디를 쳐다봤다.

이카르디는 개의치 않고 말을 이었다.

"이 은혜, 테베 왕국의 중앙 기사단원으로서 잊지 않고, 목숨 으로 갚겠습니다."

"중앙 기사단!"

손 빠른 죄수가 놀라서 외쳤다.

—테베가 어디임?

—에덴 쪽 나라인가?

―ㄴㄴ 아마 설정상 이미 미궁에 먹힌 차원일걸.

―중앙 기사단은 강함?

―아마 너보단.

―나보다 약한 건 우리 집 강아지밖에 없음.

―밥 잘 줘서 너 봐주고 있는 건데. 그걸 모르네.

―ㅋㅋ;; 아닐걸? …아니지? 망고? 내가 더 세지? 봐주고 있는 거 아니지?

중앙 기사단이 뭔지 모르는 태양은 대충 말을 얼버무렸다.

"와, 대단하신 분이었구나."

짝짝짝짝.

그때 반대편에서 박수 소리가 들려왔다.

의자에 앉아 태양을 기다리는 단탈리안이었다.

그가 싱긋 웃으며 태양을 치하했다.

"이번에도 기대를 저버리지 않는, 즐거운 볼거리였습니다."

"마족!"

이카르디가 비틀거리며 허리에 손을 가져갔다.

물론 검이 없어서 헛손질만 할 뿐이었다.

태양이 이카르디의 난리를 제지했다.

"동료가 생기셨군요."

"그렇게 됐어."

단탈리안이 어깨를 으쓱였다.

―개쿨하네.

-원래 그럼.

-왜케 때리고 싶게 생겼냐?

-걍 잘생긴 거 아님?

-난 잘생긴 사람 보면 때리고 싶더라.

"어느 문을 선택하시겠습니까? 뒤에 계신 분들도."

이카르디는 회복의 문 앞에 섰다.

손 빠른 죄수는 제 주제를 잘 알고 있는지 강화의 문 앞에 섰다.

태양은 말리지 않았다.

이카르디는 조금 아깝지만, 굳이 그와 같이 가자고 회복의 문을 선택하기는 싫었다.

"그럼, 태양 님. 위층에서 뵙겠습니다."

"네. 나중에 살아 있으면 봐요."

태양의 말에 이카르디가 씨익 웃었다.

두 죄수가 들어가고, 태양은 잠시 정지했다.

현혜의 말 때문이었다.

-잠깐만 태양아. 들어가기 전에 스테이터스 창 한번 보자.

"스테이터스 창?"

[스테이터스: 업적⑥ - 솔로 플레이어, 퍼펙트 클리어(No Hit)…….]

[보유 금화: 13]

[카드 슬롯]

1. 신념의 귀걸이: 신성 +1

2. 빈 슬롯

3. 빈 슬롯

4. Closed

5. Closed

6. Closed

7. Closed

[시너지: 없음.]


스테이터스 창은 단출했다.

모은 카드도 1장뿐이었다.

신념의 귀걸이. 몽크를 선택하면 주는 보상 카드.

굳이 따지자면 장비형 카드였는데 전투에 하등 도움이 되지 않는 장신구였다.

시너지 또한 최소 2개를 모아야 발휘되는 터라 지금은 기능 없는 귀걸이로 태양의 귀에 걸려만 있었다.

"텅 비었네."

-허전하지?

"조금?"

-나도 그래. 그래서 말인데, 우리 목표를 정하자.

"잉? 목표?"

-늦어도 6층까지 슬롯 3개 다 채우기.

"되겠어?"

현혜가 설명하길, 슬롯 3개를 모두 채우는 건 보통 10층 전후라고 했다.

빠르면 8층.

─되나?

─랭커들 평균 페이스가 7층에서 8층 아님?

1층과 2층을 깨며 태양의 기량을 확인한 현혜가 확신에 찬 목소리로 말했다.

─넌 할 수 있어. 운이 조금 따라 줘야겠지만.

일곱 동작이나 스킬화를 일으킬 수 있는 괴물이라면 어지간한 네임드 NPC보다 강한 전력이었다.

1층과 2층에서 업적을 3개씩 먹은 것도 굉장한 성과였다.

이 기세로만 간다면 태양의 캐릭터가 6층에 도달했을 때 10층급 스펙에 도달할 수 있을지도 몰랐다.

"……뭐. 네가 그렇다면 그런 거겠지."

태양이 대수롭지 않게 중얼거리며 금화의 문으로 다가갔다.

"아, 참. 태양 씨."

태양이 단탈리안을 바라봤다.

단탈리안이 해맑게 웃었다.

"아무쪼록 살아남으시길 바랍니다. 기왕이면 오래요. 당신 같은 인간은 오랜만이거든요."

휘어지는 눈꼬리가 태양의 심기를 건드렸다.

태양이 신경질적으로 대답했다.

"당신이 말 안 해도 알아서 할 거야. 그런 건."

벌컥.

─야. 넌 죄수들한테는 존댓말하고 재한테는 반말하고. 기준이 뭐야?

"몰라. 마왕이라잖아. 나쁜 놈이겠지."

─ㅋㅋㅋ 킹피식 사고관.

─일단 맘에 안 들면 때리고 보기.

─때리진 않았는데요?

─Wls.

콰앙.

태양이 문 너머로 사라졌다.

혼자 남은 단탈리안이 끅끅─ 혼자 숨죽여 웃다가 결국 참지 못하고 푸하하하 크게 소리쳐 웃었다.

그가 눈에 맺힌 눈물을 닦으며 중얼거렸다.

"6층까지 카드 3장이라. 정말이지 흥미로운 인간이야."

⬥⬥⬥

3층.

단탈리안이 관장하는 마지막 층이었다.

태양은 투박한 차원 미궁의 문이 아닌, 고풍스러운 재질의 나무가 정성스럽게 조각된 문 앞에 섰다.

마치 중세 시대에 권위 있는 귀족의 집 대문 같았다.

문을 확인하자마자 현혜가 탄식을 내뱉었다.

─아, 태양아. 잠깐만.

"왜?"

3층의 스테이지는 여러 가지가 있었다.

거대한 가고일을 잡는 영광의 증명, 악마견들과 싸우는 투견장, 미노타우로스에게서 살아남는 미궁 생존 등.

그리고 태양이 직면한 스테이지는 그중에서 최악으로 손꼽히는 스테이지였다.

─아키넬라라니…….

"아, 여기가 아키넬라야?"

─? 아키넬라임?

─와, 조졌네.

─2층 미로 시련도 운 없는 건데 아키넬라까지;

─너만 억울해!

─파티 분쇄기?

─ㅇㅇ 합방 분쇄기.

─ㅋㅋ 달님도 한 번 당함.

─달님 조기퇴근 개웃겼었는데.

─그때 달님 찐텐 그립다.

현혜의 목소리에 긴장감이 담겼다.

―이거 진짜 안 좋은데.

[1-3 따분한 여왕님: 아키넬라는 따분하다. 변덕쟁이 여왕님을 만족
시켜라.]

심심한 아키넬라를 만족시키는 게 이번 스테이지의 미션이었
다.

그녀를 만족시키기만 하면 통과.

문제는 아키넬라다.

그녀는 절대 만족하지 않았다.

별의별 짓을 다 해도 마지막은 '지금부터 서로 죽여라'.

배틀 로열로 수렴할 정도.

"이건 외통수네."

―맞아. 2층이 숲 탈출이나 곰 사냥 같은 숲 지형이 안 나왔으니
까.

제한적인 클리어 방법이 있었으나, 태양에게는 해당하지 않
았다.

"어떻게 들이받으면 안 되나?"

―애초에 잡으라고 만들어 놓은 캐릭터가 아니야. 봤잖아?

아키넬라는 3층의 스펙으로 상대하기에는 너무 강했다.

그때 문 반대편에서 고혹적인 음성이 넘어왔다.

"언제까지 문 앞에 서 있을 거야? 안 들어와?"

달칵.

[1-3 따분한 여왕님: 아키넬라는 따분하다. 변덕쟁이 여왕님을 만족
시켜라.]

태양은 일단 걸었다.

온몸에 긴장을 두른 채로 천천히.

아키넬라는 '잡으라고 만들어 놓은 캐릭터가 아니다'라는 평
가를 받는 캐릭터였다.

태양의 입장에서는 잔뜩 경계할 수밖에 없었다.

"하아, 굼벵이가 기어오나. 그렇지 않아도 따분해 죽겠는데."

고혹적인 목소리만큼이나 섹시한 외모를 가진 여성 캐릭터
가 태양을 차갑게 쏘아붙였다.

─ㅗㅜㅑ.

─미모와 인성은 비례하지 않습니다.

─킹쁘긴 해.

─ㄹㅇㅋㅋ

─ㄹㅇㅋㅋ치고 있을 때가 아님; 어떡해 이거?

─윤태양 죽으면 안 돼. ㅜㅜ

그녀는 따분한 표정으로 문만큼이나 고풍스럽게 조각된 의
자에 앉아 있었다.

다리를 꼰 자세로 강아지를 껴안아 쓰다듬고 있었는데, 강아

지는 헥헥대며 태양을 바라보고 있었다.

"그, 안녕하세요."

태양이 차분하게 인사했다.

끼익.

태양이 의자를 꺼내 맞은편에 앉으려는 찰나, 강아지가 왕! 짖었다.

태양이 놀라서 멈칫, 몸을 떨었다.

그녀가 고운 아미를 찌푸렸다.

"앉으라고 허락한 적 없어."

"아, 네……."

태양이 뻘쭘하게 탁자 옆에 섰다.

의자 뒤에는 문이 보였다.

-ㅋㅋㅋㅋ 이 상황 나만 웃기냐?

-소개팅에 나왔는데 상대가 의자에 앉지 말라고 한 건에 대하여.

-뭔 건에 대해. 말투 ___ 씹덕 새꺄.

-씹덕 쳐 내!

-재밌는데...

-아무튼 쳐 내!

"……."

"……."

그렇게 한참 있으니 어색함이 물밀 듯이 밀려 들어왔다.

어쨌건 미션의 목표는 따분한 아키넬라를 즐겁게 하는 것.

아무 말도 안 하고 뻘쭘하게 있는 것보다는 뭐라도 한마디 하는 게 낫겠다는 판단으로 태양이 입을 열었다.

"저, 아키넬라 님?"

째릿!

멍!

강아지와 여자 모두 강한 눈빛으로 태양을 찌르듯이 쏘아봤다.

소개팅에 나왔는데 상대방이 사진과 다르다며 잔뜩 화가 난 여성을 상대하는 것 같은 분위기!

"그, 정말 아름다우시네요."

"뭐?"

"강아지가요."

-? 변화구 에반데.

-ㅋㅋㅋㅋㅋ

-뭔데 이거.

-개소리 on.

"갑자기 무슨 말을 하는 거야?"

"강아지는 암컷인가요, 수컷인가요?"

태양이 제 입으로 어떤 말이 튀어 나가는지 인지하지도 못한 채 지껄여 대기 시작했다.

본래 아무 말이나 해대면 어이가 없어서라도 잠깐은 지켜보기 마련이다.

 태양은 필사적으로 현혜에게 들었던 이야기를 떠올렸다.

 ―뭐? 강아지가 본체?
 ―사실 서큐버스가 아니라, 강아지 이름이 아키넬라였던 거야. 서큐버스가 강아지의 펫이었던 거지. 이거, 보통 사람들은 모르는 꿀팁이다?

 서큐버스 자체의 무력은 강하긴 했지만 범접하지 못할 정도는 아니었다.

 다만 전투가 진행되면 서큐버스의 강아지, 아키넬라가 마견으로 각성하는데, 그 마견의 무력이 말도 안 되게 강력했다.
 ―아키넬라 공략은 2층부터 빌드업해야 해. 2층이 숲 탈출이나 곰 사냥 같은 숲 지형이 나왔을 때, 강아지가 좋아하는 먹잇감 같은 거 챙겨 놓고 올라가서 강아지한테 주는 거지.
 ―만약 2층에서 그런 스테이지가 안 걸리면?
 ―솔직히 별다른 해결책은 없어. 안 걸리게 기도해야지.
 ―그게 뭐야.
 ―뭐긴 뭐야. 단탈리안이지. 이런 게임이야. 깨고 싶으면 노오오오력을 해야 하는 게임.
 결국, 이런 난이도를 몇 번이나 넘겨야 클리어할 수 있는 게임이 단탈리안이다.

'그렇다면 깨 줘야지.'

태양은 필사적으로 현혜의 강의를 떠올렸다.

어렵다지만 본질적으로는 깨라고 만든 게임이다.

분명 답은 있을 것이다.

그는 물론 머리로 타개책을 강구하는 동시에 입도 쉬지 않았다.

"확실히 암컷이 예쁘죠. 아, 죄송합니다. 제가 워낙 강아지를 오랜만에 봐서. 털 알레르기가 있거든요. 그나저나 종이 뭐예요? 요크셔테리어? 골든 레트리버? 사모예드? 털이 까만 게 골든 레트리버는 아닐 것 같네요."

태양은 일부러 강아지를 걸고넘어지며 시간을 끌었다.

강아지가 본체더라도 전투 페이즈는 서큐버스부터 시작이었다.

왕! 왕왕!

"쓰읍! 형 말하잖아! 자꾸 짖으면 입마개 한다? 너 입마개가 얼마나 불편한지 알아? 모르지? 모르는 게 행복한 거야 인마."

"야, 너 지금……."

"앗! 차우차우! 차우차우죠?"

─차우차우 ㅇㅈㄹ. ㅋㅋㅋㅋ

─저게 어딜 봐서 차우차우야. ㅋㅋㅋㅋ

─챠우챠우: 록 밴드 델리 스파이시의…

─진짜 미쳤네. ㄷㄷ 목숨이 걸렸는데 농담 따먹기를 저렇게;

-ㄹㅇ; 목소리도 안 떨림.

-깡 하나는 진짜. ㅋㅋㅋㅋㅋ

끼이익!

서큐버스가 거칠게 자리에서 일어났다.

태양이 머쓱하게 머리를 긁적였다.

"아, 하하. 죄송합니다. 차우차우 아니구나."

-3초 사과는 인정이지.

-ㅇㅈㅇㅈ 이건 봐줘야지.

-근데 상대가 아키넬라네.

-애도를.

-ㅜㅜ

"하! 입마개? 정말이지 하나도 재미없는 입담이야. 멍청한 소리를 어디까지 하나 지켜봐 줬더니."

서큐버스가 새침하게 중얼거리며 마력을 끌어 올렸다.

옷자락이 하늘거릴 정도로 커다란 규모의 기운.

-맞으면 죽거나 최소 빈사야. 정신 똑바로 차려야 해.

이내 서큐버스의 손아귀에 분홍빛 마력이 뭉쳤다.

"저기……."

태양이 말로 해결해 보려 했지만, 협상은 실패.

"죽어!"

분홍빛 마력탄이 태양을 덮쳤다.

태양은 몸을 날려 마력탄을 간신히 피했다.

콰앙!

마력탄의 폭발과 함께 방 안의 가구들이 비산했다.

확실히 맞으면 사람 하나는 그대로 으깨질 정도의 폭발력이었다.

"쥐새끼 같은 게!"

왕! 왕! 왕왕!

방이 엉망진창이 되는 건 신경 쓰지 않는 걸까.

아키넬라가 다시금 마력탄을 던졌다.

'공간이 좁아.'

태양이 재빠르게 방 안 공간을 스캔했다.

마력탄이 터지는 범위가 넓었다.

서큐버스는 가구가 망가지는 것도 전혀 신경 쓰지 않아서, 폭발에 노출된 가구 파편이 비산해 2차 피해를 일으키는 것도 문제였다.

콰앙!

태양이 들어온 문으로 다시 굴렀다.

그리고 손잡이를 향해 손을 뻗었다.

조금이라도 넓은 공간을 확보하기 위해서였다.

달칵, 달칵.

ㅡ못 나가. 들어오는 순간 문이 잠겨.

"그런 건 좀 일찍 말해 줬어야지!"

"어딜 도망가려고!"

-일단 피해!

태양은 이번엔 구르지 않고 훌쩍 뛰어올라서 피했다.

또 구를 줄 알고 바닥으로 쏘아 낸 마력탄이 애꿎은 마룻바닥을 부쉈다.

태양이 이를 악물었다.

그의 머릿속에 해결책이 스쳤다.

할 수 있을지 모르겠지만…….

아니, 해야 한다.

-이거 되냐?

-조진 것 같은데.

-삼가 고인의...

-X를 눌러 조이를...

-아, 못 보겠다.

타닷.

태양이 서큐버스에게 뛰어들었다.

방이 워낙 좁아서 접근은 한순간이었다.

서큐버스가 다가오는 태양을 보며 매섭게 팔을 휘둘렀다.

"죽어!"

투웅.

거리가 짧은 만큼 마력탄을 피하기도 어려워졌다.

태양이 격하게 허리를 뒤로 꺾었다.

콰앙!

마력탄이 또 마룻바닥을 다시 한번 박살 냈다.

태양이 허리를 튕겨 일어나며 초월 진각을 밟았다.

쿠웅.

빠지직.

태양의 오른손에 전자기가 깃들었다.

왕! 왕!

심상치 않은 기운을 감지했는지 아키넬라가 짖었다.

아키넬라가 먼저 개입하는 최악의 경우가 있을 수도 있겠지만, 태양은 과감히 그 수는 배제했다.

사서 걱정을 하자면 숨 한 번 들이쉬는 것도 망설여야 하는 곳이 단탈리안이다.

하이퍼 드래곤 블로(Hyper dragon Blow).

태양의 주 캐릭터 '초월 악마 건'이 아닌, 라이벌 캐릭터 '황산'의 기술.

전자기가 푸른색의 용으로 화했다.

─와, 진짜 킹피 보는 것 같네.

─ㄷㄷ 저거 스킬화되려면 얼마나 연습한 거임?

─이거 윤태양 주 캐 아니잖아. 줄리아 주 캐가 황산 아님? 줄리아도 못 쓰던데.

─? 줄리아도 단탈리안에서 킹피 기술 씀?

─시도해 봤는데 못 썼다니까.

─아, ㅋㅋ 네 주캐 쩔더라.

—이걸 뺏네. ㅋㅋㅋㅋ

뻐억.

서큐버스의 가는 허리에 강력한 보디블로가 들어갔다.

서큐버스의 허리가 대번에 반으로 접혔다.

"크흡."

깔끔하게 들어간 타격.

물론 숙련된 킹 오브 피스트 유저는 여기에서 만족하지 않는다.

태양이 서큐버스의 머리를 잡고 무릎으로 찍었다.

왕! 크앙! 크아아앙!

아키넬라의 짖음이 한층 격렬해졌다.

태양은 오히려 스퍼트를 올렸다.

"자, 잠깐!"

"잠깐은 무슨!"

빈틈을 칼같이 잡아서 반격한다.

한 번 잡은 기회에 최대한 많이 때린다.

이것이 전투의 기초다.

태양이 서큐버스를 가볍게 밀고 다시 초월 진각을 밟았다.

초월 진각 - 승룡권(昇龍拳).

콰직!

강력한 어퍼컷이 서큐버스의 턱을 강타했다.

초월 진각 - 선풍권(旋風拳).

빠지지직!

뒤이어 전자기가 휘감긴 정권이 명치에 꽂혔다.

폭풍 같은 연격.

정작 때린 태양 본인도 '어라? 이게 되네?' 할 정도로 순식간에 데미지를 꽂아 넣었다.

-태양아! 뒤! 뒤에!

태양은 순간 등 뒤에서 덮쳐오는 열기를 느꼈다.

크허어어어엉!

강아지, 아키넬라였다.

강아지라고 부를 수도 없었다.

전투 모드로 전환한 마견 아키넬라의 몸집은 강아지보다는 사자, 호랑이의 체급이었다.

털은 지옥 불이라도 그을렸는지 검붉게 변해 있었다.

태양이 반사적으로 몸을 뒤틀었다.

아키넬라의 몸체가 극적으로 태양을 비껴갔다.

콰아아아앙!

발길질 한 번에 방 안에 있는 가구 절반이 통째로 터져 나갔다.

떨어져 있는 태양에게도 피부가 익을 것 같은 후폭풍이 들이닥쳤다.

'맞으면 죽겠는데?'

항거할 수 없는 압도적 무력.

태양이 침을 꿀꺽 삼켰다.

크허어어어엉!

아키넬라가 포효를 내지르며 다시금 태양에게 달려들었다.

태양이 발작하듯 소리 질렀다.

"동작 그만!"

태양이 반쯤 박살 난 서큐버스의 결 좋은 머리채를 휘어잡았다.

마견 아키넬라와는 다르게 서큐버스는 3층의 일반 플레이어들도 어느 정도 대항할 수 있는 존재.

"흐윽."

스킬화가 일어난 태양의 공격을 세 방 연속으로 맞은 서큐버스는 빈사 상태였다.

쿠웅.

태양이 서큐버스를 움켜쥔 채 다시 한번 초월 진각을 밟았다.

이번에는 무릎에서 전자기가 일었다.

태양이 짓씹듯이 속삭였다.

"거기서 한 발자국만 더 움직이면 이 서큐버스는 죽어."

크르르르.

이에 상관없다는 듯이 태양을 쏘아보는 아키넬라.

그러자 태양이 서큐버스의 관자놀이에 주먹을 가져다 댔다.

"이 머리가 박살 나는 거 보고 싶으면 계속 움직여 보든가."

우뚝.

놀랍게도 마견 아키넬라가 동작을 멈췄다.

-뭐, 뭐야. 이거 무슨 상황이야?

현혜가 당혹했다.

시청자들도 당혹했다.

-?

-?

-뭐지?

-???

-뭔데?

크르릉.

아키넬라의 입에서 이글거리던 화염이 사그라졌다.

태양이 식은땀을 흘리며 나직하게 중얼거렸다.

"좋아. 움직이지 않는다면 나도 해치지 않아."

태양의 머리에 스쳐 지나간 해결책.

바로 서큐버스를 인질로 잡는 거다.

그런 사람이 있다.

자기는 컵라면으로 끼니를 때우지만, 애완동물의 간식은 꼭
사야 하는 사람.

자신은 넘어져 무릎이 까지는 건 아무렇지 않게 툭툭 털고 일
어나면서 애완 강아지나 고양이가 조금이라도 다치면 세상이
무너진 것처럼 호들갑을 떨어 대는 사람.

그리고 현혜가 알려 준 정보.

사실 강아지가 주인이고, 서큐버스가 펫이다.

태양은 아키넬라가 저 서큐버스의 참된 주인이라고 가정했다.

반쯤 정신 나간 가정이었지만, 애초에 개가 사람의 주인이라는 것부터 정신 나간 일이니까.

그리고 태양의 선택은 옳았다.

아키넬라는 실제로 움직이지 않고 있었다.

태양이 조심스럽게 손짓했다.

"자. 저기 뒤에 문 보이지? 저 뒤로 가. 그래. 멀리, 네 콧김이 닿지 않는 곳으로 말이야."

크르릉.

아키넬라가 태양을 노려보며 뒷걸음질 쳤다.

한 걸음, 두 걸음.

-이게 뭐야!

현혜가 경악해서 소리를 질렀다.

# 쉼터

태양이 문을 넘어오며 한숨을 내쉬었다.

"휴, 죽는 줄 알았네."

반대편에서 단탈리안이 포복절도하고 있었다.

"뭐야, 왜 저래."

"……크하하핫! 하. 이렇게 웃은 건 정말 오랜만입니다. 복순이를 인질로 층을 통과할 생각을 하다니."

단탈리안은 손수건을 꺼내 눈물을 닦아야 할 정도로 크게 웃었다.

"……서큐버스 이름이 복순이였나 봐."

-그건 그거대로 충격이야.

-ㄷㄷㄷ 히든 피스.

-와, 서큐버스 이름이 복순이래.

-망고! 네 이름은 이제부터 복순이야.

[1-3 따분한 여왕님: 아키넬라는 따분하다. 변덕쟁이 여왕님을 만족 시켜라. - Pass]

[획득 업적: 아키넬라 협박범, 현명한 판별, 따분한 여왕님 클리어]

[금화: +11, 현 보유: 24]

-또 업적 3개.

-업적 3개는 기본인가.

-좀만 더 올라가면 그냥 쓸어 담겠는데.

-여기서 얼마나 더 쓸어 담으라고. ㄷㄷ

3층에 업적 9개.

보통 유저는 클리어 업적만 챙긴 채 위로 올라가니 보통 유저의 9층 스펙을 3층 졸업에 달성한 셈이었다.

"태양, 제가 준비한 3개의 층을 클리어하느라 고생하셨습니다."

단탈리안이 싱긋 웃었다.

"문으로 들어가면 되나?"

"네. 졸업 층에는 문이 하나니, 고민할 필요 없이 들어가시면 됩니다."

졸업 층.

한 마왕이 보통 3개의 층을 담당하는데, 마지막 층에는 강화, 회복, 금화의 문이 없었다.

문을 들어가면 나타나는 게 시련, 즉 다음 스테이지가 아니라 쉼터이기 때문이다.

"기대하셔도 좋을 겁니다. 쉼터에서는 '다른 차원에서 온' 인간들을 만날 수 있을 테니까요."

차원 미궁은 설정상 여러 차원의 죄수들이 수감되는 감옥이었다.

유저뿐만 아니라 다른 차원에서 온 인간들도 존재했다.

그리고 유저들은 그런 인간들을 NPC라고 불렀다.

-지금까지는 사실상 튜토리얼이었다고 볼 수 있지.

"튜토리얼이라고 부르기에는 너무 불친절하지 않았어?"

-그러니까 말이야. 내 소원이 단탈리안 개발자 턱주가리 한 대 때리는 거였는데.

"고작 한 대?"

-그때는 상황이 이렇게 될 줄 몰랐으니까.

태양이 고개를 꺾었다.

그가 만약 개발자를 만나면 이성을 유지할 수 있을까.

할 수 있을지도 몰랐다.

'별림이만 무사하다면.'

제발 무사하기를.

태양이 문을 향해 걸었다.

항상 3개가 나란히 서 있던 문이 1개만 달랑 서 있으니 왠지 어색하게 느껴졌다.

문 앞에 다가선 태양이 멈춰 섰다.

문짝에 돌판이 붙어 있었다.

―네 성적표야. 층의 담당 마왕이 매긴 성적표. 여기선 단탈리안이 매긴 성적표라고 할 수 있지.

성적표. 마왕이 플레이어의 행동을 보고 얼마나 재미있었는지 평가하는 것이다.

등급은 E부터 A까지 있는데, A등급을 받으면 50골드의 보상이 있었다.

태양이 노린 것도 바로 이것이었다.

금화의 방으로 얻은 금화까지 합치면 100골드는 금방이다.

"좋네."

태양이 웃었다.

그렇지 않아도 초반부터 업적을 싹쓸이하듯 먹어 체급을 키운 태양이다. 시너지만 쫙쫙 붙여 주면 미궁 초반부에서 무쌍을 찍을 수 있을지도 몰랐다.

태양이 돌판을 확인했다.

[빛나는 전투 센스와 차원 미궁을 수십 번은 들어와 본 듯한 능숙함. 타의 추종을 불허하는 의외성까지. 감탄을 금할 수 없었습니다. 더욱 정진해서 바알의 입꼬리도 들어 올리시길 기대하겠습니다.]

[획득 업적: 단탈리안 공인 S등급.]
[추가 보상: 100골드.]


추가 보상부터 눈이 갔다.

50골드가 아닌, 100골드.

다음으로 눈에 들어온 건 등급이었다.

-??

-???? S등급?

-S등급이 있었음?

태양이 고개를 갸웃했다.

"S등급인데?"

-그, 그러게? 와. S등급도 있었구나.

"현혜야,"

-응?

"생각보다 모르는 게 많다?"

-크, 크흠.

태양이 입꼬리를 올리자 현혜가 허겁지겁 변명을 시작했다.

-네, 네가 너무 잘하니까…….

"정신을 못 차리겠지? 그치?"

-ㅋㅋㅋㅋ 달님 변명하는 거 보세.

-이건 희귀한 장면이군요.

쉼터.

다음 마왕의 층에 들어가기 전에 재정비하는 곳이다.

상인 혹은 바텐더에게 카드를 구매할 수 있고, 장비를 가다듬을 수 있는 시설이 존재했다.

물론 모두 골드를 소모하는 일이었다.

"그러니까 그냥 쉬는 곳이라는 거지?"

─응, 일단 15층 전까지는 그렇지.

다른 플레이어들이 태양을 힐끗 쳐다보고는 이내 눈길을 돌렸다.

무장이 변변찮았기 때문이다.

상층으로 올라가면 시너지, 업적 등에 신체 능력이 좌우되지만, 쌓은 업적이 적은 저층에서는 보이는 게 다다.

─일단 여관으로 가자. 바텐더에게서 카드를 구매할 수 있을 거야.

여관의 1층은 술집으로 기능하고 있어서 모인 사람이 많았다.

태양은 곧장 바텐더에게 향했다.

─오, 카드 뽑나.

─오졌다. 첫 번째 쉼터에서 뽑는 카드!

─이거 최초 아님?

─맞을 듯.

신컨의
원코인
클리어

─가챠 너모 궁금하자너~.

─두근두근.

컵을 닦던 바텐더가 정중히 물어왔다.

"무슨 용무로 찾으셨습니까? 맥주는 한 잔에 금화 1개, 럼은 금화 2개입니다."

"아, 그건 됐습니다."

"그럼?"

"카드 하나 보려고요."

술집이 조용해졌다.

고작 '카드'라는 단어 하나가 술집의 이목을 단숨에 태양에게로 끌어온 것이다.

"실례지만, 골드는 있으십니까?"

태양이 스테이터스 창을 켜 '금화: 124'라고 적혀 있는 부분에 손을 집어넣었다.

이윽고 손을 빼내자 황금색 동전이 우수수 쏟아져 나왔다.

금화 100개가 바텐더 앞에 수북하게 쌓였다.

땡그랑, 땡그랑.

간헐적으로 바닥에 떨어지는 금화 소리가 술집을 울렸다.

─크. 내가 다 으쓱해지네.

─주모! 샤타 내려! 오늘 밤 주막은 내가 접수한다!

플레이어들이 놀라서 수군거렸다.

"저, 저거 다 진짜야?"

"보면 모르냐?"

"와, 그럼 정말로 카드를 사는 거야?"

이곳은 고작 3층 쉼터.

이제껏 아무리 호성적을 낸 플레이어라도, 3층 쉼터에서 카드를 구매하는 경우는 없었다.

"100개. 정확하게 받았습니다."

빠른 속도로 금화의 개수를 확인한 바텐더가 고개를 끄덕였다. 그리고 술병이 놓여 있던 선반을 뒤집었다.

드르륵.

그곳엔 수많은 카드가 전시되어 있었다.

"카드? 정말 카드야?"

"이게 그 카드야? 시너지를 채우는?"

차원 미궁에 입궁한 이래 처음으로 카드를 마주한 초심자들이 바텐더를 향해 달려들었다.

—아 ㅋㅋ 뉴비쉑들 달라붙는 거 보소.

—마! 봐라! 이게 카드다!

탁, 탁, 탁.

카드 뭉치 사이에서 바텐더가 뽑아 준 카드는 단 세 장이었다. 더 많은 카드를 구경하고 싶었지만, 게임의 규칙이었다.

쉼터에 와서 상점을 통해 구할 수 있는 카드는 단 3장.

다른 카드를 구경하고 싶다면 플레이어 대 플레이어로 거래하는 수밖에 없었다.

"뒤집어 보시죠."

태양이 주변을 돌아봤다.

보는 눈이 많았다.

"저 혼자만 볼 순 없을까요?"

"그럴 순 없습니다."

바텐더가 단호하게 고개를 저었다.

―이게 진짜 지독한 거지.

견물생심.

물건을 보면 가지고 싶은 욕심이 생기는 법이다.

귀한 보물을 가져가는 모습을 강제로 공개시킴으로써 다른 플레이어들의 욕망을 자극하는 거다.

마왕들은 플레이어들이 서로 치열하게 싸우기를 바랐다.

그 의도는 이런 시스템적인 부분 곳곳에서 드러났다.

태양은 별수 없이 다른 플레이어들 앞에서 카드를 뒤집었다.

[전사의 견갑(R): 무투가 +1, 근력 +1, 영웅 +1]

[클라우드 슬라이스(R): 검사 +1, 민첩 +1, 영웅 +1]

[수도승의 허리띠(R): 민첩 +1, 근력 +1, 신성 +1]

"이게 카드!"

"R? 레어 등급?"

"좋은 건가?"

"희귀한데, 좋은 거겠지."

주변에서 탄성이 터져 나왔다.

그리고 그보다 더 놀란 건 현혜와 시청자들이었다.

ㅡ레어 등급이라고?

ㅡㅁㅊ! 이게 왜 여기서 나와?

ㅡ3층에서 레어 먹고 시작. ㅋㅋㅋㅋㅋㅋㅋㅋㅋ.

ㅡ단탈리안... 이런 게임이었어?

ㅡ너. 좀 낯설다?

단탈리안의 카드의 등급은 노말, 언커먼, 레어, 유니크, 레전드의 순이었다.

노말 등급의 카드는 능력치가 1개 붙어 있고, 장비나 스킬도 일반적인 수준이었다.

언커먼은 능력치가 2개 붙어 있는 동시에, 이름 그대로 말 그대로 흔하지 않은 수준의 장비. 그리고 레어는 능력치 3개에 희귀한 수준의 장비, 스킬이었다.

상점에서 노말이 아닌 등급의 카드가 나오는 건 극히 희귀했다.

15층 이전 쉼터에서는 더더욱.

놀람은 잠깐이고, 곧 사람들은 고민에 빠졌다.

ㅡ뭘 먹어야 하지?

ㅡ견갑 아님? 무투가 달려 있잖아.

ㅡ클라우드 슬라이스는 스킬이잖음. 저거 하나만 먹으면 초

신권의
원코인
클리어

반부 날먹 가능.

　ー스킬을 굳이? 윤태양은 이미 맨손으로 스킬화만 대여섯 개 넘게 하지 않음?

　ー정정) 7개까지 한다.

　ー다들 멍청하네. 수도승의 허리띠 챙겨서 신성 시너지 맞춰야지.

단탈리안에는 시너지 시스템이 있었다.

모든 장비, 스킬 카드에는 시너지라는 부가 효과가 붙어 있는데, 이 시너지를 일정 숫자 이상 모으면 해당 캐릭터에 버프가 부여됐다.

무투가, 검사와 같은 직업 시너지는 3개를 모으면 버프가 부여되고, 근력, 민첩과 같은 스탯 시너지는 2개를 모을 때마다 버프가 부여됐다.

신성, 영웅과 같은 특수 시너지 역시 2개 혹은 3개를 모을 때마다 버프가 생겼다. 그리고 같은 종류의 시너지를 많이 모을수록 더 큰 효과를 발휘했다.

무투가 3/6/9: 격투기 추가 데미지 보정/신체에 닿은 것에 '반드시' 타격을 준다/본질에 타격을 준다.

민첩 2/4/6/8: 민첩 보정/민첩 추가 보정/기척 차단 보정/기척 차단 추가 보정.

이와 같은 식이었다.

직업 시너지는 모으기 힘든 대신 6개부터 커다란 잠재력이 있었고, 스탯 시너지는 초반부터 유용했다.

그리고 특수 시너지는 특수한 능력 보정이었다.

신성 2/4/6/8: 모든 공격에 20%/40%/80%/160% 추가 피해

영웅 3/6: 적 스탯 총합이 플레이어의 스탯 총합보다 높으면 플레이어는 모든 스탯이 50%/100% 증가한다.

—수도승의 허리띠로 가자.

"그럴까?"

[수도승의 허리띠(R): 민첩 +1, 근력 +1, 신성 +1]

스탯 시너지는 2개만 모아도 되니, 초반에 빠르게 시너지를 발동하기에 적합하고, 신성 시너지를 활성화하는 건 큰 메리트였다.

—장비 역할을 못 하는 점이 아쉽긴 하지만 네가 검술 스킬을 쓸 것도 아니고.

"견갑도 있으면 좋기야 하겠지만."

카드가 아니더라도 게임을 진행하면서 장비는 맞출 수 있었다.

"수도승의 허리띠를 구입하시겠습니까?"

"네."

태양은 구입과 동시에 카드를 장착했다.

고풍스러운 허리띠가 태양의 허리를 휘감는 동시에 신성한

신컨의
원코인
클리어

빛이 튀었다.

"윽."

마족인 바텐더가 신성한 빛에 눈살을 찌푸렸다.

[스테이터스 – 업적⑼: 솔로 플레이어, 퍼펙트 클리어(No Hit)……]

[보유 금화: 24]

[카드 슬롯]

1. 신념의 귀걸이: 신성 +1

2. 수도승의 허리띠(R): 민첩 +1, 근력 +1, 신성 +1

3. 빈 슬롯

4. Closed

5. Closed

6. Closed

7. Closed

[시너지: 신성⑵ – 모든 공격에 20% 추가 피해]

"흠."

태양이 주먹을 쥐었다 폈다.

흰색 스파크가 튀었다.

태양이 주변을 둘러보았다.

수많은 플레이어가 태양을 바라보고 있었다.

—이런 관심. 조금 많이 부담스럽네요.

-연예인들의 심정이 이럴까?

-어허! 시너지도 없는 거지들이! 눈 안 깔아?

-약간 무서운데;

-이거 다음 층에서 다구리 맞고 죽는 거 아니냐?

그나마 다행인 건, 쉼터에서는 전투 행위가 불가능하다는 것.

태양은 다른 플레이어들을 무시하고 여관으로 향했다.

# 보주 찾기

태양은 여관에서 하루 푹 쉬었다.

쉬는 시간 동안 현혜도 현실의 일을 처리했다.

-오, 방송 켜졌다.

-태하! 달하!

태양이 여관 로비로 나서자마자 사람들이 몰려들었다.

"이봐, 우리랑 함께하지 않겠어?"

"아니! 우리와 함께하세! 우리는 이미 궁수, 치료사를 영입했
어. 자네만 들어오면 우리 인원은 완벽해져!"

"100골드는 어떻게 얻은 거야?"

-무수한 악수 요청. ㄷㄷ

-이게 바로 인싸의 삶인가.

태양은 1층 쉼터에서 가장 유명한 인물이 되었다.

당연한 일이다.

그 많은 사람 앞에서 레어 카드를 가져갔으니.

동료로 영입하고 싶은 사람, 뭐라도 콩고물이 떨어질까 들러붙는 사람, 말없이 주변을 배회하는 사람까지.

별의별 사람들이 태양에게 들러붙었다.

그리고 태양은 냉정하게 고개를 저었다.

"됐어. 다 꺼져."

─굳이? 솔로 플레이하면 힘들 텐데.

─본인 피지컬에 자신 있는 건 아는데, 이건 조금 그렇지 않나.

─ㄴㄴ 괜히 뒤통수 맞는 거보단 이게 나음.

태양은 첫 번째 쉼터에서 믿을 만한 동료를 고르는 걸 포기했다.

스킬 카드를 산 임팩트가 너무 컸다.

모두가 잴 것 없이 태양에게 접근하는 상황이라 옥석을 가려내기가 여의치 않았다.

믿을 수 없는 동료와 함께할 바엔 차라리 혼자가 나았다.

"파티원 없이 간다. 상관없지?"

─응.

현혜도 태양과 생각이 같았다.

애초에 확실히 믿을 수 없을 것 같으면 파티를 맺지 말라고 가르친 게 바로 현혜였다.

태양은 플레이어들의 이야기를 무시하고 곧바로 다음 층으로 향했다.

"우린 지금 넘어간다."

"우리도!"

"빨리 움직여!"

쉼터에 있던 몇몇 사람들이 태양을 따라 들어왔다.

개인도 있고, 그룹도 있었다.

─하이에나든가, 버스 승객이든가 둘 중 하나야.

"둘 다 반갑진 않네."

태양을 노리는 사람이나, 그에게 기대려 하는 사람들.

태양은 그들의 뜻대로 움직여 줄 생각이 전혀 없었다.

따라 들어온 사람 중에 가장 눈에 띄는 건 한 대머리 남자였다.

대머리 남자는 덩치도 크고, 몸이 온통 근육질에 흉터도 있었다.

위로 올라가면 조그만 어린아이가 덩치 큰 아저씨를 한 손가락으로 제압하는 경우가 허다했지만, 아직 업적 개수가 유의미하게 쌓이지 않은 저층 구간에서는 외모가 전투력의 척도가 될 수 있었다.

─저거 봐라. 눈빛 흉흉한 거.

"그러게."

대머리 남자는 노골적으로 태양을 노려봤다.

대머리 남자의 일행으로 보이는 플레이어들 역시, 힐끔힐끔 태양을 훔쳐봤다.

누가 봐도 사냥감을 노리는 모양새.

하, 볼 거면 몰래 보든가.

저렇게 대놓고 노린다고 광고해서야.

태양은 고개를 절레절레 저었다.

혼자서 다음 스테이지로 넘어가면 심력을 쏟을 일도 없었겠지만, 시스템이 문제였다.

플레이어가 스테이지에 도전할 때, 다른 플레이어들이 따라갈 수 있는 시스템.

물론 이것도 플레이어 간의 원한 관계가 허무하게 끊어지는 일이 없게 설계한 것이다.

'뭐, 나쁜 점만 있는 건 아니지. 파티, 팀 개념이 성립할 수 있는 것도 이 시스템 덕분이니까.'

문을 넘어 조금 더 걸으니 또 다른 문이 나왔다.

태양은 망설임 없이 문을 열고 들어갔다.

대머리 남자를 비롯한 플레이어들이 우르르 따라 들어왔다.

"4층은 숲 지형이네."

─숲 지형?

─4층에 숲 지형? 뭐였더라?

─뭘 추측해. 곧 마왕이 나와서 알려 줄 텐데.

태양이 숨을 크게 들이쉬었다.

피톤치드 향이 느껴졌다.

공기는 습하고, 키 큰 나무가 무성해서 낮임에도 주변은 어두웠다.

숲속의 작은 공터는 곧 사람으로 빽빽하게 들어찼다.

태양.

그들과 같은 쉼터에서 있던 플레이어들.

다른 쉼터에서 온 플레이어들.

조용하던 숲은 곧 사람들이 웅성거리는 소리로 가득 찼다.

태양은 대화에 참여하지 않고 구석에서 차분히 기억을 되살렸다.

─4층, 숲 지형. 태양아, 내가 알려 준 거 기억하고 있어?

"응. 보주 찾기 스테이지. 맞지?"

─좋아.

태양이 현혜와 4층 스테이지의 공략법을 되새기는 사이, 숲의 공기가 달라졌다.

웅성거리던 소리가 순식간에 잦아들었다.

태양도 입을 멈추고 한 곳을 바라보았다.

그곳엔 한 남자가 있었다.

왼팔에 뱀을 휘감은 나른한 인상의 남자였다.

"안드로말리우스."

태양이 조그맣게 중얼거렸다.

바로 저 남자가 차원 미궁 단탈리안의 4층에서 6층을 관장하고 있는 마왕, 안드로말리우스였다.

안드로말리우스는 나른한 눈으로 주변을 쓰윽 둘러보고는 입을 열었다.

"너희들이 이 숲에서 해야 할 건 간단하다. 보주를 찾아라."

[2-1 보주 찾기: 보주를 3개 수집하라.]

시스템 창과 함께 정적이 흘렀다.

"……설명이 이게 다야?"

"보주가 뭔데?"

—쿨찐은 쿨몽둥이로 맞아야 해.

—마왕 쉑 있어 보이려고 말 줄이는 거 봐. ___

—내 옆에 있었으면 꿀밤 한 대 야무지게 날렸다, 진짜.

쿵.

안드로말리우스가 화려한 소파를 소환했다.

소파에 앉은 그의 뒤로 3개의 문이 일렁였다.

강화, 회복, 금화의 문이었다.

"보주 3개를 모으면 나에게 가져오면 된다. 더 많이 모아 오면 좋고."

"아니, 그러니까 보주가 뭔데?"

"알려 줘야 가져올 것 아니야!"

그때 안드로말리우스의 팔에서 뱀이 튀어나갔다.

덥석!

뱀은 플레이어를 집어삼켰다.

"어? 어? 어?"

"지금 무슨……."

주변에 있던 플레이어들이 어안이 벙벙한 채 뱀을 바라봤다.

그들은 뱀이 움직이는 것을 제대로 인식하지도 못했다.

집어 삼켜진 플레이어의 발이 격렬하게 버둥거리다가 이내 축 늘어졌다.

ㅡㄷㄷㄷ 깝치지 않겠습니다...

ㅡ아까 꿀밤 야무지게 먹인다는 친구 아직 있나?

ㅡ지려서 팬티 갈아입고 있답니다.

안드로말리우스가 소파에 앉아 다리를 꼰 채 입을 열었다.

"또 불만 있는 사람 있나?"

정적이 감돌았다.

"없으면 어서 움직여. 여기서 지지고 볶는 건 지루한 장면이다."

태양이 그 광경에 미련 없이 등을 돌렸다.

NPC 플레이어들은 정보가 없어 당황하고 있었지만, 태양은 이미 스테이지, 미션 전반에 관한 정보를 모두 알고 있었다.

미션의 개요는 숲속 곳곳에 숨어 있는 보주를 찾아서 공터 중앙에 있는 안드로말리우스에게 가져가는 것이었다.

보주는 숲속 생명체가 가지고 있을 수도 있고, 나무에 달려 있을 수도 있고, 땅에 파묻혀 있을 수도 있었다.

강력한 생명체일수록, 높은 나무일수록, 그리고 시작 지점인 공터에서 멀리 떨어질수록 보주를 얻을 확률이 높았다.

─중요한 건 초반에 빨리 움직이는 거야.

보주의 숫자는 적었다.

그리고 시간이 갈수록 강력한 숲속 생명체들이 점점 플레이어들의 숨통을 조여 왔다. 플레이어들이 보주를 모을 여유가 점점 없어진다는 이야기다.

종반에 가면 플레이어들은 새로 보주를 찾을 생각을 하지 않고, 오직 서로를 죽여 모은 보주를 빼앗을 생각만 하게 된다.

'그 정도로 개판이 나기 전에 빨리 먼저 클리어해 버리는 게 나아.'

태양은 발걸음을 서둘렀다.

그렇지 않아도 이미 쉼터에서부터 태양을 따라온 무리가 있었다.

그들과의 전투로 시간이 뺏길 것은 자명한 일.

조금이라도 빨리 움직여야 했다.

보주에는 스테이지를 클리어하는 용도 외에도 다른 기능이 있었다.

바로 많이 가지고 있을수록 힘을 부여하는 것.

플레이어가 보유한 보주 하나는 업적 하나로 취급됐다.

즉, 기량이 떨어지더라도 보주만 착실하게 찾으면 이번 스테이지 한정으로 엄청나게 강해질 수 있다는 소리다.

태양은 숲을 헤치면서 생각했다.

보주 3개면 미션 통과.

하지만 안드로말리우스는 '많이' 모아 오면 좋다고 했다.

보주를 많이 모을수록 추가 보상이 있다는 뜻이다.

3개, 5개, 7개.

각각 업적 1개씩.

그러니 업적을 꽉꽉 채워서 넘어가려면 한 사람당 보주 18개를 모아야 했다.

"상황을 보고 넘어가야겠지만."

무리하게 18개를 모으려다가 죽는 것만큼 멍청한 짓도 없다.

단탈리안은 항상 차선을 염두에 두고 움직여야 하는 게임이었다.

태양이 뒤를 힐끗 바라봤다.

보주를 찾아 흩어지는 플레이어들.

그리고 자리에 남는 플레이어들.

"쯧."

자리에 남는 플레이어들의 생각은 훤했다.

굳이 찾는 수고를 하지 않고 보주를 모아 온 플레이어의 것을 빼앗을 심산이겠지.

─걱정 없어. 숲에서 보주를 잔뜩 모아 오면 저런 것들은 날

파리나 다름없으니까.

다른 플레이어들이 보주를 찾아 숲을 헤치고 다니는 동안, 태양은 망설임 없이 숲 깊숙한 곳으로 들어갔다.

어떤 전투도 벌이지 않고, 주변을 둘러보지도 않고, 그저 일직선으로.

─얘 보주 안 찾고 뭐 함?

─혼자 숲 깊숙한 곳으로? 데드 플래그.

─뱀 굴 찾는 거 아님?

한참을 더 걸은 태양은 거대한 나무 앞에서 멈춰 섰다.

성인 장정 열댓 명은 모여야 감싸 안을 정도로 두꺼운, 거대한 나무였다.

"이게 가장 큰 나무 맞지?"

작은 건물만 한 크기의 거대한 나무.

태양은 나무 주변의 지반을 쿡쿡 쑤셨다.

─뱀 굴 찾는 거 맞네.

─아니, 이 초반부터?

─알아만 둔다는 건가.

─지금 잡는 건 말이 안 돼.

─뱀 굴 안에 보주 엄청 많잖아. 그거 찾으려는 거 아닐까?

─그러다가 아크샤론 마주치면 죽는데?

─윤태양 하는 거 보면 뒈져도 상관없다는 마인드인 거 같던데.

ーㄹㅇㅋㅋ 애초에 단탈리안 접속한 거부터. ㅋㅋ

['유치원간식도둑윤태양' 님이 10,000원을 후원하셨습니다!]

[그렇게 가까운 지반이 아니라 나무에서 3m 정도 떨어진 곳이에용.]

ー태양아, 들었어? 그렇다네.

현혜의 말에 채팅 창을 확인한 태양이 고개를 끄덕였다.

태양은 나무 주변 3m 간격으로 돌며 지반을 쑤셨다.

시청자의 말을 100% 확신할 순 없었지만, 현혜가 알려 준 정보와 아주 다르지도 않았다.

'시도해 본다고 손해 볼 일은 아니지.'

퍼억.

ー오, 있다.

ー갓청자 ㅇㅈ.

ー이걸 알려 주네.

태양이 뻗은 발밑으로 커다란 동공이 있었다.

태양은 그 안으로 들어갔다.

뱀 굴.

말 그대로 뱀이 사는 굴이다.

사람 세 명이 나란히 걸어도 될 정도의 폭을 가진 커다란 굴.

높이 역시 높았다.

태양이 주위를 둘러봤다.

뱀 굴은 그 이름답지 않게 뱀이 보이지 않았다.

이 뱀 굴은 '단 1마리'의 뱀이 소유한 영역이기 때문이다.

뱀 굴의 주인, 거대 뱀 아크샤론.

아크샤론은 말하자면 보주 찾기 스테이지에서 가장 강력한 몬스터였다.

업적 15개는 얻어야 간신히 데미지가 들어가고, 잡으려면 졸업급으로 보주를 모은 고인물 플레이어들이 단체로 사냥을 시도해야 할 정도의 몬스터.

하지만 태양은 아크샤론을 걱정하지 않았다.

아크샤론은 낮에 활동하지 않았다.

게다가 태양이 들어선 곳은 뱀 굴의 끝자락이었다.

마나를 억지로 풀풀 풍겨 대지 않는 이상 아크샤론이 태양에게 들이닥칠 일은 없었다.

"일단, 이 주변에 보주 3개가 있다고 했지?"

─맞아. 안으로 들어가면 더 있는데. 거긴 너무 위험하지. 일단 외곽 주변에는 3개. 위치는 항상 다르니까 여기서부터는 네가 몸으로 뛰어야 해.

"오케이, 오케이."

그때 태양이 들어온 구멍에서 사람의 형체가 떨어져 내렸다.

후두둑.

"여긴 뭐야?"

"잘도 이런 곳을 발견했군."

"왠지 보주인지 뭔지 있을 것 같은데?"

"좋네. 카드도 얻고, 보주도 찾고."

대머리 남자와 그의 일행이었다.

—어?

—칫, 미행인가.

—저, 저 노려볼 때부터 알아봤다.

—숫자 개 많은데? 망한 거 아님?

—진심; 누가 윤태양 경찰에 신고라도 해 보셈; 간 떨려서 못
보겠네.

—그럼 보지 말고 꺼지든가. ㅋㅋ

—의미 있냐? 이미 접속했는데?

채팅 창의 반응과는 다르게 태양은 태연했다.

"이제 와? 생각보다 늦었네."

—레어 카드. 탐내지 않을 수가 없지.

이 똥파리들은 예정된 수순이었다.

바텐더에게서 카드를 살 때, 구경하는 걸 막을 수 없었으니
까.

태양이 대머리 남자 일행을 탐색했다.

숫자는 일곱 명.

무기는…… 검, 창. 그리고 망치.

다행히도 활을 쓰는 플레이어는 없었다.

이 정도면 예상보다 훨씬 양호한 수준이다.

—7 대 1. ㄷㄷ

─될까 이거?

─대인전이니까 가능성 있지 않을까?

─킹피는 항상 일대일이잖아. 윤태양도 다인전 경험은 부족할 듯?

태양이 목을 꺾었다.

"쉬운 싸움은 아니겠지만, 이길 수 있어."

애초에 뱀 굴로 들어온 것부터가 저들을 유인하기 위해서였다.

뱀 굴은 통로가 좁았다.

1대 다수로 전투하기가 편리하다는 이야기다.

숲 지형이었으면 7 대 1 숫자 그대로 불리한 전투를 했겠지만 여기선 끽해야 2 대 1의 반복이다.

그 정도라면 태양은 충분히 자신 있었다.

대머리 남자가 거드름을 피우며 태양에게 권유했다.

"네놈이 사 간 레어 카드. 그것만 넘겨주면 목숨은 살려 주지."

태양이 피식 웃었다.

어디 말도 안 되는 개소리를.

"응, X까."

태양의 카드를 탐내고 몰래 그를 뒤쫓아 온 일곱 명의 플레이어.

타다닷!

태양이 곧바로 달려들었다.

"전투 준비!"

대머리 남자를 비롯한 플레이어들도 칼을 뽑아 들었다.

'질 이유가 없어.'

태양은 한 층에 3개의 업적을 먹으며 올라왔다.

이는 유저들 사이에서 말도 안 되는 일이었고, NPC를 포함하더라도 극소수만 할 수 있는 일이었다.

그 외의 변수를 따져 보자면 보주.

하지만 스테이지가 열린 시간을 감안하면 적도 보주를 얻었을 확률은 거의 없다.

즉, 성장에서 앞서 있다는 것.

다른 플레이어들은 업적 3개. 많아도 4개에서 5개.

하지만 태양의 업적은 9개.

극적인 차이는 아니었지만 분명 저울추는 태양에게 기울어져 있었다.

그리고 태양은 이 우위를 바탕으로 다수를 상대해 나갈 역량이 있었다.

파밧.

가장 앞서 있던 플레이어가 애매하게 검을 내뻗었다.

공격의 목적보다는 들어오는 상대를 견제하기 위한 수.

태양의 속도가 그의 예상을 한참 웃돈 탓이다.

뭐라도 해야 할 것 같았겠지.

태양이 가볍게 상체를 흔들었다.

후욱.

검이 아슬하게 태양의 어깨를 스쳐 지나갔다.

"그렇게 헛손질해 주면 나야 고맙고."

태양이 망설임 없이 진각을 밟았다.

초월 진각 – 승룡권(乘龍拳).

파지지직!

태양의 주먹에 전자기, 그것도 신성이 담긴 전자기가 휘감겼다.

"무슨!"

콰직!

승룡권은 주먹을 아래에서 위로 쳐올리는 어퍼컷이었다.

태양의 주먹에 가격당한 플레이어의 턱이 그대로 박살났다.

좋아. 한 명 가시고.

후웅!

뒤늦게 검을 휘둘러 오는 두 번째 플레이어.

이번에는 조금 어렵다. 거리가 너무 가까웠고, 몸통을 통째로 베어 오는 횡 베기라 피하기가 여의치 않다.

태양이 눈을 부릅떴다.

피할 수는 있겠지만, 그러면 적이 재정비할 시간을 주게 된다.

그렇지 않아도 불리한 일 대 다수의 싸움.

수는 줄일 수 있을 때 최대한 줄이는 게 현명하다.

'시간이 늘어지면 좋을 게 없어.'

태양이 검을 휘두르는 플레이어에게 바싹 달라붙었다.

태양의 몸이 날붙이의 간격 안으로 들어왔다.

위험한 플레이.

하지만 감수할 만한 위험이었다.

"이익!"

검이 태양의 몸에 닿기 전에, 태양이 먼저 플레이어의 손을 움켜잡았다.

중단 무릎 치기.

퍼억!

"크허억."

털썩.

두 번째 플레이어가 허리를 접으며 쓰러졌다.

남은 플레이어들이 그 광경에 당황했다.

"이, 이렇게 강하다고?"

"어이! 이렇게 강하다는 이야기는 없었잖아!"

ㅡ진짜 깔끔하다.

ㅡ평생 사람 때리는 방법만 연구했나?

ㅡ딱히 틀린 말도 아니긴 하지.

ㅡ이게 킹피 프로다.

ㅡ따라온 npc들 당황 탓쥬. ㅋㅋ

―이거 보니까 킹피 마려워지네.

―근데 이거 보고 가면 거기 고인물한테 ㅈㄴ 처 맞고 울면서 돌아옴.

―격투 게임 특. ㅋㅋ

다른 플레이어들의 반발에 대머리 남자가 험악하게 외쳤다.

"레어 등급 카드를 얻을 정도면 당연히 강하겠지! 그거 하나 생각 못 하고 따라온 거냐!"

"그, 그건……."

"쫄리면 지금이라도 꺼지든가! 네놈 따위 없어도 상대는 충분히 할 수 있어!"

대머리 남자의 말에 다른 플레이어들이 쭈뼛쭈뼛했다.

"상대할 수 있을까?"

"저렇게 강한 걸 보면 카드가 중요한 건 맞는 것 같은데."

욕심이 두려움을 좀먹고 있는 거다.

하지만 완벽히 가려지기에는 또 태양의 임팩트가 컸다.

이러니저러니 해도 아직은 자신들이 수적 우위를 차지하고 있으니 계산이 어렵겠지.

태양이 고민하는 플레이어들을 보며 확신했다.

'반은 왔다.'

한쪽이 겁먹기 시작한 순간부터 그 싸움은 결판이 난 거다.

이런 소규모의 전투에서는 특히 그렇다.

태양이 다시금 뛰어들었다.

"물러서지 마! 물러서지 말라고!"

대머리 남자의 독려에도 불구하고 플레이어들이 뒤로 정신없이 물러섰다.

플레이어들을 탓할 수는 없었다.

눈앞에서 두 명이 죽어 나가는 광경을 다이렉트로 목격했다.

아무리 칼밥 먹고 살아온 NPC들이라도 순간 기세에 눌릴 수밖에 없었다.

초월 진각 – 염라각(閻羅脚).

초월 진각 – 선풍권(旋風拳).

두 명의 플레이어가 더 쓰러졌다.

남은 플레이어는 세 명.

이제는 전세가 완전히 역전됐다.

"머저리 같은 놈들."

결국, 대머리 남자가 칼을 빼 들며 앞으로 나섰다.

태양은 대머리 남자가 빼 든 칼을 바라봤다.

손잡이는 고풍스럽고, 검날이 붉었다.

ㅡ저거, 설마 아티팩트인가?

"아티팩트라고?"

아티팩트.

주로 특별한 힘이 담긴 무구를 일컬었다.

기척을 지워 주는 망토, 발걸음이 나지 않는 신발, 무엇이든지 베는 검.

아티팩트는 시너지가 달리지 않았지만, 특별한 옵션을 가지고 있는 아이템이었다.

고위급 아티팩트는 어지간한 카드보다 더 높게 쳐 줄 정도로 중요한 요소이기도 했다.

흔한 경우는 아니지만, 고등급의 장비 카드가 시너지를 달고 있는 동시에 아트팩트인 경우도 있었다.

"하긴. 믿는 구석이 있으니까 덤볐겠지."

─높은 등급의 아티팩트는 아닐 거야.

기껏해야 차원 미궁 4층이다.

그동안 스테이지에서 고등급의 아티팩트가 보상으로 주어질 일은 거의 없었다.

게다가 대머리 남자의 행색은 딱 봐도 흔해 빠진 용병.

고등급의 아티팩트는 일개 용병 나부랭이가 소유하기에는 너무 귀한 물건이었다.

대치하고 있자니 검에서 아지랑이가 일렁이기 시작했다.

"화염?"

"하하, 그냥 화염이 아니야. 이건 파이어 스톰이 내장된 마법 검이라고!"

대머리 남자가 득의양양하게 외쳤다.

비록 파이어 스톰을 한 번 사용하고 나면 평범한 검으로 전락하는 일회용 마법 검이었지만, 그 한 번이면 충분했다.

게다가 이곳은 뱀 굴.

사방이 막혀 있고, 폭 또한 좁았다.

마법을 피할 방법이 여의치 않다는 뜻이다.

태양이 곧장 튀어 나갔다.

"막아!"

대머리 남자의 말에 다른 두 플레이어가 나섰다.

중형 전투 망치를 든 남자, 그리고 검을 든 남자.

태양은 속도를 전혀 줄이지 않고 맞부딪쳤다.

이미 수준 파악은 끝났다.

공기를 찢으며 그에게 짓쳐 드는 전투 망치의 궤도가 뻔했다.

후웅.

공기를 찢으며 짓쳐 든 전투 망치는 애꿎은 뱀 굴의 벽을 두들겼다.

후두둑.

벽의 일부가 무너져 내렸다.

"망치가 아깝다. 인마."

퍼억!

흠잡을 곳 없는 깔끔한 스트레이트가 플레이어의 턱에 꽂혔다.

두 번째 플레이어가 그 광경에 흠칫 몸을 뒤로 날렸다.

대머리 남자가 그 모습을 보며 혀를 찼다.

고작 사람 하나 묶어 두는 일을 제대로 못 해서 여섯 명이 순차적으로 나가떨어지다니.

한심하기 그지없는 꼴이다.

'뭐, 상관없지.'

대머리 남자가 용병 생활을 통해 배운 조악한 마력 운용을 통해 마법 검을 일깨웠다.

우우.

마법 검이 울었다.

캐스팅이 완료되었다는 신호였다.

대머리 남자가 망설임 없이 검을 휘둘렀다.

태양과 대치하고 있는 플레이어?

처음부터 버림 패였다.

"죽어라!"

파이어 스톰(Fire Storm).

플레이어가 당황한 얼굴로 소리를 질렀다.

"이, 이게 무슨 짓이야!"

―ㄷㄷ 피도 눈물도 없네.

―애초에 통수 칠 생각으로 데려왔을 듯. 카드는 한 장을 누구 코에 붙인다고.

―야, 설마 이거 그대로 맞나?

―어? 어?

화르르르륵!

새빨간 화염이 뱀 굴을 메웠다.

화염이 걷히고, 대머리 남자 클라크가 비열한 미소를 지었다.

"제깟 놈이 날고 기어 봤자, 마법 앞에서는 안 되지."

제 수명을 다한 마법 검은 비록 고철이 되고 말았지만 아깝지 않다.

쉼터에서 바텐더가 보여 줬던 레어급 카드, '구도자의 허리띠'.

시너지가 3개나 붙어 있는 그 카드만 있으면 클라크는 더욱 강해질 수 있었다.

클라크의 시선이 뱀 굴을 훑었다.

바닥에 널브러진, 바싹 탄 시체들이 보였다.

하나, 둘, 셋, 넷, 다섯, 여섯.

시체 여섯 구.

"왜 여섯 구뿐이지?"

그가 데려온 플레이어 여섯.

태양 하나.

총합해서 일곱 구가 있어야 했다.

"왜긴 왜야. 안 죽었으니까 그렇지. 퉤!"

후두둑.

뱀 굴의 벽에 딱 붙어 누워 있던 태양이 침을 뱉으며 일어났다.

그는 온통 흙투성이였다.

대머리 남자가 혼비백산한 표정이 되었다.

"어, 어, 어떻게?"

"뭘 어떻게야. 네가 조준을 개떡같이 했으니 그렇지. 아, 흙 알갱이 씹히는 거 진짜 짜증나네."

─이걸 살았다고?

─엄마! 왜 제 이름은 윤태양이 아닌 거죠? 엄마! 왜 제 이름은 윤태양이 아닌 거죠? 엄마! 왜 제 이름은 윤태양이 아닌 거죠?

─진짜 윤태양은 전설이다…

사실 조준 문제는 아니다.

화염 폭풍은 근방의 뱀 굴을 뒤덮었으니까.

태양이 화염 폭풍에서 살아남을 수 있었던 이유는, 이곳이 뱀 굴이기 때문이었다.

거대 뱀 아크샤론의 체액은 마력에 저항하는 성질이 있었다.

틈만 나면 아크샤론이 몸을 비비고 다닌 뱀 굴의 벽에는 당연히 아크샤론의 체액이 스며들어 있었고, 태양은 바로 그 흙을 뿌려 화염 폭풍에 저항한 것이었다.

전투 망치가 벽을 허물어 준 덕분에 작업이 한결 쉬웠다.

"그나저나 예상외였어. 마법을 상정하긴 했지만, 정말 나올 거라고는 생각하지 못했거든."

─정말. 설마 설마 했는데 말이지.

태양이 뱀 굴로 온 두 번째 이유.

성장도, 아이템 파밍도 제대로 되지 못한 극초반에 마법 공격에 노출되면 치명적이기 때문이다.

뱀 굴의 흙은 마법 공격에 대한 훌륭한 대비책이었다.

태양이 대머리 남자에게 다가갔다.

"마법 검은 일회용이고, 나는 살아남았고. 이제 어쩔래?"

"제, 제길!"

대머리 남자가 덤벼들었다.

확실히, 먼저 붙은 여섯 명의 플레이어보다는 나았다.

기본기가 탄탄하달까.

외형에 걸맞은 기량.

하지만 태양의 상대가 되긴 부족하다.

"상단 오른 베기, 왼 베기, 오른 베기. 너, 진짜 뻔하구나."

태양이 발을 뻗어 대머리 남자의 손목을 가격했다.

태앵.

검이 땅바닥에 떨어졌다.

"더 놀아 주고 싶은데, 형이 시간이 없어. 이해하지?"

태양이 빠른 발걸음으로 대머리 남자에게 다가갔다.

대머리 남자가 마법을, 그것도 중간 규모의 커다란 마법을 사용하면서 상황이 약간 급해졌다.

그가 마법을 사용함으로써 뱀 굴 구석에서 일어난 작은 소동이 거대 뱀 아크샤론의 심기를 거슬리게 해 버린 것이다.

"사, 살⋯⋯."

"살? 죽일 살(殺)이다, 인마!"

퍼억!

대머리 남자의 턱이 빠개졌다.

─ㅋㅋㅋㅋ 막간을 이용해서 유쾌하네.

─윤태양 방송 재능 있는 것 같은데 왜 그동안 골방에 틀어박혀 있었냐. ㅋㅋ

─킹피는 이런 재능을 억제하고 있던 것인가.

─모래주머니(킹피)를 해금한 윤태양⋯ 가슴이 웅장해진다.

대머리의 죽음을 확인한 태양은 재빨리 들어왔던 구멍을 향해 뛰었다.

ㄷㄷㄷㄷㄷㄷ.

뱀 굴에 미세한 진동.

아크샤론이 움직임을 시작한 것 같았다.

─존나 뛰어~.

─마주치면 뒈진다. 마주치면 뒈진다.

─게임에서 뒈지는 게 아니라, 진짜로 뒈진다.

─와, 살 떨리네;

─학창 시절 이후로 이런 긴장감 처음이야⋯

굴 밖에서 마주치면 도망이라도 칠 수 있지만, 안에서 마주치면 그대로 사망이다.

다행히 태양이 들어온 구멍은 멀지 않았다.

파밧.

태양이 단숨에 뛰어 구멍 위로 넘어왔다.

-휴, 살았다.

-이걸 살았네.

-뱀 대가리 마주치는 줄 알고 식겁. ㅡㅡ

-그거 파충류 눈 진짜 혐짤이야 혐짤...

굴 밖으로 나온 태양은 구멍 앞에서 움직이지 않았다.

-얘 뭐 함?

-죽으려고 작정했나?

-님아;; 소리 안 들려요? 진동 이거?

-아크샤론 오는데, 이거 뱀 굴 나간다고 끝나는 거 아닌데, 설마 모르나?

채팅 창을 힐끗거린 태양이 피식 웃었다.

당연한 말이지만, 모르지 않았다.

"자, 나오세요~."

-차분히 가자, 태양아. 차분히.

크샤아아아아아!

구멍으로 거대한 뱀이 튀어나왔다.

좋아, 여기까진 계획대로야. 계획대로.

파바바바박.

태양이 숲을 가로질러 뛰었다.

나뭇잎과 잔 나뭇가지가 태양의 몸을 거칠게 스쳤다.

'따갑다.'

통각 제어 장치가 기능하지 않는 탓이었다.

물론 그렇다고 뛰는 걸 멈출 순 없었다.

쉬이이이익!

거대 뱀, 아크샤론이 그를 쫓고 있었으니까.

최상위 포식자의 영역에서 마력을 내뿜어 댄 대가다.

뱀인 동시에 마수인 아크샤론은 감히 자신에게 도전하는 생명체를 용서하지 않았다.

쒜액!

태양은 등허리가 간지러워지는 감각에 재빨리 뛰어올랐다.

콰아앙!

아크샤론의 머리가 태양이 있던 자리를 폭격했다.

비산하는 흙과 나뭇잎이 태양의 등허리를 때렸다.

아크샤론의 움직임을 따라갈 수 있는 최소 기준선 업적은 15개.

제대로 된 타격을 입히려면 20개.

현재 태양이 성공적으로 도망치고 있는 건 말 그대로 기적이었다.

킹 오브 피스트로 단련된 반사 신경과 임기응변이 아니었다면 죽어도 진작 죽었으리라.

"아직 멀었나?"

-거의 다 왔어!

태양은 자신이 왔던 길을 되짚어 가고 있었다.

당연히 다른 플레이어들에게 이 거대한 똥, 아니 뱀을 뿌리기 위해서였다.

−이거 되냐?

−다 도망가지 않을까?

−될 걸? 다른 방송에서도 이 구도 많이 봤는데.

−그래도 그렇지. 이건 너무 초반 아니야?

−에이, 초반이라기엔 시간 꽤 지났지.

지금 시점에는 보주를 찾아낸 플레이어가 있었다.

있을 수밖에 없었다.

보주는 수량이 적은 거지, 입수 난이도가 높은 건 아니었으니까.

플레이어 중 몇몇은 몸으로 뛰면서 숲에 굴러다니는 보주를 1~2개쯤 구했으리라. 그리고 보주를 얻으면 능력치가 강화된다는 사실 역시 발견했겠지.

이런 시점에서 딱 봐도 강력해 보이는 생명체, 아크샤론을 데려가면?

아크샤론 = 강력함 = 보주.

잡아야겠네?

현대인이라면 일단 먼저 피하고 봤겠지만, 괴수, 마물 사냥이 익숙한(특히 판타지계) NPC들은 아크샤론의 어그로를 훌륭하게 끌어 줄 것이 분명했다.

에덴 차원에서 괴수란 자연재해인 동시에 보물 창고였다.

능력에 자신이 있는 판타지계 NPC들이 득달같이 달라붙을 게 뻔했다.

이건 태양의 예상이 아니었다.

다른 유저들이 수십, 수백 번 플레이로 검증해 준 데이터였다.

곧 플레이어들이 나타났다.

태양은 그들을 무시하고 뛰었다.

"뭐야, 뭘 발견했나? 왜 저렇게 뛰어오지?"

"다급한데? 누가 쫓아오기라도 하나?"

"반쯤 거지꼴이로군. 흙에 파묻히기라도 했던 것처럼 말이야."

쉬이이이잇!

그리고 그들은 태양을 쫓는 아크샤론을 발견했다.

"뭐야!"

"괴수다!"

일부 NPC들은 그대로 자리를 이탈했다.

그리고 또 일부 NPC들은 적당히 숨으며 눈을 번뜩였다.

눈을 번뜩인 이들은 당연히 마수에 익숙한 판타지계 NPC들이었다.

그들이 서로를 탐색했다.

'잡을까?'

눈에 어리는 탐욕.

그들의 생각은 순식간에 집단으로 공유되었고.

"잡아!"

"우리가 먹는다!"

"너, 너무 강해 보이지 않아?"

"그래 봤자 멍청한 거대 뱀이야!"

태양의 데이터대로, 아크샤론에게 달려들었다.

쉬이이이이익!

"잡아 죽여!"

"물리지 않게 조심해! 독이 있을 수도 있다!"

"알아! 마수 한두 번 잡아 보냐!"

쫓아가며 칼까지 휘두르는 플레이어들.

그들의 칼은 치명적이진 않지만 아크샤론을 불쾌하게 만들기는 충분했다.

결국, 아크샤론은 태양을 뒤쫓다 말고 플레이어들에게 대가리를 돌렸다.

"훗, 계획대로."

그 광경에 태양이 사악하게 웃었다.

─공략법 숙지 제대로 했네.

─마수는 판타지계 NPC에게, 대인 전투는 무협계 NPC에게.

─그럼 유저는 뭐 해요?

─음. 꿀 빨기?

태양은 처음부터 뒤따라오는 플레이어들을 제거하는 것과 동시에 아크샤론을 뱀 굴 밖으로 유인할 생각이었다.

계획이 성공한 지금, 태양은 언제 헐레벌떡 뛰어왔냐는 듯 기척을 죽이고 왔던 길을 되돌아갔다.

아크샤론은 도전자들을 물어 죽이고, 그 시체를 자신의 뱀 굴 곳곳에 자랑하듯 늘어놓는 습성이 있었다.

그리고 그 시체를 뒤지면, 보주가 나왔다.

숲의 지배자인 아크샤론에게 도전한 마수들은 모두 나름대로 강한 생명체들이었으니까.

즉, 아크샤론이 없는 뱀 굴은 보주 상자나 다름없었다.

"거기에 운만 조금 더 따라 준다면…….'

-아티팩트급 아이템을 먹을 수도 있지.

⁂

태양이 뻣뻣하게 굳은 검치호랑이의 아가리를 벌렸다.

"좋았어. 하나 추가."

[보주의 강화 효과가 적용됩니다.]

-보주 13개를 꽁으로 먹네.

-와, 다른 유저들 없으니까 노다지가 따로 없네.

─솔로 플레이 개꿀;

─팩트) 윤태양급 피지컬 아니면 입궁 의례 선에서 싹 다 정리됐다.

─팩트) 이렇게 꿀 빨기 전에 NPC들이랑 7 대 1로 맞짱 떴다.

─맞네.

태양이 찾아낸 보주들은 사실상 아크샤론을 사냥해야 얻을 수 있는 보상이었다.

아크샤론은 보주 찾기 스테이지에서 최종 콘텐츠나 다름없는 몬스터.

보상이 이렇게 후하지 않으면 섭섭하다.

클리어에 보주 3개.

업적이 각각 3개, 5개, 7개.

보주 관련 업적을 모두 클리어하기까지 필요한 보주는 18개다.

즉, 태양은 보주를 5개만 더 모으면 보주 관련 업적은 모두 얻는 동시에 클리어도 할 수 있었다.

─클리어 각 씨게 잡혔다.

─보주 찾기 4업적 클이면 혜자지.

─확정 4업적이고, 이것저것 더하면 더 얻을 수도 있음.

태양이 뚜둑 뚜둑 목을 꺾었다.

현재 태양의 몸에 적용되는 업적은 현재 22개.

스탯이 굉장해졌다.

너무 단시간에 강해져서 적응이 힘들 정도였다.

감각은 잔뜩 확장되고, 가볍게 땅을 딛는데도 바닥이 움푹움푹 파였다.

"그럼 더 들어가 볼까."

태양은 아크샤론의 뱀 굴의 최심부에 있었다.

굴의 남은 길이는 길어야 100m.

이 안에 아티팩트급 아이템이 없다면, 없는 거다.

─제발.

현혜가 간절하게 빌었다.

지금 찾는 아이템은 얻을 수만 있다면 초반부에선 이보다 더 든든할 수 없는 아이템이었다.

태양은 성큼성큼 걸어 들어갔다.

아크샤론 뱀 굴의 최심부. 그중에서도 가장 깊숙한 곳으로.

그리고.

"좋았어!"

태양이 소리를 질렀다.

그곳에는 아크샤론의 허물이 있었다.

아크샤론의 허물.

그냥 커다란 허물처럼 보이지만, 적당히 뜯어서 몸에 두르기만 해도 아크샤론의 태생적인 마법 저항 효과를 절반 이상 유지하고 있어 초반에 얻을 수 있는 마법 방어구 중에서는 최상급의 성능이다.

허물은 아크샤론의 태생적인 마법 저항 효과를 절반 이상 유지하고 있었다. 거기에 더해, 고층 쉼터의 대장간에서 제대로 가공하면 고층에서도 준수한 성능을 발휘하는 마법 방어구로 기능할 수 있었다.

대처하기 가장 까다로운 마법 방어력을 확실하게 맡아 주는 효자 아이템.

우드득.

태양이 허물을 뜯었다.

일단 아무렇게나, 몸에 둘둘 감을 수 있을 정도로.

허물은 마법 방어력은 튼튼했지만 물리 방어력은 그렇지 못해서 뜯는 데 문제는 없었다.

―윤태양 우승!

―여기서 허물도 나와 주네.

―이번 판은 운이 붙긴 붙는다.

―난 근데 저거 줘도 안 입어.

―나도. 감촉이 ㅈ같아서...

―ㄹㅇ. 꺼끌꺼끌하고 냄새도 남.

―? 옷에 덧대면 감촉 느낄 일 없잖아.

―?

―?

―?

―와, 그런 방법이 있었네;;

허물을 뜯은 태양은 재빨리 뱀 굴을 벗어났다.

플레이어들이 어그로를 끌어 주긴 했지만, 그것도 잠시다.

'애초에 업적 15개 정도는 있어야 기본적인 대거리가 되는 미친 체급의 몬스터니까.'

목표를 모두 이룬 이상, 빠르게 자리를 벗어나는 게 현명했다.

뱀 굴을 벗어난 태양은 빠르게 동쪽으로 이동했다.

"남쪽, 중앙, 서쪽은 거대 뱀 아크샤론의 영역. 북쪽은 괴조 스탄의 영역. 그리고 동쪽은 초록 모래 전갈의 영역이라고 했지."

─맞아, 잘 기억하고 있네.

"훗. 내가 공부를 안 해서 그렇지. 똑똑한 사람이야."

─퍽이나.

"진짜거든?"

─응, 수리 4등급~.

"공부 안 하고 4등급이면 잘 본 거 아니야?"

─ㅋㅋㅋㅋㅋ 수4 윤태양.

─야, 근데 공부 안 하고 4등급이면 잘 본 거지; 난 하고도 5등급인데.

─;; 농담이지?

─진짜 개 멍청하네.

─야, 야. 딜 미터기 터진다. 적당히 해.

─그나저나 초록 모래 전갈을 왜 잡음?

─아크샤론이랑 괴조 업적까지 노리려나본데?

─보주 업적은 18개가 끝이니까, 더 노리려면 그거밖에 없긴 하지.

─솔플인데 보스 레이드 되나...?

채팅 창이 좌르륵 올라오는 사이, 태양이 발걸음을 멈췄다.

"여기군. 초록 모래 전갈의 구역."

초록 모래 전갈.

1마리가 아닌 군집의 힘으로 동쪽 숲을 차지한 마수.

마수의 숲에서 두 번째로 강한 마수도 했다.

덩치는 손바닥만 하고, 조심해야 할 건 당연히 독침이다.

초록 모래 전갈의 독침에는 찌르는 즉시 모든 신체, 심지어 오장육부까지 순식간에 마비시켜 버리는 강력한 신경 독이 있었다.

이 신경 독은 아크샤론에게도 통할 정도였다.

'초록 모래 전갈의 독과 스탄의 깃털을 이용해서 거대 뱀 아크샤론을 사냥한다.'

괴조 스탄의 깃털은 딱히 위력적인 무기는 아니지만, 관통력 하나만큼은 봐 줄 만했다.

초록 모래 전갈의 독을 바르면 아크샤론의 비늘을 꿰뚫을 훌륭한 비수로 활용할 수 있었다.

키르르르르르륵.

태양이 숨을 죽였다.

초록 모래 전갈도 아크샤론 만큼이나 제 영역에 대한 침범에 민감했다.

태양과 같은 커다란 동물이 제 영역에 침입한 걸 알아차리면 득달같이 덤벼들 게 뻔했다.

키르르르륵?

키르르르르륵.

다행히도 전갈들은 태양을 발견하지 못하고 지나쳤다.

진땀을 훔친 태양은 주변을 살살이 확인한 후에야 다시 움직였다.

—진짜 너무 작다.

—뭐가 보이기는 하냐?

—저런데 한 번 쏘이면 바로 가는 거임.

—노이로제 걸려 진짜루.

태양이 찾는 건 초록 모래 전갈의 군것질거리이자 동쪽 숲에서만 자생하는 꽃, 그래스 플라워(Grass Flower)였다.

이름 그대로 풀인지 꽃인지 구분하기 어려운 식물이었는데, 초록 모래 전갈은 그래스 플라워의 뿌리를 파먹고는 했다.

장시간 그래스 플라워를 섭취하지 않으면 초록 모래 전갈은 이름답지 않게 노란색으로 변했다.

"찾았다."

다행히도 외곽 지역에서 그래스 플라워를 찾았다.

외곽 지역에서 찾지 못하면 그냥 위험을 감수하고 몸으로 뛰어야 했기 때문에, 태양으로선 굉장히 반가웠다.

태양은 곧장 그래스 플라워를 뽑았다.

잡초풀이라는 이름답게 뿌리가 엄청나게 들려 올라왔다.

그래스 플라워를 들고 초록 모래 전갈의 영역 바깥으로 이동한 태양은 대충 나뭇가지와 낙엽을 모았다.

ㅡ그다음은 불이지.

그래스 플라워의 뿌리는 씹으면 마비와 환각 증세를 일으켰다. 있는 것 그대로는 그렇게 강하지는 않지만, 뿌리를 빻아 나온 진액을 가열시키면 그 효능이 엄청나게 증가했다.

그래스 플라워를 간식으로 먹는 초록 모래 전갈도 기절할 정도로.

태양은 나무를 마찰시켜 불을 피웠다.

수분 충만한 나뭇가지와 나뭇잎들이라 본래는 심각하게 어려운 일이었겠으나, 22개 업적 수준의 능력치는 어려운 일을 간단하게 만들었다.

태양은 자신의 천 일부를 찢은 후, 그래스 플라워의 뿌리 절반을 뜯어서 감쌌다.

그리고 콰앙! 콰앙! 무식하게 천을 내려쳤다.

천이 순식간에 젖어 들어갔다.

"됐다."

태양은 그 옷을 나뭇가지에 엮어 그대로 모닥불에 올렸다.

-오리고기 굽는 것도 아니고.

-ㅋㅋㅋㅋㅋ 듣고 보니까 훈제 오리 만드는 것 같네.

진액은 가열하면 가루가 되었다.

태양은 그 가루를 그래스 플라워의 나머지 반쪽 뿌리에 뿌릴 생각이었다.

타닥타닥.

가열하는 사이, 태양은 주변 경계를 늦추지 않았다.

그래스 플라워 진액을 가열하는 과정에서 퍼져나가는 냄새가 초록 모래 전갈들을 불러 모을지도 몰랐다.

"좋아. 이것만 완성하면, 일단 초록 모래 전갈의 독은 수집한 거나 다름없어."

중앙 숲은 엉망진창이었다.

울창했던 나무들은 여기저기 박살나고, 심한 경우 뿌리가 들린 채 뽑혀 있기도 했다. 그리고 그런 나무들 사이로 플레이어들의 시체가 여기저기 널려 있었다.

모두 거대 뱀 아크샤론이 한 짓이었다.

쉬이이이잇!

"으아아아아아악!"

플레이어 한 명이 또다시 아크샤론에게 붙잡혔다.

어지간한 나무통보다 두꺼운 아크샤론의 몸통.

아크샤론은 덩치에 맞지 않는 민첩함으로 제 몸통을 조였다.

"살려 줘! 살려 줘! 제발! 끄아아아!"

깡! 깡! 깡!

플레이어도 살기 위해 필사적으로 검을 휘둘렀지만, 비늘은 상처도 나지 않았다.

콰드드드드드득!

그렇게 또 한 명의 플레이어가 곤죽이 되었다.

"저, 저거 잡을 수는 있는 거야?"

"내가 알던 평범한 마수가 아닌데?"

아크샤론에게 덤빈 플레이어들은 후회막급하다는 얼굴이었다.

먼저 움직이는 플레이어부터 노리는 바람에 섣불리 도망칠 수도 없었다.

저 미친 뱀은 덩치에 맞지 않게 예민하고 빨랐다.

"등장하자마자 도망쳤어야 했는데."

어떤 플레이어가 아크샤론을 끌고 들어왔을 때.

어쩌면 그때가 목숨을 부지할 유일한 기회였다.

"그러고 보니 그놈은 저 괴물에게서 어떻게 도망 다닌 거지?"

쉬이익!

아크샤론이 또 다른 플레이어를 덮쳤다.

노려진 플레이어는 창천 차원에서 온 무협계 플레이어였다.

무협계 플레이어는 자신이 배운 무공, 육합검의 투로(鬪路)에 맞춰 검을 휘둘렀다.

후웅.

내공의 검을 타고 흘러, 자줏빛의 검기를 생성했다.

단전의 바닥까지 박박 긁어 낸 내공으로 만든 검기였다.

"흐아앗!"

무협계 플레이어의 관자놀이에 땀방울이 맺혔다.

이후 한동안 탈진 상태에 도달하겠지만 어쩔 수 없었다.

탈진이고 뭐고 살아야 할 것 아닌가.

퍼억!

둔탁한 소리와 함께, 아크샤론의 거대한 몸뚱이에 상처가 났다.

비늘을 부수고 보이는 속살.

전투 중 처음으로 난 상처였다.

"됐다!"

지켜보던 일부 플레이어의 얼굴이 화색이 되었다.

저 빌어먹을 뱀의 몸에 칼이라도 들어간다는 사실이 위안이 되었던 것이다.

쉬익!

위안은 짧았다.

비늘에 난 상처는 무협계 플레이어가 제 검을 채 회수하기도 전에 재생했다.

플레이어들의 얼굴이 시꺼멓게 죽었다.

콰아아앙!

거대한 꼬리가 무협계 플레이어에게 내리꽂혔다.

"저걸 어떻게 잡으라는 거야."

"빌어먹을……."

'아직' 숨이 붙어 있는 플레이어 무리 사이에 절망이 스멀스멀 퍼져 나갔다.

❦

뚜둑.

태양이 조심스러운 초록 모래 전갈의 꼬리를 떼어 냈다.

"이번이 몇 마리째지?"

─10마리.

"10마리면 충분하겠지?"

─응. 아크샤론을 잡는 데에는.

"그럼 이쯤에서 마무리하자."

더 모아 봤자 보관만 어렵다.

맹독이라 취급도 위험해서 쓸 만큼만 모아 두는 게 가장 나았다.

─생각해 보니까 이 조합 사긴데?

─윤태양 피지컬 + 달님 뇌지컬.

─거기에 시청자들 집단 지성까지!

─그건 아니죠? 백수 ㅅㄲ들 머가리 모아 봐야 나오는 거 없죠?

─ㅜㅜ 너무해.

"다음은 북쪽이지."

─응. 괴조 스탄.

괴조 스탄.

칼날같이 날카로운 깃털, 자유로운 활공 능력을 기반으로 일방적인 전투를 펼치는 몬스터다.

원거리 견제 수단이 전무한 태양에게는 까다로운 몬스터라고 할 수 있었다.

하지만 접근을 할 수만 있다면 방법은 있었다.

무엇보다 현재 태양의 스펙은 아크샤론과도 대거리가 가능한 상태다.

"붙잡아서 초록 모래 전갈의 독침을 꽂아 주면 꼼짝 못 하지."

현혜가 걱정 어린 목소리로 물었다.

─붙잡느라 깃털에 베이는 건 감수해야 할 텐데. 태양아, 가능하겠어?

"해야지."

스탄은 아크샤론보다 약하기는 했지만, 잡으면 업적을 주는 수준의 몬스터였다.

아무 피해 없이 잡는 건 이론상으로나 가능한 꿈같은 이야기다.

게임을 시작할 때야 장난스럽게 맞지 않으면 된다고 이야기했지만, 현실적으로 한 대도 맞지 않고 게임을 클리어하는 건 불가능했다.

'마음의 준비는 진작부터 했어.'

태양의 눈이 결연하게 빛났다.

···

북쪽 숲은 적막하고, 수풀의 밀도가 다른 구역보다 낮았다.

덕에 시야가 탁 트였다.

"하늘도 보이고 좋네."

괴조 스탄이 북쪽을 제 구역으로 삼은 건 아마 이 수풀의 밀도 때문일 가능성이 컸다.

하늘을 날면서 먹잇감을 포착하기엔 이 북쪽 구역이 가장 좋을 테니까.

주변에는 다른 플레이어도 몇몇 보였다.

보주를 찾아 헤매다가 이곳까지 흘러들어온 것 같았다.

미션을 시작한 지 꽤 시간이 지났으니 당연한 일이다.

태양은 플레이어들과 섞여서 괴조 스탄의 흔적을 찾았다.

흔적을 토대로 둥지의 위치를 가늠해 볼 요량이었다.

"보주다!"

"뭐? 어디!"

반대편에서 소란이 일었다.

태양은 조심스러운 움직임으로 소란이 인 곳으로 다가갔다.

보주 때문은 아니었다.

지금 태양이 모은 보주는 13개.

업적을 모두 달성하려면 5개가 부족하긴 하지만, 주변 스폿을 돌면 금방이다.

태양이 정신을 곤두세웠다.

'이 정도 소란이라면…….'

끼아아아아악!

콰직!

커다란 괴생물체가 소란스러운 플레이어들에게 내리꽂혔다.

"뭐야!"

"습격! 습격이다!"

"율리안, 괜찮아?"

"아니! 커헉! 잡혔어! 쿨럭. 이 발 좀……."

2m에 가까운 신장에 강철빛 비늘을 가진 흉악한 괴조.

스탄이었다.

─와, 여기서 스탄이 제 발로 걸어와 주네.

─이건 뭐. 새삼스럽지도 않지.

─ㅇㅇ 운이 좋다면 좋은 건데, 사실 스탄은 보통 소리 지르면 나옴.

─아, 그래? 그럼 그냥 윤태양이 소리 지르면 되는 거 아니야?

─쟤한테 몸통 박치기당하면 몸이 성하겠니?

─아, 맞네.

스탄은 시끄러운 상대를 습격하는 특이한 습성이 있었다.

더 정확히 말하면, 강력한 마수 사냥을 즐기는 것이다.

마수는 강력할수록 그 사체에 마력 함유량이 많았고, 스탄은 마력이 풍부한 고기를 좋아했다.

아크샤론의 굴에서 검치 호랑이의 사체를 가져올까도 생각했었는데, 가져오기가 너무 까다로워서 포기했었다.

"제 발로 걸어 나와 주다니. 운이 좋군."

사실 주변에 플레이어들이 있는 걸 보고 기대를 하긴 했다.

─둥지를 찾느라 들일 수고를 생각하면 확실히 좋긴 좋네.

스탄의 둥지는 아크샤론도 쉽게 닿지 못할 만큼 외진 곳에 있었다.

끼아아아아악!

스탄이 날개를 휘두르자 플레이어들이 갈려 나갔다.

특유의 날카로운 깃털 탓이다.

깃털은 일부는 뽑혀 비수처럼 튀어 나가고, 전체적으로 칼처럼 기능했다.

"젠장! 무슨 절삭력이 저렇게……."

"크윽! 내 갑옷이 그냥 뚫렸어! 보통 깃털이 아니야!"

"물러나! 물러나!"

"그럼 율리안은?"

"저건 이미 죽었어! 우리라도 살아야지!"

나머지 세 명의 플레이어는 순식간에 동료를 포기했다.

스탄의 무력이 만만치 않다는 사실을 금방 깨달은 것이다.

─ㄷㄷ 칼같이 버리네.

─정 없다 증말.

─인생이 그렇지 뭐…

─야, 근데 저거 봐. 구한다고 살겠냐?

─근데 저건 잡힌 사람 잘못임. 소리 지르고 스탄 불러들인 건 본인이잖아.

─방구석 대법관 판결 잘 들었습니다.

─이제 들어가 주세요~.

스탄의 공중 육탄 강습에 당한 플레이어 율리안은 거의 반쯤 시체가 되어 있었다.

그 모습을 보며 태양이 고개를 저었다.

스탄이 저 플레이어를 붙잡고 날아가 버리면 다시 붙잡는 데 한세월이다.

"동료를 그렇게 쉽게 포기하면 안 되지. 친구들."

태양이 몸을 날렸다.

투웅.

업적 9개에 보주로 인한 13개 보정.

총 22개 업적치의 스탯 보정이 적용되는 탓에 태양의 움직임은 초인에 가까웠다.

"뭐, 뭐야?"

플레이어들이 놀라서 고개를 들었다.

그들에 눈에는 거대한 맹수가 급작스럽게 날아온 것으로 보였다.

그들이 어떤 대처를 하기도 전에 태양은 그들을 뛰어넘고 괴조 스탄에게 도달했다.

"스읍."

숨을 크게 들이쉰 태양이 어깨를 뒤로 젖히고, 이내 주먹을 쏘아 냈다.

콰앙!

그것은 주먹이라기보다 대포에 가까웠다.

끼아아아아아아악!

일격을 허용한 스탄이 발톱으로 움켜쥐었던 플레이어를 떨어뜨리며 날개를 펄럭였다.

그로 인해 생긴 돌풍이 접근을 방해했고, 동시에 쏘아지는 깃털이 위협적이었다.

태양은 두 다리를 땅에 굳건히 박아 넣은 채 팔로 급소를 가렸다. 저 날카로운 깃털이 목 부분의 대동맥을 스치기라도 하면 그대로 사망이다.

푸슉!

깃털이 살갗에 스쳤다.

태양이 침착하게 숨을 몰아쉬었다.

'따갑다.'

그 이상의 감상은 없었다.

다행이라면 다행이다.

전투 흥분으로 인한 아드레날린 분비 때문인 것 같았다.

어쨌든 지금 당장 전투에 이상이 없으면 상관없다.

태양은 풍압에 저항하며 스탄에게 다가갔다.

스탄은 급하게 날아오르려 했지만, 2m의 거체는 날갯짓 한두 번에 날아오를 수가 없었다.

끼아아아악!

태양에게 발목을 붙잡힌 스탄이 괴성을 질렀다.

"시끄러워, 인마!"

태양은 준비한 초록 모래 전갈의 꼬리를 스탄의 넓적다리에 박아 넣었다.

치킨으로 치면 사람이 흔히 닭 다리로 분류하는 그 뭉텅한 곳.

펄럭! 펄럭! 펄럭!

당황한 스탄이 억지로 홰를 쳐 태양을 매단 채로 날아올랐다.

-어, 어라?

-여기서 날아간다고?

-???: 날아오르라~.

-잠깐만요. 택시 아저씨? 저 콜 부른 적 없는데?

-내 맘대로 배송. ㅋㅋㅋㅋㅋㅋㅋㅋㅋㅋㅋ

태양은 당황하지 않고 스탄의 다리를 붙잡았다.

초록 모래 전갈의 신경 독 탓에 벌써 붙잡은 다리가 딱딱하게 굳어 가는 게 느껴졌다.

얼마 날지 못하고 떨어질 게 분명했다.

그러니까, 몸에 독이 모두 퍼질 때까지만 버티면 된다는 이야기다.

까아아아악!

스탄의 발톱이 태양의 어깻죽지를 파고들었다.

몸을 뒤틀며 최대한 피해 봤지만, 태양이 놈의 발목을 붙잡고 있는 이상 어쩔 수가 없었다.

콰드득.

아, 이건 좀 아프다.

태양이 이를 악물었다.

---

플레이어가 미친 듯이 숲을 달렸다.

"살려 줘, 살려 줘, 살려 줘! 제발! 살려 줘!"

초점을 잃은 눈동자. 턱을 타고 질질 흐르는 침.

그는 지금 죽음의 공포 앞에서 반쯤 미쳐 있었다.

쉬이잇.

"으아아아아아!"

어디였지.

뒤였나? 왼쪽이었나? 아니, 오른쪽?

플레이어는 판단을 제대로 마치기도 전에 일단 앞으로 뛰었다.

그리고.

콰당!

회색의 벽에 부딪쳤다.

"크악! 뭐야!"

코를 부여잡은 플레이어가 앞의 벽을 보고는 눈을 휘둥그레 떴다.

"어? 회색?"

회색이면 안 되는데.

플레이어가 황급히 뒤돌아 뛰었다.

아니, 뛰려고 시도했다.

"제발……."

반대편도 회색 벽으로 막혀 있었다.

회색.

아크샤론의 비늘색이다.

플레이어는 그렇지 않아도 어둡던 숲이 한층 더 새까매졌다는 사실을 깨달았다.

꿀꺽.

플레이어가 고개를 젖혔다.

2개의 노란색 공이 보였다.

세로로 길게 찢어진, 파충류 특유의 동공도 보였다.

플레이어가 털썩, 주저앉았다.

아니, 주저앉았다기보다 다리에 힘이 풀려 쓰러졌다고 표현하는 것이 올바르리라.

쉬이이잇!

아크샤론의 아가리가 벌려졌다.

새하얀 독니에서 투명한 액체가 뚝뚝 떨어졌다.

"흐, 흐윽."

이내 뱀 특유의 갈라진 혀와 두 송곳니. 그리고 혐오스러운 식도가 플레이어를 덮쳤다.

덥석.

플레이어에게는 최소한의 반항도 허락되지 않았다.

아크샤론의 입 밖으로 삐져나온 플레이어의 다리가 잠시 바동거리다가 곧 움직임을 멈추었다.

감히 포식자에게 덤빈 어설픈 도전자를 배 속에 집어넣은 아크샤론이 몸을 낮게 깔았다.

땅을 밟는 진동을 느끼기 위해서였다.

쉬잇.

아크샤론은 숲의 지배자였고, 도전자를 결코 살려 두지 않았다.

동시에 집요하고 끈질긴 사냥꾼이었다.

아크샤론은, 처음으로 그를 도발한 플레이어 윤태양을 잊지 않았다.

쉬이이이이.

거대 뱀의 두 눈동자가 요사하게 빛났다.

안드로말리우스가 유저들을 기다리는 숲속 공터.

플레이어들이 꽤 모여 있었다.

"이거 좋지 않군."

판타지 차원 에덴 출신 플레이어, 아렘이 표정을 팍 구겼다.

그는 처음부터 다른 플레이어가 수집해 온 보주를 빼앗을 심산으로 공터에서 대기하고 있었다.

하지만 거대 뱀 아크샤론의 등장으로 계획이 일그러졌다.

상당수의 플레이어가 아크샤론을 피해 보주를 모으지도 않고 공터로 돌아온 것이다.

"왜 모으지도 않고 돌아오는 거야?"

"저기 마왕이 죽치고 앉아 있잖아. 안전할 거라는 계산이겠지."

"좋지 않은데."

보는 눈이 너무 많아졌다.

보주를 들고 오는 플레이어가 생겨도 빼앗기 곤란해진 것이다.

빼앗자면 빼앗을 수는 있지만, 그다음이 문제다.

저 플레이어들이 왜 돌아왔을까를 생각해 보면 간단하다.

저들도 아렘처럼 보주를 모아온 플레이어를 습격할 생각을 한 것이다.

물론 모두는 아닐 수도 있었다.

일부는 저 커다란 뱀이 사라지길 기다렸다가 다시 보주를 찾으러 갈 수도 있겠지.

하지만 이 시점에 보주를 모아 안드로말리우스의 앞으로 가는 플레이어가 나타나면, 너도나도 보주를 가진 그 플레이어를 공격하는 난장판이 벌어질 게 분명했다.

"하, 그 뱀 마수 새끼 때문에."

"잡을 수도 없어. 플레이어 스무 명이 아무것도 못 하고 잡아먹혔다니까."

"그렇게 강해?"

"오러 소드(Aura Sword)로 긁어야 겨우 칼이 박히는 수준이래. 그런데 그것도 10초면 재생한다던데."

동료의 말에 아렘이 고개를 저었다.

"아예 못 잡는 수준이군."

오러 소드. 검기.

에덴 차원에서 오러 소드는 초고위급은 아니더라도, 지역에서 이름을 날리는 기사급은 되어야 사용할 수 있는 기예였다.

"저놈 때문에 보주를 모을 엄두를 못 내겠어. 마왕은 무슨 생각으로 숲에 저런 놈을 풀어 둔 거야?"

"잡고 편하게 보주를 찾는 게 아니라, 숨죽이면서 불편하게 찾으라는 뜻이겠지."

"빌어먹을. 북쪽 숲에서도 강력한 마수가 나타났다던데."

"마음 조급하게 먹을 거 있어? 우리가 구할 건 아니잖아. 처음 계획대로 가자고."

아렘이 고개를 저었다.

'그게 조급한 거다. 이 정도 마수들이 도사리는 숲속에서 보주를 모아 온 녀석이 호락호락 당해 줄 리가 없으니까.'

아렘은 어중이떠중이들이 모아 온 보주를 빼앗아내려는 것이었지, 강자에게 무모하게 도전할 생각은 없었다.

아렘이 욕지거리를 내뱉으며 공터를 살폈다.

대충 세어 봐도 수십 단위인 플레이어들.

기척을 숨기고 공터 주변에 자리 잡은 플레이어들을 감안하면 숫자는 더 될 것 같았다.

'그 녀석이 어지간한 강자라도 빼앗을 수는 있겠지. 숫자 앞에는 장사 없으니까.'

하지만, 그다음 장면이 안 봐도 훤하다.

지금 당장 누군가 보주를 모아 오면, 이 공터는 피바다가 되리라.

"여기까지 오게 될 줄은 몰랐는데."

태양이 혀를 내둘렀다.

괴조 스탄은 초록 모래 전갈의 독에 중독된 채로 제 둥지까지 날아왔던 것이다.

덕분에 태양은 예정에도 없던 보주를 얻었다.

그것도 5개나.


[보주의 강화 효과가 적용됩니다.]

[보주의 강화 효과가 적용됩니다.]

[보주의 강화 효과가 적용됩니다.]

[보주의 강화 효과가 적용됩니다.]

[보주의 강화 효과가 적용됩니다.]


덕분에 보주 18개를 모두 모았다.

─보주는 졸업이네.

─얘는 뭐 싸운 것밖에 없는데 보주 18개를 다 모았냐? ㅋㅋㅋ

─근데 그럴 만도 해. 스탄 둥지 털어, 아크샤론 뱀 굴 털어...

─ㄹㅇ 안 뒈진 게 신기.

태양은 업적 28개에 해당하는 능력치를 얻었다.

동시에 보주 관련 업적도 해결했다.

－좋아, 좋아. 발품 팔 일 줄었다.

"여긴 뭐 알 같은 거 없나? 달걀프라이해 먹으면 맛있을 것 같은데."

－스탄의 알? 없어. 스탄은 독신이거든.

－독신?

－올. 나랑 비슷하네. 나도 결혼 생각 없는데.

－ㅜㅜ

－? 왜 우냐?

－네 생각 알 것 같아서...

－우린 이해한다! 맞아! 결혼 필요 없지!

－??? 너네 갑자기 왜 그래?

태양은 그래스 플라워의 진액 가루를 상처에 발랐다.

본래 그래스 플라워의 진액 가루는 마비와 환각 증세를 보이는 마약류 가루였지만, 약과 독은 종이 한 장 차이.

극소량만 쓰면 진통제로도 사용할 수 있었다.

－괜찮아?

"어, 응. 이제야 조금 버틸 만하네."

가상현실에서 겪는 고통이 처음은 아니었다.

이를 악물고 버티니 버틸 만하긴 했다.

－?? 뭐지.

－진짜로 아픈 것 같은데.

-설마 통각 제어 장치 꺼 두고 게임 하는 거?

-미친? 그거 불법 아님?

-불법이기 전에 게임 하다가 쇼크사로 뒈짐;;;

-근데 지금 단탈리안에서 죽으면 어차피 진짜로 죽잖아.

-그것도 그러네.

-싱크로율 때문에 끄고 들어간 건가?

-와, 진심으로 클리어하려고 각 잡고 들어간 거네.

-아니, 애초에 통각 제어 장치 끄는 게 게임에 도움이 되기
는 함?

채팅 창이 좌르륵 내려갔다.

태양과 현혜는 채팅을 무시하며 앞으로의 계획에 대해 논의
했다.

"지금쯤이면 플레이어들은 아크샤론에게 쏠렸겠지?"

-쏠리고도 한참 남았어.

"그럼 지금쯤 우리를 노리고 있겠군."

아크샤론이 집요한 사냥꾼이라는 사실은 그리 큰 비밀이 아
니었다.

애초에 '뱀처럼 집요하다'는 비유도 있지 않은가.

태양은 치료를 마친 후 손을 바쁘게 움직여 괴조 스탄의 깃
털을 뽑고, 될 수 있는 한 초록 모래 전갈의 독을 발랐다.

"이거면 아크샤론을 사냥할 준비는 끝이다."

날카로운 스탄의 깃털로 아크샤론의 비늘을 가르고, 초록 모

래 전갈의 신경 독으로 둔화하는 동시에 재생력을 억누른다.

물론 그렇게 한다고 해도 아크샤론은 강력한 마수였지만, 최소한 사냥할 수 있는 기준선 안으로 들어온 거다.

스탄의 둥지에서 벗어난 태양이 갑자기 자세를 낮추고, 엄폐물을 찾아 숨었다.

-뭐야. 왜 그래?

"뭔가 있어."

태양이 주변을 둘러봤다.

짧은 사이, 숲에 기묘한 긴장감이 깔렸다.

조금 전까지만 해도 숲의 공기가 이렇게 무겁지 않았다.

업적 27개의 보정을 받는 태양의 감각기관이 본능적으로 위험을 캐치해 낸 것이다.

-오;

-뭐가 있다는 거지?

-난 하나도 모르겠는데.

-그래도 익숙한 장면이긴 해.

시청자들은 아무것도 모르는데 플레이어만 긴장하고 있는 장면.

탑을 오를수록 플레이어의 감이 확장되다 보니 종종 나타나는 장면이었다.

-크. 윤태양은 무슨 4층에서 두 자리 층수에서나 나오는 장면을 연출하냐. ㅋㅋ

―통각 제어 장치도 안 쓴다며. 그만큼 예민하겠지.

―통각 제어 장치 안 쓰는 게 만능인 줄 아나. ㅋㅋ 통각 제어 장치는 플레이어에게 해가 되는 감각만 배제하는 거임. 이렇게 기적 찾는 거에서는 똑같아.

―그럼 윤태양은 왜 통각 제어 장치를 안 켜는데?

―그건 나도 모르지. 본인한테 물어보든가.

―원래 고통 같은 감각도 전투에 존나 중요해서 그럼. 윤태양은 태생이 일진 싸움꾼이라 그런 감각이 필요할 듯.

―뇌피셜 out.

―근데 이러고 아무것도 안 나오면 ㄹㅇ 뻘쭘. ㅋㅋ

크르릉.

태양이 경계하고 있던 바로 그 방향에서 붉은 줄무늬의 표범이 나타났다.

바닥에 코를 박고 있는 것이, 태양의 체취를 맡은 모양이었다.

―바로 나오네.

―뭐야, 아크샤론은 아니네.

태양은 경계를 늦추지 않았다.

뭔가 더 있었다.

더 커다란 것이.

그때 무언가 표범을 덮쳤다.

콰직!

회색빛 비늘의 커다란 뱀.

아크샤론이었다.

-와, 진짜 존나 크다.

-징그럽다, 징그러워.

-뱀 키우는 사람들 진짜 이해 안 간다. 저걸 어떻게 키우지?

쉬익.

아크샤론이 두 갈래로 갈라진 혀를 날름거렸다.

태양이 아크샤론을 바라보며 스탄의 깃털을 빼 들었다.

우드드득.

아크샤론이 움직이는 것만으로도 주변의 나무들이 우지끈 부서졌다.

뱀은 점점 더 태양에게로 다가오고 있었다.

후.

태양이 작게 숨을 내뱉었다.

'의심은 필요 없다.'

잡을 수 있다.

4층이라는 극초반에 얻어 낸 신성 시너지.

27개의 업적 보정.

스탄의 깃털과 초록 모래 전갈의 독.

준비는 완벽했다.

태양이 침을 꿀꺽 삼키고, 마음속으로 숫자를 셌다.

3.

2.

1.

파밧!

스탄의 깃털이 아크샤론에게로 쏘아졌다.

❧

어느덧 해가 저물어 가고 있었다.

의자에 앉아 무표정한 얼굴로 제 애완 뱀을 매만지고 있던 안드로말리우스가 문득 고개를 들었다.

"오호라."

미션을 시작한 이래, 처음으로 그의 얼굴에 표정이 생겨났다.

표정을 단어로 정의하자면, 흥미로움이었다.

"그 녀석을 혼자서 상대한 건가."

이윽고 숲을 뒤흔드는 진동이 공터를 뒤흔들었다.

쿠구궁!

크샤아아아아아아아!

"뭐지? 반대편에 무슨 일이 있나?"

"이 소리. '그 뱀' 같은데."

"뱀?"

"그럼, 지금 누군가 '그 뱀'이랑 싸우고 있다는 거야?"

플레이어들 사이에 소란이 일었다.

"난 지금 움직인다. 따라올 사람?"

"나도! 보주 하나만 더 모으면 나는 목표 달성이야."

"어이! 같이 가!"

겁도 없이 밤의 숲속으로 나서는 플레이어들.

평소라면 이런 판단을 하지 않았겠지만, 강력한 마수의 등장으로 생겨난 긴장감, 조급함이 그들을 내몰았다.

빨리 숲 바깥으로 나가고 싶은 것이다.

플레이어 아렘은 떠나는 자들을 보며 눈을 빛냈다.

'이건 나쁘지 않다.'

습격 경쟁은 줄어들고, 보주 공급은 늘어나는 꼴이다.

아렘은 특히 자신이 보주를 거의 다 모았다고 외치는 플레이어들의 얼굴을 머릿속에 박아 넣었다.

일차적으로 플레이어들이 떠나고, 한참이나 정적이 흘렀다.

30분 정도 지났을까.

"비명이 안 들려."

"사냥에 성공한 건가?"

"아니, 그건 말이 안 돼. 플레이어 무리가 움직이는 기척은 없었어."

"그걸 네가 어떻게 알아?"

"한두 명은 몰라도 그 정도의 인원이 움직이는 건 티가 많이 난다고."

"사냥은 모르겠고, 뱀이 돌아갔을 수도 있지."

아크샤론이 처음 스무 명의 플레이어를 사냥할 때는 소름 끼치는 비명이 숲에 내내 울려 퍼졌었다.

플레이어들은 자신들의 경험을 근거로 아크샤론이 주변에서 없다는 결론을 내렸다.

그때 공터로 한 남자가 들어섰다.

"뭐야, 저 녀석은?"

반쯤 찢어진 넝마에 허리띠만 화려했다.

어깨에 부상이 있고 굉장히 피곤해 보이는 행색의 남자.

태양이었다.

아렘은 단번에 태양이 보주를 모두 모은 플레이어라는 것을 깨달았다.

"어이. 준비하자."

"좋아. 저 녀석, 얼굴을 보아하니 고생을 많이 한 것 같군."

망설임 없이 칼을 빼든 아렘과 그의 동료가 태양에게 움직였다.

움직이는 건 그들만이 아니었다.

처음부터 공터 주변을 벗어난 적이 없는 플레이어들 역시.

아렘이 조심스럽게 중얼거렸다.

"천천히 간다. 슬슬, 간 보면서. 이 난리 통에 보주를 모아온 녀석이야. 분명 한 수가 있을 거다. 굳이 우리가 당할 필요는 없잖아?"

"이제까지 참았는데, 더 못 참을 이유도 없지."

공터에 상주하던 플레이어 절반이 동시에 태양에게 모여들었다.

우득, 우득.

태양이 고개를 꺾었다.

"내가 보주를 모아 오긴 했는데…… 너희, 교통정리가 좀 필요할 것 같지 않아? 내가 모아 온 거로 되겠어?"

"먼저 먹는 놈이 임자다!"

"뒤를 조심해!"

태양은 하나고, 플레이어들은 무리.

당연히 플레이어들은 태양보다 서로를 경쟁자로 여겼다.

마음이 급해진 플레이어들이 눈이 벌게진 채 태양에게 달려들었다.

"이렇게 무시받는 경험. 새로운걸?"

태양이 플레이어들을 향해 마주 쏘아졌다.

튀어 나갔다, 달려 나갔다 보다 쏘아졌다는 표현이 확실히 정확했다.

투웅.

플레이어들은 제대로 반응하지도 못했다.

퍼억.

주먹질 한 번에 아래턱이 작살나고,

뼈엉.

발길질 한 번에 척추가 반으로 접혔다.

플레이어들의 평균 업적은 4개.

반면 태양의 업적은 27개.

그들의 수준은 어른과 아이, 그 이상이었다.

"미친!"

"뭐가 이렇게 강해!"

태양은 도망가려는 놈들에게는 스탄의 깃털을 던졌다.

'어차피 다시 써먹지도 못할 거. 아낌없이 쓰자.'

초록 모래 전갈의 독은 독침에서 빠져나감과 동시에 3시간 이내에 산화했다.

스탄의 깃털 역시 뽑아내고 시간이 지나면 마력이 빠져나가면서 날카로움을 잃었다.

말 그대로 대(代) 아크샤론 전용의 무기라고 할 수 있겠다.

➤ 스타버스트 하이킥(Star Bust High Kick).

콰아아앙!

"커억……."

스타버스트 하이킥에 정신을 잃은 플레이어를 마지막으로 공터에 정적이 감돌았다.

30초.

단 30초 만에 태양에게 덤벼든 플레이어 절반이 목숨을 잃었다.

태양이 주변을 돌아보며 외쳤다.

"또 보주 필요한 사람 있어? 있으면 나와."

나오는 사람은 없었다.

아렘이 상상한 것과는 전혀 다른 그림.

아렘도 식은땀을 흘리며 칼을 뽑아 든 동료를 붙잡았다.

"다, 다음에 하지. 지금은 때가 아닌 것 같다."

"그, 그래. 네 말이 맞아. 이건 아닌 것 같군."

주변을 둘러보던 태양이 중얼거렸다.

"없으면 나 먼저 간다."

주춤주춤.

태양이 걷는 방향에 있는 플레이어들이 몸을 비켰다.

마치 홍해를 가르는 모세처럼.

태양의 걸음 끝에 앉아 있던 안드로말리우스가 픽 웃었다.

"왔군."

"그래. 왔다."

"보주, 여기에 뱉어라."

안드로말리우스의 오른팔에 휘감겨 있던 뱀이 제 아가리를 쫘악 벌렸다.

태양이 모아온 보주를 털어 넣었다.

투둑. 투둑.

1개. 2개. 3개.

……10개. 11개.

아렘이 질린 얼굴로 중얼거렸다.

"세상에, 보주를 몇 개나 모아 온 거야?"

……17개. 18개.

최종적으로 18개의 보주가 뱀의 아가리에 쌓였다.

안드로말리우스가 태양을 보며 웃었다.

"18개. 아주 준수한 성적이군."

동시에 시스템 창이 떴다.


[2-1 보주 찾기: 보주를 3개 수집하라. – Pass]

[획득 업적: 왕뱀 사냥, 괴조 사냥, 보주 수집가(3), 보주 수집가(5), 보주 수집가(7), 보주 찾기 클리어.]


—음, 업적 종류 6개.

—진짜 알차게 먹을 수 있는 거 다 먹었네.

—4층 15개. 평균 종류별 업적 거의 4개 ㄷㄷ 미쳤다.

# 살인의 거리

[2-1 보주 찾기: 보주를 3개 수집하라. - Pass]

[획득 업적: 왕뱀 사냥, 괴조 사냥, 보주 수집가(3), 보주 수집가(5), 보주 수집가(7), 보주 찾기 클리어.]


후웅.

업적에서 차오르는 힘이 태양의 몸을 휘감았다.

보주의 힘이 빠져나가서 오히려 전력은 감소되었지만, 태양은 충만함을 느꼈다.


[업적 15개를 달성하셨습니다. 마나 인지 감각이 보정됩니다.]

새로운 감각이 열렸기 때문이다.

후웅.

태양이 손을 내려다보았다.

그곳에 푸른 기운이 서려 있었다.

"이게 마나."

스킬화를 사용할 때 태양의 몸을 타고 흐르던 기운들, '초월 진각'의 전자기나 '스타버스트 하이킥'의 별 무리 이펙트 역시 마나가 요동치며 일어난 현상이었다.

그동안 태양은 스킬화를 통해서 그것이 마나 인지 인지하지도 못한 채로 마나를 간접적으로 사용해 온 것이다.

마나, 혹은 마력.

흔히 판타지, 무협과 같은 창작의 세계에서나 통용되는 비과학적인 능력.

당연한 이야기지만, 지구는 단탈리안의 배경이 되는 다른 차원들과 달리 마나, 마력이 존재하지 않았다.

하지만 차원 미궁 단탈리안 안에는 마나가 존재했다.

그렇기에 단탈리안은 유저들에게 편의를 제공했다.

업적 15개를 모으면 마나에 대한 '감각'을 일깨워 주는 것이다. 덕분에 유저들은 다른 플레이어처럼 마나, 마력을 운영할 수 있었다.

'하지만, 이게 딱히 편의는 아니야.'

마나를 다룰 줄 아는 NPC들과 비로소 동일 선상에 올라온 거니까. 비유하자면, 미국의 초기 자본주의 사회에 뒤늦게 뛰어든 해방된 흑인 같은 상황이다.

해방 당시 흑인은 노예로 살면서 자본이라고는 한 푼도 모으지 못한 상태로 자본주의 사회에 뛰어들어야 했다.

백인들은 이미 노동력을 자본으로 치환하여 충분한 기반을 다진 상태였다.

결론은?

현시대를 기준으로 미국의 상류층은 백인이 많고, 빈민층은 흑인이 많다.

뭐, 일부 예외가 있긴 하지만.

유저의 상황도 이와 같았다.

업적을 모을수록 능력치 수치는 똑같이 올라가지만, 마력 활용에 미숙한 이상 유저들은 다른 NPC에 비해 전투력이 떨어질 수밖에 없었다.

─그러니까 빌어먹을 난이도라는 말이지.

─ㄹㅇ.

─저 감각이 진짜 단탈리안 기술력의 정수인 것 같음.

─꼬리 달린 느낌? 날개 달린 느낌? 하여튼 진짜 신기했는데.

─? 니들이 업적 15개를 채웠다고?

─여기 고인물들 ㅈㄴ 많네 ㄷㄷ.

─아 ㅋㅋㅋ 단탈리안 중독자 쉑들 지금 다 여기서 대리만족 하고 있자너 ㅋㅋ.

―금단현상 온다. 씨... 빨...

현재 태양의 페이스는 유저들 중에서는 역대급이라고 볼 수 있었다. 하지만 차원 미궁은 넓고, 마력에 익숙하고, 설정 상 미궁에 들어오기 전부터 강한 NPC들은 차고 넘쳤다.

지금 미궁의 최상위권에서 놀고 있는 NPC들은 태양의 페이스와 비슷, 혹은 그 이상일 가능성이 컸다.

"그래도 4층에서 마나 감각을 열었어. 이건 확실히 의미 있는 것 맞잖아?"

―그건 맞지.

빨리 얻은 만큼, 적응도 빨라지리라.

게다가 태양은 스킬화를 사용할 줄도 알기 때문에 마나 운용에 대해 감을 잡기 쉬운 환경이 마련되어 있었다.

'최대한 빨리 적응하자. 그리고 일단 할 일부터.'

기운을 갈무리한 태양이 나머지 부산물을 챙겼다. 이번 스테이지에서 태양이 얻은 보상은 업적 7개 말고도 더 있었다.

천 옷에 걸친 넝마 쪼가리.

아크샤론의 허물이다.

그리고.

"진짜는 이거지."

태양이 카드를 한 장 빼들었다.


[재생의 힘(R): 맷집 +2, 흡혈 +1]

신캔의
원코인
클리어

[스킬 – 재생의 힘: 3초간 거대 뱀 아크샤론의 재생력을 얻는다. (쿨타임 1,200초)]

거대 뱀 아크샤론을 잡고 나온 보상.

카드. 그것도 스킬 카드다.

─이건 진짜 여러모로 미쳤어.

스킬의 효능, 3초간 거대 뱀 아크샤론의 재생력을 얻는다.

속살이 훤히 보이던 상처도 순식간에 재생해 내던 그 아크샤론의 재생력을 얻는 것이다.

"쿨타임이 20분이라고는 하지만, 이건 거의 여벌 목숨이나 다름없는 거 아니야?"

게다가 붙은 옵션도 준수하다.

맷집 +2, 흡혈 +1.

일단 맷집에 스탯 2개가 몰린 것부터 엄청난 호재였다.

맷집은 2개 단위로 체력, 물리 방어력을 보정해 주는 시너지였다. 즉, 재생의 힘 스킬 카드를 장착하는 것만으로 시너지 효과를 볼 수 있는 거다.

거기에 입힌 데미지에 비례해 체력을 회복하는 흡혈 시너지도 하나.

─생존 시너지는 종결급이네.

─ㄹㅇ 초보자 스타터 팩으로는 1티어다.

─근데 조금 아쉽긴 하다. 윤태양 피지컬이면 이런 것보다 전

투에 직접적으로 도움 되는 시너지가 나왔을 텐데.

─윤태양 입장에선 이게 훨씬 낫지. 쟤는 지금 지 목숨 걸고 하는 게임이잖아.

─그것도 맞네.

태양은 재생의 힘을 슬롯에 장착했다.

[스테이터스 ─ 업적(15): 솔로 플레이어, 퍼펙트 클리어(No Hit)…….]

[보유 금화: 24]

[카드 슬롯]

1. 신념의 귀걸이: 신성 +1

2. 수도승의 허리띠(R): 민첩 +1, 근력 +1, 신성 +1

3. 재생의 힘(R): 맷집 +2, 흡혈 +1

4. Closed

5. Closed

6. Closed

7. Closed

[스킬 ─ 재생의 힘: 3초간 거대 뱀 아크사론의 재생력을 얻는다. (쿨타임 1,200초)]

[시너지]

신성(2): 모든 공격에 20% 추가 피해

맷집(2): 체력, 물리 방어력 보정

-카드 슬롯 다 채웠네.

-그것도 레어급이 2개.

-진짜 오졌다.

-나도 이렇게 한 판 해 보고 싶다.

-ㄹㅇ. 단탈리안 할 맛 날 듯.

동시에 시스템 창이 나타났다.


[4번 슬롯이 해금되었습니다.]


네 번째 카드 슬롯이 해금된 것이다.

네 번째 카드 슬롯의 해금 조건은 세 카드 슬롯을 모두 채우는 것.

사실상 거저 주는 것이나 다름없었다.

'중요한 건 나머지 카드 슬롯이지.'

5번 카드 슬롯은 시너지 4개를 맞추면 열렸고, 6번과 7번 카드 슬롯은 특수한 방법으로 열어야 했다.

'뭐, 일단은 한참 먼 이야기니까.'

정비를 마친 태양이 안드로말리우스를 지나쳤다.

쉬익.

강화, 치유, 금화의 문.

쿠궁.

-설마 또 금화로 가나?

-부상 입었는데 치유로 가야지.

-ㅇㅇ 이번엔 치유임.

-ㅇㅈㅇㅈ.

태양은 치유의 문으로 들어섰다.

<hr />

플레이어, 유릭이 야심한 새벽 거리를 빠르게 걸었다.

거의 뛰다 싶은 걸음과 동시에 하이에나처럼 주위를 둘러보는 유릭.

그의 시야로 여러 가지 풍경이 스쳐 지나갔다.

벽돌로 구워진 아파트들.

정비된 도로, 분수대. 세워진 마차.

마치 중, 근대 유럽과 같은 거리였다.

고풍스러운 멋을 간직한 거리 속에서 유릭은 초조한 기색으로 건물의 번호판을 읽었다.

10-1A.

다음 건물은 10-2A.

"타, 탈출구가 14-3C 블록이라고 했는데."

탈출구는 시간이 흐르면 위치가 바뀌었다.

일주일 전에 스테이지를 졸업한 녀석의 말이라 그다지 믿을 만하지 않지만, 그것이 유릭의 마지막 동아줄이었다.

여긴 10-1A 블록.

목적지는 14-3C 블록.

한참 멀었다.

아니, 멀었나?

유릭이 거칠게 고개를 저었다.

한참 동안 정신을 놓고 걸었더니 방향 감각, 거리 감각을 모두 잃었다.

그때 유릭이 딛고 있던 지반이 벽돌채로 까뒤집히며 유릭의 발목을 붙잡았다.

"젠장!"

쿠구궁.

사막의 끈질긴 손아귀.

"어딜 가시나~ 친구."

정수리부터 발바닥까지 빼곡한 문신을 한 대머리의 남자.

유릭이 지금 이러고 있는 것도 저 녀석 때문이다.

그는 대지를 자유자재로 다루는 주술사였다.

유릭이 주술사의 머리 위에 떠오른 붉은빛을 보면서 이를 악물었다.

붉은빛.

자신을 타깃으로 노리는 플레이어라는 뜻이다.

5층 스테이지, 살인의 거리.

플레이어는 다른 플레이어 세 명을 죽여야 한다.

플레이어들은 일정 시간마다 머리 위에 푸른빛과 붉은빛이 떠올랐다.

머리 위에 푸른빛이 떠오르면 도망 다니고, 붉은빛이 떠오를 때 푸른빛의 플레이어를 잡아 죽이는 게 이번 스테이지의 개요였다.

유릭의 얼굴에 억울함이 차올랐다.

"세 명 다 죽였잖아. 젠장! 왜 하필 이 마지막에!"

유릭은 세 명의 플레이어를 모두 죽였다.

이제 탈출구를 찾아 탈출하기만 하면 되는데, 하필 마지막으로 그를 노리는 플레이어가 저 빌어먹을 주술사였다.

꽈드드드드득.

지반이 유릭을 절대로 놓치지 않겠다는 듯, 그의 발목을 거세게 움켜쥐었다.

"으윽."

유릭이 재빨리 수인을 맺었다.

트라우마 윈드(Trauma Wind).

정신 교란 마법이다.

제대로 먹힐 가능성은 적었다.

급하게 맺은 주문이라 마나 배열의 정교함이 떨어졌다.

그래도 그 정도 시간이면 상황을 타개하기에는 충분하다.

유릭이 발목의 고통을 참으며 수인을 완성했다.

후웅.

나쁜 기억을 불러일으키는 바람이 주술사를 덮쳤다,

문신투성이의 주술사가 비틀거렸다.

스륵.

"지금이다!"

발목을 붙잡고 있던 모래도 바스러진 틈을 타 유릭이 재빨리 뛰어 나갔다.

발목이 삐걱거리는 게 뭔가 잘못됐다 싶기는 하지만, 발목의 건강이 목숨보다 우선될 수는 없는 일이다.

"14-3C 블록이……. 에이 씨발!"

지금 탈출구 찾다가 죽게 생겼다.

유릭은 근처의 건물로 들어갔다.

누군가 이미 영역으로 삼은 구역일지도 모르지만, 저 주술사 자식보다 무섭진 않았다.

"제발 없어라. 제발!"

콰앙!

하늘이 유릭의 기도를 들어준 것인지, 건물 안에 인기척은 없었다.

유릭은 빠르게 건물을 뒤졌다.

"회복 아이템. 붕대. 포션. 뭐라도 제발!"

빌어먹을 주술사의 흙에 붙잡힌 탓에 발목이 반쯤 아작 나 있었다.

흥분이 약간 가라앉자 통증이 느껴지기 시작했다.

한창 뛰어다닐 때라면 몰라도 통증을 인지한 이상, 어떤 대처가 필요했다.

유릭이 떨리는 몸을 이끌고 건물 안을 뒤졌다.

살인의 거리 스테이지의 특징.

건물 안에 플레이어들의 전투를 보조하는 보급품들이 무작위로 널려 있었다.

급격한 속도로 상처를 회복시켜 주는 포션, 감고 있으면 상처를 완화시켜 주는 붕대와 같은 회복 아이템부터 방패나 검과 같은 장비까지.

물론 아무것도 없는 건물도 있고, 심히 운이 좋은 경우에는 아티팩트를 주울 수도 있었다. 플레이어들은 이 보급품들을 효율적으로 사용해 살아남고, 서로 죽여야 했다.

"있다!"

아쉽게도 포션이 아니라 붕대.

하지만 작금은 붕대도 감지덕지다.

유릭이 떨리는 손으로 붕대를 강하게 감았다.

근육과 뼈가 제 자리에 있도록.

동시에 입으로 주문도 외웠다.

아세톰의 손길.

간단한 치유 마법.

상태 호전 효과는 거의 없지만, 그래도 아예 없는 것보다는 나았다.

신전의
원코인
클리어

그때 유릭이 들어온 건물의 벽이 터져 나갔다.

"여기 있었구나? 먹잇감."

"빌어먹을 대머리 자식!"

주술사였다.

유릭이 재빨리 2층으로 튀어 올라갔지만.

"감히 대머리를 무시해?"

반대편 계단은 이미 흙으로 막혀 있었다.

대머리 문신 주술사가 흉악한 얼굴로 중얼거렸다.

"나를 무시하는 건 참을 수 있지만, 대머리를 무시하는 건 용서할 수 없다!"

투우웅!

유릭이 필사적으로 주위를 둘러봤다.

그의 눈에 작은 창문이 보였다.

유릭이 창문으로 몸을 던졌다.

쨍그랑!

바닥에서 한 바퀴 구른 유릭은 주변을 살필 생각도 하지 않고 바로 반대편 건물 안으로 들어갔다.

블록. 위치.

그런 생각들은 이미 안중에도 없었다.

덜컥!

그때 유릭이 들어온 건물 내부에서 커다란 빛이 일었다.

[스테이지에 새로운 플레이어가 진입했습니다.]

[살인의 거리 – 남은 플레이어: 36명]


덜컥!

동시에 주술사도 건물로 들어섰다.

"도망쳐 봐야 대지가 이렇게 울린다고. 버러지 자식아."

흙창이 쏘아졌다.

투웅!

주술사의 입장에서는 당연히 인형(人形)이 있다면 유릭이라 상정하고 쏜 것이었다.

하지만 결과적으로 흙창은 태양을 겨누고 있었다.


[2–2 살인의 거리: 타깃 플레이어 3명을 죽이고 탈출하라.]


"뭐야 이거."

막 스테이지에 입장한 태양이 시스템 창을 제대로 읽지도 않고 넘기며 발을 쳐들었다.

스타버스트 하이킥(Star Bust High Kick).

후웅.

태양의 발 부근에 별 가루가 모여들었다.

'평소와 달라. 느껴진다.'

발을 휘감은 마나의 흐름이 선명했다.

신전의
원코인
클리어

태양은 본능적으로 흩어지려는 마나를 붙잡았다.

간단하고 조악한 운영법. 하지만 마나에 간섭을 아예 하지 않은 것과 조금이라도 한 것의 차이는 컸다.

콰아아아앙!

아파트 1층이 반파됐다.

"아니…… 뭐야, 이거?"

파괴력이 이렇게 차이가 난다고?

-와. 씨. 깜짝이야.

-마나 인지 감각 얻고 나면 스킬화 기술들 엄청 강화된다더니. 미쳤네;

-아니, 근데 스테이지 들어오자마자 칼 들어오는 거 실화냐;

-칼이 아니라 창인데.

-Wls.

후웅.

흙먼지가 일고, 이내 가라앉았다.

태양의 앞에 시스템 창이 떠올랐다.


[플레이어 윤태양에게 붉은빛이 내려앉습니다.]

[처치한 플레이어 0/3]

[스테이지에 새로운 플레이어가 진입했습니다.]

[살인의 거리 – 남은 플레이어: 36명]

새벽의 거리를 왕처럼 거닐던 세 수인이 시스템 창의 등장에 걸음을 멈췄다.

그들은 각각 늑대 수인, 호랑이 수인, 여우 수인이었다.

여우 수인은 우아한 몸매를 가진 여성체였다.

그녀가 입을 열었다.

"새로운 플레이어네."

거친 전사 같은 몸가짐의 늑대 수인이 대답했다.

"먼저 잡을까? 아니면 파밍 먼저?"

여우 수인이 어깨를 들썩였다.

"아직 파밍이 하나도 안 되어 있을 때 노리는 게 편하긴 하지? 어때?"

호랑이 수인이 고개를 저었다.

호랑이 수인은 셋 중에서 가장 덩치가 컸다.

그가 낮고 진중한 목소리로 일렀다.

"파밍하지. 찾으면 죽이고, 아니면 나중에 쫓아가서 잡고. 놈이 우리의 목표가 아닐 수도 있잖나. 시간 아까워."

"그러다 너무 커 버려서 못 잡으면?"

여우 수인의 말에 호랑이 수인이 피식 웃었다.

"농담인가? 조금 웃겼다."

늑대 수인이 상황을 정리했다.

"그래도 바짝 움직이자. 지금이 숨어 있는 벌레 새끼들 솎아내기 가장 쉬운 타이밍이잖아. 파밍하다가 걸리는 녀석 하나 잡아서 줄줄이 뽑아먹자고."

늑대 수인이 킁킁 주변 냄새를 맡고는 히죽 웃었다.

사냥감들의 부산스러운 냄새가 사방에서 묻어 나왔다.

문신투성이 남자와 대치하고 있는 태양.

화면을 바라보는 현혜가 입술을 깨물었다.

'안 좋은데.'

살인의 거리에서 파밍 없이 전투를 벌이는 건 좋은 선택지가 아니었다.

새로운 플레이어가 들어올 때마다 모든 건물에 보급품이 리셋되기 때문이다.

특히 스테이지 진입 초반은 전투보다 보급품 수급이 훨씬 중요한 시기다.

회복 포션, 붕대, 그리고 여타 장비들.

이렇게 전투를 벌이는 사이, 다른 플레이어들이 알짜배기 보급품을 챙겨 가 버릴 가능성이 컸다.

'장비는 몰라도 도핑 아이템은 꼭 있어야 해.'

도핑 아이템.

살인의 거리 스테이지에서만 적용되는 버프다.

도핑 아이템은 그 종류가 다양했다.

민첩, 근력 등 신체 능력을 일시적으로 상승시켜 주는 물약.

피부를 돌처럼 단단하게 만들어 주는 비약.

혈액을 독으로 변화시키는 영약까지.

도핑 아이템은 살인의 거리 스테이지에서 가장 중요한 요소였다.

결국, 보다 못한 현혜가 먼저 입을 열었다.

-태양아, 일단 피하고 보자. 파밍이 더 급해.

"피하자고? 나 선빵 맞았는데?"

-살인의 거리잖아. 파밍이 우선이야. 저 녀석이 도핑을 얼마나 했는지도 모르고.

-아, ㅋㅋㅋ 선빵은 절대 못 참지.

-한 대 맞으면 네 대 때리는 남자.

-???: 그게 너와 나의 세대 차이야.

-Yo. 우사인 볼트가 왜 세계에서 제일 달리기 빠른 남자인지 알아요?

"싸우면 안 돼? 쟤 죽이고 장비 먹으면 되잖아."

-이길 자신 있어? 아니, 확실히 잡아 죽일 자신 있어?

"그건……."

태양이 마나 인지 감각을 얻으면서 비약적인 출력 상승을 이뤄 냈다고는 해도, 도핑은 무시할 수 없는 변수였다.

언제 듣도 보도 못한 능력이 튀어나올지 알 수 없었다.

-게다가 까먹었나 본데. 쟤 잡아도 도핑 아이템은 안 나와. 시

간적으로 손해라고.

현혜의 말에 태양이 반박할 틈을 찾지 못했다.

대답을 망설이던 태양이 결국 고개를 휙 돌렸다.

—논파! v.

—속보. 윤태양, 달님에게 완패.

—ㅋㅋㅋㅋㅋㅋㅋㅋㅋㅋㅋㅋㅋ.

그때 반대편에서 문신투성이 남자가 외쳤다.

"어이! 굳이 서로 피해 보지 말자고. 우리끼리 싸우면 피차 손해잖아? 창은 미안해. 네가 갑자기 튀어나와서 반사적으로 던진 거야."

—마침 저쪽에서도 좋게 좋게 나와 주네. 그냥 넘어가자.

어차피 푸른빛. 타깃이 아니면 사람을 죽여도 카운터가 올라가지도 않았다.

태양이 신경질적으로 목덜미를 긁었다.

먼저 공격당했다는 사실이 그의 기분을 잡쳤다.

"가라. 이번엔 봐준다."

태양은 반파된 건물 안으로 들어갔다.

—ㅋㅋ... 약간 허세충 느낌?

—이런 윤태양. 나쁘지 않을지도?

—ㅋㅋㅋㅋㅋㅋㅋ 윤태양 킹받아 하는 거 왜 이렇게 보기 좋냐.

—그니까. 맨날 콧대 세우면서 나 이 정도야~ 하는 거 보다가

이런 모습 보니까 새롭넹.

그때 문신 남자가 태양을 불렀다.

"어이. 저기⋯⋯."

"뭐?"

거칠게 돌아보는 태양.

"아, 아니다."

문신 남자가 머쓱하게 머리를 긁었다.

그는 방금 태양과 한 수를 겨뤄 봤기 때문에 당연히 태양이 여기에 한참이나 있었던 플레이어라고 생각했다.

건물 벽면을 통째로 날려 버리는 파괴력.

문신 남자의 기준에 그건 도핑 없이는 불가능한 수준이었다.

문신 남자가 콧등을 찡그렸다.

"이거, 아깝게 됐는데."

저렇게 만만한 타깃은 흔하지 않았다.

하지만 굳이 갈등을 감수하면서 쫓기에는 태양이 너무 부담스러웠다.

"포기해야겠군."

다 잡은 고기를 놔 주는 게 아깝긴 하지만 목숨보다 아깝지는 않았다.

'어디서 대단한 비약을 찾기라도 했나 보지. 쳇. 부럽다, 부러워.'

태양은 그가 떠나는 걸 확인한 후 건물 수색을 시작했다.

신권의
원코인
클리어

"도핑 아이템은 안 보이네."

—흔한 건 아니니까.

운이 없는 경우 건물 하나를 통째로 뒤져도 얻지 못할 수도 있었다.

수색하던 태양의 눈에 곧 이채가 깃들었다.

"현혜야, 이거……."

—누가 한 번 뒤진 것 같은데.

현혜도 단박에 눈치챘다.

—? 얘네 갑자기 왜 이럼?

—안에 누구 있는 것 같은데?

—ㅇㅇ. 가구 흐트러진 모양새도 그렇고.

—잉? 왜 난 보고도 모르겠지.

—그러니까 네가 3층 따리인 거야.

—2층 따린데? 올려치기 ㄱㅅ.

—이걸 올려쳐 주네.

태양이 기척을 죽였다.

그의 머리가 팽팽 돌았다.

누군가 수색한 흔적이 있다. → 건물 안에 누군가 있다. → 대놓고 움직이던 태양을 습격하지 않았다. → 누군가 최대한 기척을 숨기고, 몰래 움직이고 있다!

그리고 주변 상황.

장비는 건드린 흔적은 있으나 가져가진 않았다.

붕대, 포션과 같은 회복 아이템이 하나도 보이지 않는다.

즉, 아마 건물 안에 있는 누군가는 부상을 입었고, 누군가(아마 문신 남자)에게 쫓기던 '푸른빛'의 플레이어일 가능성이 컸다.

달그락.

방금까지라면 무시했을 자그마한 소음.

태양이 소음을 향해 번개처럼 달려들었다.

콰앙!

"찾았다."

"아, 하하. 안녕하세요?"

건물에 숨어 있던 유릭이 어색하게 웃었다.

*　*　*

'도망치는 건 포기한다. 발목의 상태가 도저히 뛸 상태가 아니야.'

유릭이 발목을 살폈다.

그의 발목은 완전히 퉁퉁 부어 있었다.

건드리기만 해도 찌릿, 통증이 느껴질 정도.

게다가 유릭은 태양이 벽을 반파시키는 장면도 제대로 목격했다.

유릭은 태양이 어떤 행동을 하기 전에 먼저 선수를 치기로 결심했다.

"저, 저기요!"

"응?"

"제가 가진 장비랑 비약 다 드릴게요. 살려만 주세요."

"오, 비약이 있어?"

비약은 중복 적용이 불가능했다.

그래서 비교적 흔한 비약의 경우 얻고도 사용하지 않고 보관하는 경우가 종종 있었다.

다른 플레이어와 비약을 교환하면 되기 때문이다.

태양은 고민했다.

사실 유릭이 제의한 장비와 비약은 유릭을 죽이면 그냥 얻을 수 있는 것이다.

"이미 먹은 비약은 죽을 때 안 뱉는 거 맞지?"

─응. 안타깝게도.

어쩔 수 없는 노릇이다.

만약 시체가 먹은 비약을 뱉었다면 살인의 거리 스테이지는 괴수들이 미쳐 날뛰는 지옥이 되어 있을 것이다.

'일단은 살려 둘까.'

죽인다고 얻는 이득이 별로 없었다.

푸른빛은 플레이어마다 다르게 보였다.

가령 유릭은 문신투성이 남자에게는 푸른빛으로 보이지만, 태양이 볼 때는 아무 색깔도 보이지 않았다.

유릭은 푸른빛의 플레이어지만, 태양의 타깃이 아니라는 이야기다.

즉, 유릭을 죽여 봤자 킬 카운터가 오르지 않았다.

그리고 결정적으로 태양은 유릭에게 얻고 싶은 것이 있었다.

'현 시점 플레이어 관계도.'

살인의 거리는 한 플레이어가 졸업하면 한 플레이어가 입학하는 식으로 순환하며 계속 플레이어 수가 유지되는 스테이지였다.

태양은 살인의 거리가 어떻게 돌아가고 있는지 파악해야 했다.

플레이 스타일을 정해야 하기 때문이다.

만약 먼저 들어온 다수의 플레이어가 연합을 맺고 소수의 플레이어를 단체로 사냥하는 상황이라면 기척을 최대한 죽이고 파밍도 천천히, 안전하게 해야 했다.

반면 소수의 강력한 플레이어들이 날뛰는 상황이라면 기척을 죽이되, 어느 정도 빠르게 움직이며 파밍을 하는 게 효율적이었다. 그리고 가능성은 적은 가정이기는 하지만 고만고만한 플레이어들이 서로서로 싸우고 있는 경우.

'그게 베스트이긴 한데.'

만약 그런 상황이라면 대놓고 파밍만 해도 태양에게 영입 제안이 들어올 게 분명했다.

그런 상황이라면 적당히 간을 보면서 편하게 성장할 수 있었다.

신컨의
원코인
클리어

"아, 대략적인 세력도 말씀하시는 거죠? 지금 상황은……."

유릭은 마법사답게 꽤 똑똑했다.

설명도 조리 있어서 태양은 유릭의 설명을 듣고 현 살인의 거리 스테이지의 상황을 유추할 수 있었다.

태양이 혀를 찼다.

정리하자면, 현 살인의 거리 스테이지의 상황은 소수의 강력한 플레이어가 연합을 맺고 플레이어들을 사냥하는 중이었다.

"몇 명이야?"

"세 명? 음, 아마 세 명이 맞을 겁니다. 처음엔 네 명이서 활동했는데, 요즘은 세 명만 보입니다. 한 놈은 아마 졸업했겠죠."

"그 녀석들이 다른 녀석을 영입했을 가능성은?"

"없어요. 그 녀석들은 우리와 대화를 나눌 의지가 없는 놈들입니다."

유릭의 말에 태양이 고개를 갸웃거렸다.

현혜 역시 의아하긴 마찬가지였다.

─대화를 나눌 의지가 없다?

"그 녀석들. 수인족입니다."

─수인족? ㅗㅜㅑ.

─와, 이번 스테이지는 진짜 빡세겠다.

─윤태양 이번에 피지컬 한계까지 찍어 보나?

─개꿀잼 매치 예약.

['20살잼민이' 님이 1,000원을 후원하셨습니다!]

[아, ㅋㅋ 엄마. 오늘도 공부 못 할 것 같아요. 미리 죄송해요. 네? 수능이 곧이라고요? 아 씨! 삼수하면 되잖아요!]

―야, 스무 살이면 잼민이 아니야…

―공부해… 다시보기로 보면 되잖아…

―잼민이 어머님 통곡 소리 여기까지 들리누 ㅜㅜ.

수인족.

동물의 특징과 인간의 지능을 모두 가진 우월한 종족.

그들은 판타지 차원, 에덴에서도 극소수만 존재하는 특별한 인종이었다.

'극소수만 존재하는 이유가 슬프긴 하지만.'

인간과 비슷하지만, 확연히 다른 외모.

떨어지는 문명도.

차별받기 가장 쉬운 환경이다.

문명 발전도가 중세 수준에 불과한 에덴에는 당연히 노예 제도가 있었고. 노예 상인들은 미친 듯이 수인족을 사냥해 댔다.

수인족은 살아남기 위해 인간을 배척하고, 무예를 갈고 닦았다. 안 그래도 전투에 적합한 인종이 살기 위해 미친 듯이 무예에 파고드니 결과는 뻔했다.

―노예가 아닌 수인족에 대한 소문을 들으면, 즉시 자리를 떠라.

에덴에 격언이 생길 정도.

"그런 녀석들이 이미 온갖 도핑을 다 둘렀단 말이지."

ㅡ준비 제대로 해야겠네.

"그래도 세 명뿐이라니 다행이야. 최소한의 시간은 벌 수 있겠어."

살인의 거리는 도시 하나를 통째로 쓰는 넓은 스테이지였다.

운이 좋다면 그들을 한 번도 마주치지 않고 졸업할 수도 있었다.

ㅡ태양아. 일단 저 녀석이 준다는 도핑 아이템부터 보자.

아, 맞다.

현혜가 아니었으면 까먹을 뻔했다.

"어이! 아이템 내놔."

"물론이죠."

유릭이 빠릿하게 주머니를 건넸다.

태양은 곧장 받은 주머니를 열었다.


　[아르테미스의 풀잎: 시력, 민첩성 증가.]

　[아레스의 낙엽: 근력, 맷집 증가.]

　[휘몰아치는 산들바람: 몸이 가벼워짐.]

　[오필리아의 초콜릿: 유연성 향상.]


ㅡ앗! 오필리아의 초콜릿!

태양은 곧장 받은 주머니를 열었다.

[아르테미스의 풀잎: 시력, 민첩성 증가.]
[아레스의 낙엽: 근력, 맷집 증가.]
[휘몰아치는 산들바람: 몸이 가벼워짐.]
[오필리아의 초콜릿: 유연성 향상.]


-앗! 오필리아의 초콜릿!

태양이 '오필리아의 초콜릿'의 효능을 보고는 고개를 갸웃거렸다.

"좋은 거야?"

유연성 향상이라니. 없는 것보다는 낫겠지만, 전투에 직접적으로 도움이 되어 보이지는 않는 효능이다.

-응! 조합 아이템이야. 그것도 엄청 희귀한!

"아. 조합 아이템."

뒤늦게 이해한 태양이 고개를 끄덕였다.

조합 아이템.

비약은 그냥 먹어도 특수 능력을 얻을 수 있지만 조합할 수도 있었다. 물론 조합을 어떻게 하느냐에 따라 비약을 날릴 수도 있고, 더 강력한 능력을 얻을 수도 있다.

-아르테미스의 풀잎도. 비교적 흔한 비약이긴 한데 오필리아의 초콜릿이랑 섞으면 상위급 비약을 만들 수 있어.

'여신의 장난'이라는 이름의 비약이었다.

효능은 스테이지 내 몬스터에게 비선공. 민첩성 대폭 증가.

시력과 유연성 옵션이 붕 떠 버리긴 하지만, 그걸 버리고 민첩성 대폭 증가 옵션만 얻어도 확실히 이득이다.

아르테미스의 풀잎 같은 경우는 비교적 찾기도 쉬워서, 또 따로 찾으면 그만이기도 하고.

"스테이지 내 몬스터에게 비선공은 뭐…… 좋은가?"

—히든 스테이지 들어가면 엄청 소중한 옵션이야.

—잘 안 나오는 건가 보네?

—세 판에 한 번 정도 나옴.

—이 스트리머는 운으로 게임합니다.

—이번 판 잘 풀리네.

—시작이 좋아~.

태양이 유릭을 불렀다.

"어이. 물 있나?"

"무, 물요?"

유릭은 상황을 잘 파악하고 있었다.

태양이 마음을 바꿔 먹으면 죽은 목숨이라는 상황을 말이다.

—야, 나 저 마음 알 것 같아.

—으, 으윽! 머리가!

—태, 태양아! 빵 사 왔어! 데워 왔어!

—PTSD… PTSD…

─윤태양. 너 진짜 나빴다.

─ㅋㅋㅋㅋㅋㅋ 졸지에 윤태양 쓰레기행 ㅋㅋㅋㅋㅋㅋㅋㅋ.

유릭이 재빠른 손길로 허리를 더듬었다.

평소 가지고 다니던 식수통이 있었다.

─오필리아의 초콜릿 물에 풀고 흔들어. 엄청 많이 흔들어야 해. 완전히 용해될 만큼.

"시간이 좀 걸리겠네."

태양이 건네받은 식수통을 흔들면서 유릭에게 물었다.

"이 건물. 다 털었냐?"

"네. 장비는 뭐, 별건 없었고. 비약도 다 드렸습니다. 회복 아이템으로는 붕대가 있었는데…….”

태양이 유릭의 발을 바라봤다.

칭칭 감긴 붕대.

"그러니까 뭐. 너랑은 볼일이 더 없다는 이야기네."

"하하. 그렇게 되네요. 그, 그럼…….. 서로 갈 길 갈까요?"

아니.

유릭이 말을 채 끝마치기도 전에 태양이 달려들었다.

투웅.

이유? 놈이 뭔가 준비하고 있었으니까.

확신할 순 없었지만, 놈의 주변에 어떤 마나 흐름이 태양의 마나 인지 감각을 아슬아슬하게 건드리고 있었다.

"개자식! 이럴 줄 알았다!"

신의
원코인
클리어

비약: 단거리 무작위 텔레포트

태양이 주먹을 뻗음과 동시에 유릭이 허깨비처럼 사라졌다.

"텔레포트 비약. 어쩐지. 느낌이 이상하다 했다."

태양의 마나 인지 감각에 걸린 건 비약 발동에 따라 생성된 마나 흐름이었다. 아마 유사시를 대비해 준비해 둔 거겠지.

─근데 애초에 도망갈 수 있었으면 왜 비약 다 퍼 줌?

─보물 고블린인 줄 ㅋㅋ.

─개 멍청하네. ㅋㅋㅋ.

─텔레포트 비약은 원래 시전 시간이 길어. 3분인가 그럴 거임.

─그 시간 조금 벌겠다고 저렇게 똥꼬 쇼한 거? ㄷㄷ.

─다 퍼 주고 사는 게 낫지. ㅋㅋ.

─ㅇㅅ. 저게 본인 일이었으면 다 퍼 주고 죽었을 건데 NPC 피지컬이어서 그나마 산 거지.

놈을 놓친 것 때문에 기분은 아쉽지만, 실질적으로 손해 본 건 없었다.

태양은 물병을 흔들며 주변 아파트 몇 개 더 수색했다.

"흠. 여기도 없고."

"신발? 애매하네. 지금 것도 착용감이 나쁘지 않은데."

"중갑은 내가 입기에 너무 무겁고."

"오. 서코트 발견. 흠. 조금 무거운데? 그래도 안 입는 것보다는 낫겠지?"

성과가 지지부진한 건물 몇 개를 돌고, 이내 잭 팟이 터졌다.

"이건!"

[아포피스의 독샘: 맹독혈(猛毒血)]

피가 독이 되는 효능의 도핑 아이템.

아포피스의 독샘은 유저들이 소위 영약이라고 부르는 최고급의 도핑 아이템이었다.

체내에서 생성되는 강력한 독은 상상 이상으로 활용처가 많았다. 당장 손바닥에 상처를 내고 적에게 휘두르기만 해도 피부를 녹이는 수준의 강력한 견제기 역할을 할 수 있으니까.

"이거 좋은데……."

태양의 표정이 복잡 미묘해졌다.

좋다.

좋은데, 지금 당장 먹을 수가 없다.

―독성 저항 비약……. 그거만 찾으면 이번 스테이지 진짜 날로 먹을 수 있는데.

아포피스의 독샘은 비약 자체의 독성이 너무 강해서 독성 저항이 없으면 복용한 플레이어도 중독되는 단점이 있었다.

"좋아. 일단 챙겨 두자. 계속 돌면서 더 찾아보지 뭐."

―독성 저항 관련 비약이 뭐 있었지? 하데스의 혓바닥이랑……. 히드라의 체액 정도?

"뭣 하면 그냥 적에게 뿌려도 되잖아."

-그것도 방법이긴 하지.

"그나저나 물병. 이 정도면 충분하지 않아?"

-어디 봐 봐.

태양이 물병을 열었다.

물은 오필리아의 초콜릿이 완전히 융화되어 걸쭉한 갈색이 되어 있었다.

-좋아. 거기에 아르테미스의 풀잎 넣고 더 흔들면 돼.

['KK의발닭개' 님이 10,000원을 후원하셨습니다!]

[KK가 어디 가서 절대 말하지 말라고 했던 꿀팁. 거기에 휘몰아치는 산들바람 섞으면 더 좋은 아이템 됨.]

-그걸 말해 주면 어떡하냐. ___

-그걸 알려 주네.

-kk좌 오열. ㅋㅋ.

-오히려 흐뭇하게 바라보고 있을지도 모름. 자기는 게임 못 하니까.

채팅 창을 확인한 태양이 현혜에게 물었다.

"믿어도 될까?"

-그러게.

현혜가 쉽사리 대답하지 못했다.

그녀가 처음 듣는 정보였다.

'무턱대고 믿기에는······.'

저번 뱀 굴 찾는 것과는 상황이 달랐다.

정보의 신빙성은 둘째 치고, 뱀 굴은 조언이 틀리더라도 곧 바로잡을 수 있는 문제였다.

하지만 비약은 허무하게 날리면 되돌릴 수 없다.

그때 또 한 번 후원이 터졌다.

['KKTheBest' 님이 1,000,000원을 후원하셨습니다!]

[병에 아르테미스의 풀잎과 휘몰아치는 산들바람 같이 넣고 흔들어라.]

—백만 원?

—미쳤다;

—저거 찐 KK임?

—ㅇㅇㅇㅇㅇ KK더베스트 저거 맞음.

—근데 왜 한국말로 씀? 쟤 북미 사람 아녀?

—원래 도네는 시청자 설정 언어로 자동 번역됨.

—ㅇㅎ.

—HEY KK. DO YOU KNOW KIMCHI?

—Do you know yuna kim?

—홀리 쉿. 제발 그런 짓 좀 하지 마...

"진짜 KK라고?"

KK는 과묵하고 신중하기로 유명한 사람이었다.

그리고 거의 공인 수준의 인지도를 가지고 있는 사람이기도 했다.

신킨의
원 코인
클리어

'이러면 이야기가 좀 달라지는데.'

여기서 그의 거짓말로 태양이 사망한다면?

엄청난 비난을 받겠지.

굳이 사서 욕을 먹을 이유가 있을까?

태양이 고민에 빠져 있는 듯하자 다시 한번 후원이 터졌다.

['KKTheBest' 님이 1,000,000원을 후원하셨습니다!]

[저는 지금 단탈리안을 플레이하지 못하고, 대신 당신의 게임 클리어를 전적으로 응원하고 있습니다. 믿는 것은 당신의 자유입니다. :)]

ㅡ……태양아. 우리가 굳이 방송을 공개로 돌린 건, 이런 일을 생각해서였잖아.

시청자들의 집단 지성.

혹은 KK나 바나 같은 단탈리안 고인물 플레이어의 조언.

"……믿어 볼까?"

ㅡ한 번쯤은 믿어 봐도 좋지 않을까?

현혜가 떨리는 목소리로 조언했다.

물론 선택권은 태양에게 있었다.

누가 뭐래도 게임은 태양이 하는 것이었으니까.

태양이 눈을 질끈 감았다.

그리고 잠시 후.

"그래. 한번 믿어 보자."

태양이 수통에 아르테미스의 풀잎을 넣고, 이어서 휘몰아치는 산들바람도 넣었다.

"빌어먹을 거짓말쟁이 자식! 다 말하는 대로 알려 줬더니!"

유릭이 욕설을 지껄이며 걷다가 이내 벽에 기댔다.

발목의 통증이 올라와서 더 걸을 수가 없었다.

유릭이 입술을 짓씹었다.

'정말 더럽게 안 풀리는 날이군.'

한 번씩 그런 날이 있다.

앞으로 넘어져도 코가 깨지고, 껌 씹다가 이빨이 빠지는, 그런 날.

유릭에게는 오늘이 바로 그런 날이었다.

오늘 하루 동안 벌어진 일이 벌써 몇 개인가.

웬 주술사 놈에게 쫓기느라 발목이 나가고, 여분 목숨이나 다름없던 텔레포트 비약도 소모했다. 게다가 메모라이즈 한 마법도 모두 사용했고, 마나도 바닥을 보이고 있었다.

'진짜로 고양이만 만나도 목숨이 위험한 상황이야.'

유릭은 속으로 빌었다.

제발 여기까지만.

하지만 세상은 냉혹해서, 한계라고 느껴지는 그 상황에서 유릭에게 한 걸음 더 걸을 것을 강요했다.

퍼석.

"찾았다."

유릭이 기대앉은 벽이 모래가 되어 바스러졌다.

모래를 뚫고 나타난 손이 유릭을 붙잡았다.

문신이 빼곡한 근육질 손.

"쥐새끼, 감히 대머리를 무시해?"

문신투성이 주술사였다.

유릭이 눈을 감았다.

'정말…… 빌어먹을 날이로군.'

그때 반대 골목에서 한 남자가 나타났다.

"어. 여기 두 명 발견."

2m는 되어 보이는 커다란 체구에, 보통 사람에게서는 볼 수 없는 북슬북슬한 털.

"수, 수인족?"

늑대 수인이었다.

"어머. 그렇게 꽁꽁 숨어 있던 녀석들이 여기에 다 있었네."

뒤이어 여우 수인도 나타났다.

"뭐, 뭐야?"

"뭐긴 뭐야."

유릭이 헛웃음을 지었다.

이어 문신투성이 남자의 등 뒤에서 호랑이 수인이 나타났다.

"자. 천천히 빨리 진행하자고."

"무슨!"

사르르륵.

모래가 호랑이 수인의 발목을 휘감으려 했지만, 호랑이 수인은 알고 있다는 듯 가볍게 발을 들어 피했다.

콰득!

"커헉!"

호랑이 수인이 가볍게 휘두른 주먹에 문신투성이 주술사의 왼 어깨가 그대로 박살났다.

"어이, 문신쟁이. 나는 천천히 물어볼 거야."

"끄아아아아아아악!"

"그러니까, 너는 빨리 대답해."

콰득.

호랑이 수인이 문신투성이 주술사의 어깨에 꼽은 손을 비틀었다.

"끄아아아아아악!"

"묻는다. 대답할 준비 됐어?"

낮게 내리깔리는 목소리에 포식자 특유의 사나운 기백이 담겨 있다.

문신투성이 주술사가 미친 듯이 고개를 끄덕였다.

"최근에 본 플레이어 위치, 시간,"

"네?"

한 번의 반문.

호랑이 수인의 얼굴에 짜증이 묻어났다.

"빨리 대답하라니까."

콰득.

문신투성이 남자의 왼 어깨가 제 신체에서 떨어져 나갔다.

당연히 팔 역시.

"귀 아파. 소리 지르면 죽인다."

"끄ㅇㅇㅇ읍."

문신투성이 남자가 필사적으로 신음을 집어삼켰다.

호랑이 수인이 이번엔 유릭을 바라봤다.

"자. 너에게 기회가 왔다. 작은 친구. 최근에 본 플레이어 위치. 시간."

"10─5A 블록!"

"오?"

"봤어요! 방금 들어온 플레이어! 이번에 새로 들어온 플레이어였어요!"

"아하? 왜 안 죽였지?"

"제가 지금 푸른빛이라서! 녀석이 어디로 향했는지도 압니다!"

문신투성이 주술사와는 다른, 빠릿빠릿한 대답.

호랑이 수인이 문신투성이 주술사를 돌아봤다.

"봤어? 이렇게 하란 말이야."

호랑이 수인이 다시 문신투성이 남자에게 물었다.

"자, 그럼 다시 물을 게 문신 친구……."

"나, 나도 최근에 본 애가 걔야! 정말이야!"

문신투성이 남자가 필사적으로 외쳤다.

그를 지켜보던 늑대 수인이 혀를 찼다.

호랑이 수인이 삐딱하게 고개를 꺾었다.

"저런. 그럼 다른 플레이어를 생각했어야지. 머리가 멍청하면 몸이 고생이라니까."

콰앙.

호랑이 수인이 주술사의 머리에 주먹을 꽂아 넣었다.

<br>

◈

<br>

[여신의 짓궂은 장난: 스테이지 내 몬스터에게 비선공. 민첩성 대폭 증가. 피격 시 10% 확률로 여신의 가호 혹은 장난.]

<br>

태양이 속으로 한숨을 삼켰다.

'진짜여서 다행이다.'

['KKTheBest' 님이 1,000,000원을 후원하셨습니다!]

[여신의 가호 → 방패, 여신의 장난 → 강화]

―와 씨. 무슨 후원 한 번에 백만 원을 기본으로 태우냐.

―3시간 만에 내 한 달 월급.

―돈이 썩어 나나 보네.

-KK 정도면 돈 걱정할 사람은 아니지.

-윤태양도 그렇지 않음?

-그것도 그러네.

"방패는 실드. 강화는 버프라는 이야기겠지?"

-응. 맞을 거야.

그때 시스템 창이 떴다.


　[공수를 교환합니다.]

　[플레이어 윤태양에게 푸른빛이 내려앉습니다.]


푸른빛.

지금까지 보다는 조금 더 조용히 다녀야 할 이유가 생겼다.

태양은 기척을 줄이는 데 신경 쓰며 주변 건물 몇 개를 더 뒤졌다.

"흠. 이 정도면 주변은 다 뒤져 본 것 같네."

태양이 파밍한 보급품을 확인했다.

근력, 반사 신경 등 전투에 필요한 스탯을 올려 주는 비약들.

성과가 나쁘지 않았다.

아포피스의 독샘과 같은 영약급 도핑 아이템은 없었지만, 애초에 아포피스의 독샘을 먹은 게 신기한 일이었다.

한 가지 아쉬운 점이라면 조합의 원료가 되는 도핑 아이템은 없다는 것.

-이건 그냥 먹자.

"오케이."

당장 전력 상승도 필요한 요소였다.

끄아아아아악!

태양이 비약을 섭취하는데, 어디선가 찢어지는 듯한 비명이 들려왔다.

-아, 깜짝이야.

"주변에 전투가 벌어졌나?"

-일단 피하자.

살인의 거리는 총 3개의 구역으로 나누어져 있었다.

아파트, 빌라 위주의 주거 지구,

공장이 늘어선 공장 지구.

그리고 온갖 상점과 시장이 늘어선 상업 지구.

사람은 없지만, 건물로 구분되는 것이다.

지구마다 자주 나오는 보급품의 결도 달랐다.

주거 지구에서는 상대적으로 비약이 잘 나오는 타입이고, 공장 지구에서는 질 좋은 장비가, 상업 지구 비약과 장비가 균등하게 나왔다.

현재 태양은 주거 지구에 있었다.

"공장 지구 쪽으로 돌까?"

공장 지구.

장비가 가장 많이 나오는 지역이다.

'여신의 짓궂은 장난'에 섭취하지는 못했지만 '아포피스의 독샘'까지.

짧은 시간 한 파밍임에도 불구하고 도핑 아이템의 파밍 상태가 나쁘지 않았다.

―응. 장비 수급하러 가자. 지금 복장이 너무 허름해.

도핑 아이템은 충분히 수급했지만, 장비 아이템은 서 코트 하나밖에 얻지 못했다.

"도핑 아이템 못지않게 장비도 중요한데 말이지."

―거시적으로 보면 장비가 더 중요해.

도핑 아이템은 살인의 거리 스테이지에서만 적용이 되지만, 장비는 그렇지 않았다.

다음 스테이지에서도 사용할 수 있다는 이야기다.

덕분에 공장 지구는 플레이어들이 가장 많이 밀집되는 구역이었다.

똑같이 전력을 더 할 수 있다면 일회성인 비약보다 지속가능한 장비가 탐나기 마련이니까.

―공장 지구가 제일 박 터지지 않나.

―그렇다고 장비 파밍을 안 할 수도 없잖아.

―ㅇㅇㅇ 이렇게 장비 퍼 주는 스테이지는 많지 않지.

장비의 파밍.

중요한 요소다.

'하지만 공장 지구에서 중요한 건 그게 아니야.'

10개가 넘는 공장들.

그중 한 곳에 도시 중앙에 있는 랜드마크, 시계탑에 들어갈 수 있는 열쇠가 있었다.

시계탑은 겉보기엔 평범한 건물이지만, 내부는 시계태엽 병정들로 가득 찬 히든 스테이지였다.

그리고 그 꼭대기에 아티팩트가 있었다.

뱀 굴에서 마주친, 파이어 스톰을 사용하는 수준의 아티팩트가 아니라, 플레이어의 전투 스타일을 뒤바꿀 정도의 성능을 가진 엄청난 성능의 아티팩트가.

심지어 이 아티팩트를 얻는 것만으로 클리어가 보장되는 스테이지도 몇 곳 있을 정도다.

'일명 졸업 템이라고 하지.'

현혜가 '오필리아의 초콜릿'을 보고 좋아했던 이유다.

비약 '여신의 장난'이 있으면 시계태엽의 병정들을 무시하고 아티팩트를 탈취할 수 있었으니까.

공장 지구를 향하던 태양이 문득 물었다.

"원래 모든 스테이지에는 히든 스테이지가 하나씩 있는 거야?"

─하나씩? 아니. 2개. 3개가 있을 수도 있어. 내가 아는 게 이거뿐인 거지.

"오. 다른 그럼 다른 사람들이 알 수도 있겠네?"

KK가 숨겨진 비약 조합법을 알려 준 것처럼 말이다.

—······그렇지. 예전에는 알아도 이야기 안 해 줬지만, 요즘에는 상황이 또 다르지.

태양이 슬쩍 채팅 창을 바라봤다.

채팅 창은 놀라울 정도로 조용했다.

—어림없죠?

—여기 2만 명이 보고 있는 거 맞냐?

—ㅋㅋㅋㅋㅋㅋ.

—하나같이 쓸모없는 새끼들ㅋㅋㅋㅋ.

—어떻게 한 명도 빠짐없이 아가리 묵념이냐ㅋㅋㅋㅋ.

공장 지구로 이동하는 사이, 해가 중천에 걸렸다.

을씨년스러운 도시.

날이 완전히 밝았음에도 돌아다니는 사람은 여전히 없었다.

특이한 점은 전투로 망가진 건물들 어느새 다 수복되어 있다는 것 정도일까.

살인의 거리 안에 있는 모든 오브젝트는 일정 시간이 지나면 부서지기 전의 모습으로 돌아갔다.

태양은 곧 시계탑을 발견했다.

시계탑은 도시의 정중앙, 세 구획을 나누는 기준선이었다.

"이 탑의 꼭대기까지 올라가야 한다는 말이지."

덜컥. 덜컥.

문은 역시나 잠겨 있었다.

"까비."

태양은 시계탑을 지나, 공장 지구로 들어섰다.

⁂

마왕 안드로말리우스와 단탈리안, 그리고 68계위 마왕 벨리알이 한자리에 모여 탁자를 사이에 두고 앉아 있었다.

다리를 꼬고 앉은 안드로말리우스가 입을 열었다.

"호랑이 수인 무테. 최근에 들어온 저 녀석이 제일 볼 만하더군."

단탈리안이 고개를 끄덕이며 동의했다.

"저층 구간에선 수인족이 확실히 치고 나가는 부분이 없지 않아 있죠."

"위로 올라간 수인족 녀석들은 어떻지? 내가 본 녀석들은 싹수가 있어 보이던데. 이번 층의 네 명도 그렇고."

육감적인 몸매에 나른한 인상의 여인, 벨리알이 고개를 저었다.

"개별 무력 포텐은 나쁘지 않은데, 고층으로 올라갈수록 한계가 보이는데요. 특히 37층부터요."

"왜지?"

"다른 플레이어들과 힘을 합칠 생각을 아예 안 하니까요. 단탈리안, 안타깝지만 이번 시도는 틀린 것 같아요. 차원 미궁에 수인족은 어울리지 않아요."

안드로말리우스가 제 애완 뱀을 쓰다듬으며 말했다.

"확실히. 37층부터는 협력이 필요하긴 하지."

"오히려 분란이 일어나는 바람에 몇몇 마왕이 불만을 제기하기도 했어요. '인간' 족도 아닌 것들이 인간 진영에서 분탕을 친다고."

"흠. 녀석들을 길들일 만한 스테이지를 구상해 봐야겠군."

"되겠어요? 애초에 DNA부터 그렇게 각인된 녀석들이에요."

단탈리안이 히죽 웃었다.

"하여튼 녀석들 덕분에 중간 중간 보는 맛이 있지 않습니까. 지금처럼. 전 그거만으로도 충분하다고 생각합니다."

벨리알이 고개를 저었다.

"충분하지 않아요. 요즘 최전선에서 인간 쪽이 밀린다고 불만이 얼마나 나오는 줄 알아요? 푸르카스는 계속 이런 식이면 저쪽으로 갈아탄다는 얘기까지 했어요."

"인간이 오크나 엘프보다 강세였던 적은 없어. 미궁 초기부터 지금까지 항상 같았지. 우리 쪽 마왕들은 애초에 역배를 보고 들어온 녀석들이지 않나. 그런 말에 신경 쓸 필요는 없지."

단탈리안이 고개를 끄덕였다.

"수인족. 다루기는 어렵지만 분명 무력적인 포텐은 충분히 높습니다. 몇몇만 적응하는 모습을 보여 주면 본전은 뽑아요. 그나저나, 이번에는 다들 어디에 거실 겁니까?"

"아, 내기 말인가."

내기. 사실 내기의 틀을 빌려 유망한 플레이어를 고르는 가지 치기다.

약하고 가능성이 없어 보이는 플레이어를 쳐 내고, 강하고 유망해 보이는 플레이어에게 보상을 몰아주는 환경을 만드는 것이다.

이 가지치기 작업이 잘되어야 마왕들 입장에서 보는 재미가 커졌다.

내기의 내용은 간단했다.

마왕들이 각자 한 명의 플레이어를 고르는 것이다.

가장 우월해 보이는 플레이어를.

그들을 싸움 붙여서 승리한 플레이어 한 명에게 보상을 부여한다.

벨리알이 먼저 입을 열었다.

"조건은 뭐죠? 클리어? 업적 개수?"

단탈리안이 대답했다.

"한 번씩 붙여 보는 건 어떻습니까? 누가 가장 강한지. 이번 스테이지의 미션에서 대상만 정해 주면 그림이 쉽게 나올 것 같네요."

안드로말리우스가 눈썹을 꿈틀거렸다.

"스테이지에 조작을 가하라는 건가?"

"조작이라뇨. 이 정도는 원래 담당 층 마왕의 재량에 달려 있지 않습니까? 여기가 37층 이후 세력전 각축장도 아니고."

"문제 될 건 없어 보이네요. 저는 좋아요."

단탈리안이 씨익 웃었다.

"플레이어들에게 떨어질 보상은, 음. 안드로말리우스 당신의 층이니 보구 탐색은 어떠십니까?"

'보구 탐색'이란 레어 등급의 1회용 스킬 카드로, 슬롯 장착 시 맹독 +1, 도둑 +1, 마법사 +1의 시너지를 획득한다.

스킬을 사용하면 해당 스테이지에서 유니크 등급 이상의 카드 위치를 알려 주는 기능이 있었다.

해당 스테이지에 유니크 등급 이상이 있어야 사용 가능하다.

"좋아요."

벨리알의 동의에 이어, 안드로말리우스도 고개를 끄덕였다.

이제 각자 플레이어를 선택할 시간.

선수는 벨리알이 쳤다.

"저는 호랑이 수인, 무테에 걸게요."

"어라라? 수인족 싫어하시는 거 아니었어요?"

"감정과 상관없이, 판단은 이성적으로 내려야죠. 기량, 보급품 수급 정도, 호전성. 적어도 이 5층 스테이지 안에선 그가 가장 강해요."

단탈리안이 안드로말리우스에게 고개를 돌렸다.

"그쪽은?"

"나도 수인족에게 걸지. 늑대 수인 발카르. 목숨을 끝까지 찢어발기는 싸움으로 끌고 가면 결국 근성 있는 쪽이 이기는 법이지.”

단탈리안이 슬쩍 웃었다.

“두 분 다 수인족에 거셨군요.”

벨리알이 단탈리안을 바라봤다.

“당신의 선택이 궁금하네요. 남은 건, 흐음. 여우 수인 아닌
인가요? 아쉬우시겠어요. 먼저 올라간 ‘녀석’이 없어서.”

“있어도 벨리알 당신이 먼저 선수를 쳤을 거면서.”

“어머. 들켰다.”

“확실히……. 남아 있는 다른 플레이어들은 수인족에 비견할
바 못 되긴 하지.”

단탈리안이 입을 열었다.

“저는 플레이어 윤태양에게 걸겠습니다.”

안드로말리우스의 눈이 이채를 띄었다.

“윤태양? 기량은 수준급이지만, 들어온 지 하루가 채 되지 않
을 텐데? 보급품 수준 차이가 상당하지 않나?”

“안드로말리우스. 당신도 아는 플레이어예요?”

벨리알이 물었다.

벨리알은 7층부터 9층을 담당하는 마왕이라서 이하 층의 플
레이어에는 상대적으로 무지했다.

안드로말리우스가 대답했다.

“‘지구’ 출신 플레이어 중에서 수위권에 들더군. 업적 수급 속
도는 역대급 수준에 가깝고.”

"아, 지구."

벨리알의 표정이 떨떠름해졌다.

대부분 마왕은 지구 출신의 인간을 숫자만 많은 쭉정이로 생각했다. 그 경향은 고층을 담당하는 마왕일수록 심해졌는데, 위층으로 올라갈수록 지구 출신 플레이어의 한계는 명확해 보였기 때문이다.

심지어 최근에는 단체로 미궁 등반을 거부하기까지.

등반 거부는 시간이 해결해 줄 문제라고는 하지만, 능력도 없는 것들이 성실하지도 않으니 지구 출신 인간을 좋아하는 마왕은 몇 없었다.

"본래 귀한 보석은 보잘것없는 돌멩이 사이에 섞여 있는 법이죠. 플레이어 윤태양이 바로 그런 플레이어입니다."

"글쎄요. 금은 금맥에서, 은은 은맥에서 나는 법 아닌가요?"

벨리알의 말에 단탈리안이 어깨를 으쓱였다.

"상상이 안 가네요. 지구 출신 플레이어가 그렇게 대단해요?"

벨리알이 반신반의한 얼굴로 물었다.

그녀는 애초에 지구라는 배경 자체가 차원 미궁과 어울리지 않는다고 믿는 사람이었다.

"못 믿으시는군요?"

"솔직히요. 지구 출신 플레이어들 한계선은 45층이었어요. 그 위에선 죄다 평범한 플레이어로 전락했죠. 보셨잖아요?"

벨리알의 말도 분명 사실이다.

단탈리안이 어깨를 으쓱였다.

"뭐, 전 자신 있습니다. 이번 내기, 현물이라도 거실래요?"

"현물이요?"

"네. 전 윤태양이 이긴다에 현자의 목소리를 걸죠."

안드로말리우스가 인상을 찌푸렸다.

"지금 우리끼리 도박을 하자는 건가?"

"재미로 걸자는 거예요. 재미로. 못할 것도 없지 않습니까?"

모든 스포츠 경기가 그렇다.

그냥 보는 것만으로 충분히 재미있지만, 크든 작든 내기가 걸리는 순간 더욱 몰입해서 보게 된다.

안드로말리우스가 허리를 젖히며 의자에 제 몸을 기댔다.

"나는 빠지겠어."

단탈리안이 벨리알을 바라봤다.

"그쪽은?"

"나쁘지 않네요. 좋은 여흥이 될 것 같아요. 저는 마법사의 영혼 3개를 걸죠."

그녀의 앵두 같은 입술이 호선을 그렸다.

"좋습니다. 내기 성립."

단탈리안이 짝 하고 박수를 쳤다.

안드로말리우스가 손을 저어 화면을 5층의 화면을 키웠다.

"그럼, 보자고. 누구의 안목이 가장 정확한지."

공장 지구.

늑대 수인 발카르가 바닥에 코를 박았다.

쿵쿵.

수많은 냄새가 어지럽게 뒤섞였다.

도시 특유의 잔향. 이미 지나간 플레이어, 죽은 플레이어, 살아서 어딘가에 숨어 있을 플레이어들의 냄새가.

도시는 수많은 플레이어의 냄새로 뒤덮여 있었다.

역설적으로 너무 많은 냄새가 뒤섞여 있어서 이 냄새들만으로 다른 플레이어들을 추적하지 못하고 있었다.

발카르가 수많은 냄새 중 단 하나의 냄새를 구분해 냈다.

플레이어, 윤태양의 냄새를.

"이쪽이다."

발카르가 윤태양의 냄새를 얻을 수 있었던 경위는 간단했다.

그들이 잡은 두 명의 플레이어.

인간족 마법사 유릭과 문신투성이 주술사.

발카르는 그들의 취조하고, 둘의 몸에 남아 있는 잔향을 대조해서 태양의 냄새를 발췌했다.

물론 두 플레이어는 정보를 뺄어 낸 이후 죽었다.

태양의 냄새를 따라오자 도착한 곳은 빈 공장이었다.

"또 아무도 없는 곳이군."

"한창 열심히 파밍할 때지."

호랑이 수인 무테가 입을 열었다.

"아린. 그거 가지고 있나?"

"지도 말하는 거지?"

무테의 말은 부정확했지만, 아린은 무테의 말을 찰떡같이 알아들었다.

스르륵.

아린이 커다란 탁자 위에 지도를 펼쳐 놓았다.

지도 역시 살인의 거리 스테이지에서 보급품으로 등장하는 것이었다.

아린의 지도는 꽤나 높은 등급으로, 세세한 구조물까지 모두 표현되어 있었다.

무테가 지도를 살폈다.

공장 지구의 건물들.

그들이 태양을 쫓아오며 들렀던 곳, 들리지 않은 곳.

"발카르. 녀석의 냄새는 어느 곳으로 이어져 있지?"

"현 위치 기준 동남쪽이다."

"동남쪽."

무테의 눈빛이 깊어졌다.

"이 녀석, 공장만 골라 가며 들르고 있다."

"어머, 듣고 보니 그러네."

공장 지구라고 이름 붙어 있는 지역이긴 하지만, 당연히 공장 지구는 공장으로만 이루어진 지구는 아니었다.

"그 녀석. 이 도시에 들어온 지 얼마 되지 않았잖아. 어떻게 알고 공장만 들리는 거지?"

"눈대중으로 보고 들어온 거 아니야?"

"그러기엔 되짚어 돌아간 흔적이 없어. 녀석은 분명한 목표를 가지고 움직였다."

"모르지. 건물을 뒤지는 사이에 지도를 얻었을 수도 있고."

무테가 지도를 바라봤다.

사실관계는 모르지만, 데이터는 정확했다.

"놈은 도시의 중심 시계탑을 기점으로 B섹터에 들어섰지. 처음 B섹터에서만 공장이 아닌 구조물에 들렀어. 다음으로 간 곳이 C섹터에 있는 공장 셋. 바로 D섹터로 넘어왔고, 지금 우리 위치가……."

"D섹터에 남은 공장은 3개네?"

아린의 말에 무테가 고개를 끄덕였다.

먹잇감, 윤태양이 다음으로 향할 만한 행선지는 세 곳이었다.

발카르가 제안했다.

"찢어져서 찾아보지."

"흐응. 운에 맡기자는 거야?"

어차피 적은 플레이어 하나.

여태까지의 행적을 보아하니 일행이 있을 가능성은 전무했다.

발카르와 아린, 무테의 눈이 동시에 번뜩였다.

유릭의 이야기에 따르면 인간족 치고는 꽤 강한 모양이었다.
즉, 사냥할 맛이 충분한 사냥감일 가능성이 크다는 뜻이었다.

무테도 고개를 끄덕였다.

"나쁘지 않은 여흥이군."

"그럼 나부터 고를래. 나는 여기. 바로 위쪽으로 올라갔을 것
같아."

"그렇다면 나는 동쪽을 고르지."

아린과 발카르의 빠른 선택에 무테가 어깨를 으쓱였다.

"이런, 나는 고르지도 못하는 건가?"

"먼저 고르는 사람이 임자라고, 무테."

"발카르의 말이 맞아. 부지런한 사냥꾼이 배부른 저녁을 맞이
하는 법이지. 알잖아?"

희희낙락한 아린과 발카르가 먼저 떠나고, 무테가 다음으로
떠났다.

각자 선택한 공장으로.

그곳에 윤태양이 있기를 바라면서.

⁂

터엉.
문이 닫히는 소리가 텅 빈 공장을 울렸다.

이미 다른 누군가가 한번 헤집고 지나간 공장.

태양이 입맛을 다셨다.

꼼꼼하게 공장 구석까지 확인했건만, 아쉽게도 성과는 없었다.

"여기도 허탕이네. 다음은 어디야?"

─여기서 남서쪽으로 돌면 또 커다란 공장 하나 나올 거야.

"남서쪽. 남서쪽. 이쪽인가? 으. 공장은 몇 개나 남은 거야? 하다 보니까 진 빠지네."

─너무 낙담하지 마. 벌써 2개나 먹었잖아. 이 정도면 빠른 거야.

"벌써? 벌써라고? 표현이 조금 잘못되신 것 같은데? 이제야가 아니라 벌써?"

벌써 B부터 D섹터까지 공장 약 10여 개.

알파벳은 고작 2개 차이지만, 그사이에 태양이 들인 수고는 어마어마했다.

─RPG 안 해 본 티 음청 내네. 이 정도로 진이 빠져?

─ㄹㅇㅋㅋ 사람만 패다가 보물찾기 하려니까 지겹지?

─아. ㅋㅋ 인마! 나 때는 막 열두 시간 동안 어?

─여기 RPG 아니라 단탈리안인데요. ___

─단탈리안도 RPG예요. 로그라이크 RPG. 뭘 모르시네.

─현질 없는 RPG가 어디 있음. 단탈리안 RPG 아님.

─그래도 윤태양 헤매는 거 보니까 사람이구나 싶다.

―ㄹㅇ 그동안은 뭐 손만 대면 다 죽이고, 업적 나오고, 스테이지 클리어하고.

"휴, 난 우리 집 리모컨도 어디 있는지 모르는 사람이라고."

강력한 적과 마주했으면 차라리 나았지, 이렇게 숨어 다니면서 깨작깨작 파밍만 하려니 답답하기 그지없었다.

그렇다고 아티팩트를 포기할 수도 없었다.

살인의 거리 스테이지에서 얻을 수 있는 아티팩트는 포기하기엔 너무 대단한 성능을 가지고 있었다.

시계탑의 꼭대기에서 얻을 수 있는 회중시계.

위대한 기계장치(The Greatest Machinery).

단탈리안에서 유저가 얻을 수 있는 아티팩트 중 다섯 손가락 안으로 꼽힐 정도의 물건.

이 아티팩트의 사기성은 내장 스킬을 보면 알 수 있었다.

스킬 두 가지.

되감기: 신체를 최상의 컨디션으로 되돌린다.(쿨타임 12시간)

빨리 감기: 신체를 가속한다.(쿨타임 12시간)

위대한 기계장치는 쿨타임이 길고, 두 스킬이 쿨타임을 공유한다는 단점을 끼고 보아도 아티팩트계의 존엄이었다.

특히 되감기 스킬의 효능, '절대 치유'는 40층 이상의 전문 힐러도 불가능한 이적이어서 그 가치가 더했다.

도저히 포기할 수 없는 아티팩트이다 보니, 태양은 그저 하늘에 대고 기도했다.

"제발. 주변 공장 다 뒤져도 좋으니까, 수인족인지 뭐시기랑 마주쳐도 좋으니까 찾게만 해 주세요. 제발."

그때 태양의 눈앞에 시스템 창이 나타났다.


[공수를 교대합니다.]
[플레이어 윤태양에게 붉은빛과 푸른빛이 동시에 내려앉습니다.]


태양이 의아한 표정이 되었다.

"뭐야. 이런 경우도 있어?"

ㅡ응. 누군가의 타깃이면서, 네가 잡을 타깃도 있는 거지.

굳이 따지자면 붉은빛만 내려앉는 것에 비하면 손해고, 푸른 빛만 내려앉는 것보다는 나은 상태.

"그렇구먼."

잠시 생각하던 태양이 다음 공장으로 들어갔다.

솔직히 그에게 지금 당장 중요한 건 타깃이 아니라 열쇠였으니까.

달칵.

기도와 동시에 들어간 공장.

역시 누군가 이미 다른 플레이어가 한바탕 휩쓸고 지나간 모양이었다.

오히려 이편이 열쇠를 찾기에는 더 나았다.

이미 서랍이고 선반이고 죄다 열려 있었기 때문이다.

-그래도 한 번쯤은 새삥 건물 들어가 줘야 하는데.

-ㅇㅇ 장비 수급은 해야 할 텐데.

-누가 도네이션으로 쏴 보셈.

-얘가 말해서 듣냐? ㅋㅋ.

-ㄹㅇ. KK 조언도 고민해 가면서 듣는 애인데. ㅋㅋ.

-스테이지에 뉴비 들어오면 해결되는 문제인데 굳이 급할 필요도 없긴 해.

공장을 한참 뒤지던 태양의 얼굴에 생기가 돌았다.

"있다!"

-대박!

세 번째 열쇠를 찾은 것이다.

열쇠는 공장 구석에 있는 장식장 안에 들어 있었다.

이것으로 태양은 히든 스테이지, 시계탑에 들어갈 수 있게 되었다.

-노잼.

-이게 있네.

-와 진짜 이게 말이 되냐고. ___

태양의 입술이 호선을 그렸다.

"운이 좋군."

그때였다.

덜컥.

닫아 놓았던 공장 입구가 열렸다.

태양은 기민한 몸놀림으로 근처 책상 뒤로 몸을 숨겼다.

-뭐지?

-뭐였냐?

-사람 아니었음?

-플레이어?

커다란 덩치가 공장 중앙으로 걸어 들어왔다.

역설적이게도, 그런 덩치인 주제에 발소리는 거의 나지 않았다.

태양이 책상 너머로 고개를 돌려 들어온 사람을 확인했다.

호랑이 수인, 무테였다.

-ㄷㄷㄷㄷ.

-공장 다 뒤져도 좋으니까, 수인족인지 뭐시기랑 마주쳐도 좋으니까 찾게만 해 주세요. 제발. → 실제로 한 말.

-아멘.

-ㅋㅋㅋㅋㅋㅋ 윤태양 기도빨 오지고요.

-수인족 로켓배송 실화?

태양이 몸을 숨긴 채 재빨리 주변을 확인했다.

두 놈 더 있다고 했는데.

당장 보이진 않았다.

일단 혼자 들어온 것 같다.

-그나저나 방금 그거…….

태양이 숨는 과정에서 얼핏 비쳤던 붉은빛.

호랑이 수인은 분명 붉은색으로 빛나고 있었다.

—잘못 본 거 아녀? 너무 순식간에 지나가서…

—혹시나 해서 리플레이 돌려봄. 붉은색 맞음.

—사냥감이 수인족;

—이거 되냐?

—다들 착석하세요!

—그림이 이렇게 나와 주네. 역시 단탈리안 ㄷ.

호랑이 수인, 무테가 주위를 둘러보았다.

곧 무테의 시선이 한 탁자에 꽂혔다.

무테가 샛노란 동공을 세로로 주욱 찢으며 웃었다.

"운이 좋군."

탁자 뒤에서 마나의 일렁임이 느껴졌다.

—태양아, 이거.

"어, 한 판 해야 할 것 같다. 상황이."

태양의 표정은 침착했다.

유릭에게서 수인족에 관한 이야기를 들었을 때 마음의 준비는 이미 끝났다. 어떻게 될지 모른다면 최악의 상황을 가정하는 게 가장 마음 편한 선택지니까.

오히려 수인족 셋을 모두 마주친 것보다는 나은 상황이었다.

타닥.

태양이 앞으로 몸을 굴림과 동시에 책상이 박살났다.

사냥감을 발견한 무테가 울부짖었다.

신컨의
원코인
클리어

크아아아앙!

피부가 저릿저릿하다.

옛날 조선의 기록에는 밤 산책 중에 범의 포효를 듣고 까무러친 사람이 심심치 않게 등장했다는데, 태양은 그 이유를 알 것 같았다.

'현실에서였다면, 나도 그랬을지도 모르지.'

태양이 잡생각을 털어 내며 곧바로 진각을 밟았다.

쿠웅.

발바닥에서부터 미증유의 기운이 솟아 올라온다.

태양은 전자기와 신성으로 대변되는 마나의 움직임을 느꼈다. 발바닥에서 시작된 힘의 움직임이 무릎에서 증폭됐다.

'새지 말고 따라와.'

태양은 몸을 컨트롤하는 동시에 마나의 움직임에도 관여했다.

단순히 기운을 그러모으는 것 이상의 섬세한 제어.

마나는 고관절에서 꺾이고, 허리와 등골을 타오르며 태양의 신체를 누볐다.

이내 급격하게 뒤틀린 어깨에 잠시 모였다가, 탄력적으로 튀어나갔다.

태양이 하얗게 웃었다.

마력이 신체를 누비는 감각은 생각 이상으로 황홀했다.

초월 진각 - 선풍권(旋風拳).

번쩍.

일순간 사위가 점멸하고,

콰아아아아아앙!

공장 안의 가구들이 박살 났다.

-? 와 씨. 뭐임?

-이펙트 화려한 거 봐. ㄷㄷ.

-한 방에 뒤진 거 아님?

-무슨 마법 쓴 게 아니라 윤태양 스킬화지. 이거?

-단탈리안이 이런 게임이었냐?

흙먼지 사이에서 호랑이 수인의 포효가 울려 퍼졌다.

크허어어어어어어엉!

태양의 표정은 일그러져 있었다.

'안 맞았어.'

태양 나름의 감으로 동작 사이사이에 마나를 박아 넣는 데는 성공했다.

마나 운용은 두 번째이기에 뭐가 맞는지는 알 수 없었지만, 첫 번째보다 확실히 출력 면에서는 말도 안 되게 발전했다.

하지만 '마나 운용'에만 과하게 신경을 쓰다 보니 문제가 발생했다.

동작 자체가 과하게 무겁고 둔탁해졌다.

헛치는 건 예정된 수순.

호랑이 수인이 대단해서가 아니라, 어떤 적이더라도 이런 멍청한 공격에 당할 리가 없었다.

"어렵네. 이거."

출력은 확실히 늘었는데, 동작 중간 공정에 신경 쓸 게 너무 많았다.

현실은 0.1초 단위 시간으로 승부를 가른다.

기술 사이에 쓰는 신경은 실전성을 앗아 가기에 충분했다.

태양이 입맛을 다시는 사이, 무테가 흙먼지를 뚫고 들어와 앞발을 내리쳤다.

시야가 차단된 상태에서 일순간 들어오는 공격.

태양이 반사적으로 팔을 들어 올렸다.

그리고 곧장 후회했다.

쿠웅.

뭐지? 나 덤프트럭에 치였나?

콰아아아아앙!

앞발에 맞은 태양이 가드채로 튕겨 나갔다.

"쿨럭."

태양이 침을 삼켰다.

혀끝에 비릿한 쇠 맛이 감돌았다.

이 정도의 스펙 차이는 예상하지 못했다.

"쌓아 놓은 업적이 몇 갠데. 이렇게 차이가 난다고?"

무테가 지체 없이 달려들었다.

패도(覇道)적이고 폭발적인 움직임.

태양이 반사적으로 사이드 스텝을 밟았다.

후웅.

사람 머리만큼 커다란 무테의 주먹이 태양의 볼을 스쳤다.

'더럽게 빠르네.'

그래도 놈이 손을 뻗은 이상 턴은 태양의 것이다.

태양이 무테의 빈 복부에 곧바로 무릎을 꽂아 넣었다.

동작상으로도, 타이밍상으로도 완벽한 카운터.

퍼억.

"오호라."

무테의 눈빛이 번뜩이고, 태양의 얼굴이 일그러졌다.

타격감이 형편없다.

"친구, 가죽이 생각보다 많이 두껍다?"

"네가 허약한 건 아니고?"

물리 방어에 관한 비약이라도 먹은 걸까.

태양의 몸을 뒤로 던지며 양팔을 십자로 세워 복부를 가렸다.

콰아앙!

가드 위로 때려오는 무테의 주먹은 마치 대포 같았다.

태양이 공장 반대편의 반쯤 허물어진 벽에 처박혔다.

―RIP…

―야… 이거 되냐?

―깡 스펙이 말이 안 되는데.

―윤태양이 먹은 업적이 몇 갠데; 층 평균 4개 먹으면서 올라

오지 않음?

　-하는 거 보니까 수인족들도 그 정도 먹으면서 올라왔을 것 같은데?

　-그럼 ㅅㅂ 동등해야지 왜 저렇게 밀리냐고;

　-비약 차이, 보급 차이지 뭐. 윤태양 이번 스테이지 들어온 지 3시간은 됐냐?

　-존나 불합리하네.

　-단탈리안이 언제 유저 친화적인 게임이었냐? 이게 정상임.

　-불쌍하긴 한데 그건 그래. 원래 NPC들 사이에서 눈치 살살 보는 게임인 건 맞아.

　-여태껏 혼자 다 해 먹은 게 대단한 거지.

현혜가 채팅을 보며 입술을 깨물었다.

**-태양아. 괜찮아?**

"어. 어. 괜찮아. 퉤."

태양이 바닥에 탁 뱉은 침의 색이 빨갛다.

분명 막았는데도 내장이 충격을 받았는지 각혈이 올라왔다.

태양은 곧 몸을 털고 일어났다.

무슨 생각인지, 무테는 그 모습을 가만히 지켜보고 있었다.

아니, 무슨 생각인지 알 것 같다.

다 잡은 사냥감이니 여흥을 즐기겠다는 거지.

하.

**-우리 열쇠 3개 다 먹었잖아. 시계탑으로 도망치자.**

시계탑은 열쇠가 있어야만 들어갈 수 있는 히든 스테이지니까. 도착만 할 수 있다면 안전을 보장받을 수 있었다.

도착만 한다면.

-'여신의 짓궂은 장난' 옵션 알지? 중립 몬스터에게 비선공. 들어가기만 하면 돼. 아티팩트를 얻은 다음에…….

"현혜야, 도망 못 쳐."

태양이 현혜의 말을 끊으며 무테를 바라봤다.

놈은 마치 카운트를 기다리는 복서처럼 태양을 기다리고 있었다.

도망?

당장 자리에서 벗어날 순 있겠지.

하지만 잊어서는 안 된다.

유릭은 분명 수인족이 '셋'이라고 했다.

어찌된 영문인지 지금 당장 나타나지는 않지만, 태양이 도망친답시고 활동 범위를 넓히다가 나머지 녀석들까지 상대하게 되면 그때는 정말로 사면초가(四面楚歌)다.

그것도 그건데 말이야.

"한 놈일 때 잡아 죽이는 게 편하지 않겠어?"

-그러다 네가 죽게 생겼으니까 그렇지!

정말로 그렇게 생각해?

태양은 대답을 입 밖으로 꺼내는 대신 호흡을 가다듬었다.

무테가 히죽 웃었다.

"좋은 눈이다. 전사의 눈이로군."

열등한 인간 전사 놈이 가지기엔 아까운 눈.

무테는 태양을 잡아 죽인 후, 저 눈은 직접 씹어 먹어야겠다고 결심했다.

―형, 빤스런 하자...

―나 못 보겠다...

태양은 차가운 시선으로 무테를 관찰했다.

뒤로 젖혀지는 귀, 세로로 찢어지는 동공, 움직이기 전임에도 역동적으로 꿈틀거리는 근육.

하나, 둘.

강인한 범족의 육신이 활동을 위한 숨을 머금었다.

'지금.'

투웅.

무테가 태양에게 짓쳐 들었다.

'스킬화. 혹은 마나를 담은 일격.'

그 이하 공격은 씨알도 먹히지 않는 육체다.

반대로 말하면, 어찌 됐든 방법이 있다는 이야기.

빈약한 근거지만 태양은 그 정도면 충분했다.

쿠웅.

태양이 다시금 진각을 밟았다.

빠지지지직.

전자기가 발을 타고 올라온다.

0.1초 반응으로 갈리는 승부.

한 대만 맞으면 끝난다는 고양감.

태양이 정신을 예리하게 가다듬었다.

'이게 맞지. 이게 맞아.'

어쩌면 태양이 겪어 온 단탈리안 초반부가 너무 쉬웠기 때문이다.

킹 오브 피스트에서의 날 선 감각이었다면, 이렇게 말리지 않았을 거다.

질러오는 무테의 주먹을 보며 태양이 상체를 둥글게 말았다.

동시에 바닥에 꽂아 넣었던 다리를 세차게 밀었다.

투웅.

일순간 태양의 시야 속에서 주변 공장의 가구들이 엿가락처럼 늘어났다.

잔뜩 헤집어진 캐비닛, 박살 난 창문, 찌그러진 문짝.

동시에 무테의 동체가 순식간에 가까워진다.

짐승 특유의 노린내가 나는 듯했다.

후웅.

무테의 주먹이 또 다시 태양의 머리를 스쳐 지나갔다.

풍압에 순간 귀가 먹먹해졌다.

다시 말하자면, 태양에게 기회가 온 것이다.

아까와 달리 빌드업까지 착실하게 끝마친 기회가.

무테의 품 안에서, 태양이 굽혔던 허리를 폭발적으로 폈다.

초월 진각 - 승룡권(乘龍拳).

태양의 주먹이 무테의 턱을 강타했다.

콰아아아앙!

무테의 커다란 동체가 순간 허공에 떠오를 정도로 제대로 들어간 일격이었다.

쿠당탕.

태양이 널브러진 호랑이 수인, 무테를 내려다봤다.

"크윽."

무테가 다리를 짚으며 일어났다.

약간 후들거리는 게, 턱을 제대로 가격당한 데미지가 남아 있는 모양이었다.

태양이 불만족스러운 얼굴로 고개를 꺾었다.

"윤태양 많이 죽었다. 진짜."

"뭐?"

"별것도 아닌 것에 얻어맞고 말이야."

무테의 얼굴이 굳었다.

방금까지만 해도 가지고 놀던 사냥감의 조롱은 포식자의 고고한 자존심에 상처를 내기 충분했다.

"고작 운 좋은 일격이 통했다고 기고만장하군."

"운 좋은 일격? 아닐걸?"

태양은 무테의 움직임을 파악했고, 실제로 따라잡았으며, 유효한 결과까지 냈다.

무릎으로 꽂아 넣었던 클린 히트도 타격을 주진 못했지만 같은 메커니즘이었다.

과정을 인지하지 못한 채 나온 결과는 행운이지만, 과정을 인지한 끝에 나오는 결과는 성과다.

태양이 무테에게 손짓했다.

"시험해 볼래?"

"크허허허허허허헝!"

무테가 포효하며 달려들었다.

덩치 큰 고양이 새끼.

네 패턴 파악은 끝났어, 인마.

⁂

늑대 수인, 발카르가 바닥에 코를 박았다.

놈의 잔향이 이제껏 맡은 것 중에 가장 진했다.

직전까지만 해도 이곳에 있다가 다른 공장으로 떠난 모양이었다.

"아깝게 됐군."

아마도 그가 향했을 공장은 무테나 아린이 향했을 것이다.

D섹터에 남은 공장은 둘뿐이었으니까.

[공수를 교대합니다.]

[플레이어 발카르에게 붉은빛과 푸른빛이 동시에 내려앉았습니다.]

크허허허허허헝!

남쪽에서 들려오는 범의 포효에 발카르가 피식 웃었다.

"무테 녀석, 운이 좋군."

잠깐 반대편을 바라보던 발카르는 곧 제가 선택한 공장을 살폈다. 이미 한 번 휩쓸고 지나간 것 같지만, 의외로 쓸 만한 장비를 구할 수도 있었다.

혹은 다른 플레이어의 흔적을 발견할 수도.

혹여 이곳에서 장비를 갈아입고 기존 장비를 버리고 떠났다면 발카르는 그것을 기반으로 해당 플레이어를 추적할 수도 있었다.

'그럴 일은 거의 없겠지만.'

발카르의 존재를 확인한 플레이어들은 거의 저지르지 않는 실수이긴 해서, 발카르는 딱히 큰 기대를 걸지는 않았다.

한참 공장을 뒤지고 있을 때였다.

크허허허허허허허헝!

두 번째 포효.

발카르의 표정이 굳었다.

'아직도?'

처음이야 기쁨과 승리의 포효였을 터다.

하지만 한참 시간이 지난 이 시점에 두 번째 포효.

그것은 사냥감이 만만치 않은 상대라는 것을 의미했다.

수인족은 동료 의식이 각별했다.

그들은 서로가 서로를 지키지 않으면 진작 멸족했을 족속들이었다.

사냥꾼의 명예? 전사의 긍지?

수인족은 그것보다 서로의 안위를 더 위로 쳤다.

"크르르릉!"

발카르 무테의 공장 쪽으로 뛰쳐나갔다.

한참 뛰자 여우 수인, 아린이 나타났다.

그녀 역시 발카르와 같은 생각을 한 것 같았다.

"들었지?"

"응."

속도를 높인 둘은 곧 무테가 맡았을 공장을 발견했다.

"무테!"

"무사해?"

콰앙!

반쯤 부서져 있던 공장의 문이 완전히 박살 나고, 둘은 곧 무테를 발견했다.

하관이 완전히 박살 난 채, 처참히 다져져 공장 중앙에 널브러져 있는 무테를.

두 수인족이 털을 바짝 세우고, 이를 드러냈다.

크르르르르르르르

그들이 서로를 바라보았다.

핏발 선 눈.

그것이 나타내는 의미는 명백했다.

동료의 복수.

발카르가 낮게 으르렁거렸다.

"무테, 조금만 기다려라. 그놈의 뼈를 모조리 발라 먹기 좋게 숙여서 네 무덤에 뿌려 주마."

후웅.

아린 역시 말은 하지 않았지만, 이글거리는 여우 불로 사위를 태우며 제 감정을 드러냈다.

✻

도시 중앙. 시계탑.

철컥, 철컥, 철컥.

순차적으로 열쇠를 꽂자 시계탑의 문이 열렸다.

"크윽."

창백한 인상의 태양이 시계탑 안으로 걸어 들어갔다.

쿠웅.

문이 닫힘과 동시에 태양이 문에 기대 주르륵, 쓰러지듯 주저 앉았다.

─괜찮아? 버틸 수 있겠어?

"아니. 아파. 존나 아파."

눈앞이 아찔하다.

양 손목의 인대가 모두 늘어났고, 오른팔 하박이 부러진 건지 금이 간 건지 통증이 계속 올라왔다.

무리한 동작에 등 근육에도 상처가 난 건지 숨 쉴 때마다 고통이 번졌다.

-조졌다. 쇼크사로 죽는 거 아니야?

-진짜; 이번에 안 죽어도 조심해야 할 것 같은데.

-보는 내가 다 아프다.

-애초에 싱크로율 싹 다 올려놓고 NPC랑 다이다이 치는 게 말이 안 돼.

-진짜; 보고만 있을 때는 몰랐는데 얘 진짜 싱크로율 100% 였구나.

재생의 힘.


[3초간 거대 뱀 아크사론의 재생력을 얻습니다.(쿨타임 1,200초)]

[재사용 대기 시간입니다. 스킬 사용에 실패합니다.]


빌어먹게도 쿨타임이 한참이나 남았다.

후우.

태양이 날숨을 내쉬며 정신을 가다듬었다.

고통은 이겨 내야 할 것이었다.

"고통은 삶 속에서 당연한 것. 고통을 인지하고, 있는 그대로 둔다."

아, 내가 아프구나.

그럴 수 있지.

그냥 두자.

어차피 이 또한 다 지나가는 것이니.

후우.

한참 정신 승리에 몰입하던 태양은 결국 욕지거리를 내뱉었다.

'젠장, 그렇다고 지금 아픈 게 안 아픈 것도 아니잖아.'

몸을 제대로 가누지도 못하고 그대로 한참을 쓰러져 있으니 약간이지만 상태가 나아졌다.

태양이 떨리는 손으로 붕대를 감고 찾아 두었던 회복 포션을 마셨다.

"KK좌 아니었으면 큰일 날 뻔했어."

'여신의 짓궂은 장난'의 효과, 실드와 버프는 호랑이 수인, 무테와의 전투에서 굉장히 요긴했다.

신체 스펙 차이 때문에 피격을 감수할 수밖에 없는 상황이었기에 더 그랬다. 특히 실드 효과가 제때 잘 터져 주지 않았더라면, 공장에 다져져서 널브러져 있었던 건 무테가 아니라 태양이었을지도 몰랐다.

"씨, 이건 깨져서 다 샜네."

─마시지 말고 발라. 바르는 것만으로도 효과가 있으니까.

태양이 깨진 병에 들어 있던 포션을 손목을 비롯한 상처에 뿌렸다.

'등에는⋯⋯. 나중에 바르자.'

당장 하기에는 너무 고통스러웠다.

앉아 있자니 상처 부위에서 미약한 마나의 이동이 느껴졌다.

태양은 잠깐 움찔했다가 곧 그것이 상처를 치료하는 의도임을 알고 경계를 놓았다.

곧 상태가 확연히 나아졌다.

회복 아이템을 사용한 덕분이기도 하지만, 애초에 태양의 신체가 평범의 기준을 한참 넘어선 탓도 있었다.

실제로 고층의 플레이어들은 까진 상처 정도는 숨만 쉬어도 회복했다.

태양이 몸을 일으키자 현혜가 말렸다.

─쉬었다가 해도 돼. 4층부터 한참 달려왔잖아.

튜토리얼이나 다름없는 1~3층에 비해 4층, 5층은 훨씬 볼륨이 컸다.

게임이기에 육체적 피로가 참작된다고 해도, 정신적 피로가 상당히 쌓였을 시간대였다.

─달님 말이 맞아. 쉬엄쉬엄 혀~ 이러다가 내 현생 망해 불겠어.

─ㄹㅇㅋㅋ 나도 현생 버리면서 방송 보고 있자너~.

신컨의
원코인
클리어

-ㅋㅋㅋㅋㅋㅋㅋ 난 어제 편의점 알바 그만둠. ── 손님 없을 때 휴대폰 좀 보는 게 죄냐?

-그니까~ 다른 것도 아니고 한국 유일 단탈리안 실시간 공략 방송 좀 보겠다는데~.

-휴. 나만 인생 조지고 있는 거 아니었구나. 다행이다.

-메시아도 요즘 이런저런 핑계 대면서 쉼터에만 처박혀 있음. 실질적으로 단탈리안 공략 방송은 태양이 세계 유일일 듯.

-메시아 몇 층임?

-6층 클.

-윤태양보다 빠르네?

-훨씬 일찍 시작했잖음. 근데 업적은 윤태양이 훨씬 많음.

태양이 가볍게 몸을 털며 대답했다.

"5층은 일단 깨고 쉬자. 나머지 두 놈은 지금 이 순간에도 스펙 업 하고 있을 거 아니야."

수인족의 동료 의식은 유명하다.

한 놈을 죽인 이상, 나머지 두 명을 상대하는 것 역시 기정사실로 봐야 했다.

태양이 고개를 들어 시계탑을 올려다보았다.

시계탑 내부는 원을 그리는 계단 형태였다.

당장 태양의 눈에는 뱅글뱅글 돌아가는 계단만 보였지만, 그 꼭대기에는 회중시계 아티팩트, '위대한 기계장치'가 거치되어 있으리라.

태양이 신체를 점검한 후, 망설임 없이 시계탑을 오르기 시작했다.

끼릭, 끼릭, 끼릭.

태엽 돌아가는 소리가 태양의 귀를 간질였다.

―우측 상단. 보이지?

"확인."

태엽 병정이다.

태엽 병정들은 계단 곳곳에서 튀어나와 시계탑을 올라가는 플레이어를 저지했다.

태엽 병정들은 개별 무력이 강력하지는 않았지만, 제 몸의 시간을 되돌려 회복하는 절대 회복 특성이 있었다.

잡아 죽이는 게 아니라, 뿌리쳐야 하는 종류의 몬스터.

"위치는 외워 둬야 한다고 했지."

오브젝트를 잘못 건드려서 저들이 위협을 느끼거나, 꼭대기에서 아티팩트를 건드리는 순간 병정들은 태양에게 미친 듯이 달려들 터다.

태양이 병정들의 위치를 외우고, 혹여나 그들을 위협하지 않게 조심하면서 탑을 오르기 시작했다.

＊＊＊

살인의 거리, 주거 지구.

새벽의 거리, 적막이 감돌았다.

두 플레이어가 걸어가며 대화를 나눴다.

"정말 이쪽으로 가도 되는 거 맞아?"

"맞다니까? 3일 동안 기척 한번 없었어."

"그래도 시계탑은 불안해. 그 주변은 수인족 녀석들 영역이 잖아."

"뭘 불안해. 졸업했다니까?"

"호랑이 안 보이는 건 거의 확정인데, 여우랑 늑대는 아직이 잖아."

"그럼 어떻게 하게. 다른 녀석들이 길목 꽉 틀어막고 있는데, 장비 다 털어 주고 넘어갈래? 운 나쁘면 죽어 주고?"

"그래도……."

"그래도는 무슨 그래도! 우리가 먹을 만한 지역은 저기 밖에 없어. 이대로 가 봤자 성장 차이나서 말려 죽는다고. 너도 알 잖아?"

틀린 말은 아니었다.

그들은 시작하자마자 적을 만나 파밍할 타이밍을 잡지 못한 탓에 성장에서 뒤쳐져 버렸다.

플레이어, 단테가 신경질적으로 머리를 긁었다.

"아, 저기 보인다. 시계탑."

"쉿. 목소리 낮춰."

"목소리를 낮추긴. 어차피 여기까지 들어온 이상 그 놈들 있으면 우리는 죽은 목숨이야."

"놈들 말고 다른 플레이어가 있을 가능성도 있잖아. 멍청하기는."

또 다른 플레이어, 안수파티의 말에 단테가 입을 다물었다.

이내 시계탑을 바라본 단테의 눈썹이 들썩였다.

"야, 저거."

"뭐 발견했어?"

"아니, 응. 저기 시계 말이야."

"시계? 왜?"

"멈춘 거 아니야? 저번에 봤을 때랑 시곗바늘 위치들이 똑같아."

"시계가 멈췄다고?"

단테의 말에 안수파티가 시계탑 꼭대기에 달린 시계를 봤다가, 이내 고개를 흔들었다.

"그게 우리랑 무슨 상관이 있다고. 주변 파밍이나 하자. 다른 녀석들이 선수 치기 전에."

그때, 단테가 급하게 소리쳤다.

"야. 야. 너 몸에. 몸에!"

"몸? 왜?"

안수파티가 제 몸을 내려다보았다.

그리고 이내 깜짝 놀랐다.

"씨발! 이거 뭐야!"

신권의
원코인
클리어

화르륵.

그의 몸이 불타오르고 있었다.

안수파티가 놀라서 제 몸을 더듬었다.

그러자 팔에도 불이 엉겨 붙었다.

"뭐야. 단테! 이것 좀 도와줘!"

"안수파티, 괜찮아?"

"괜찮냐고? 지금 이 꼴을 보고 그런 말이 나와? 뭐 해? 나 좀 도와달라고!"

온몸이 타들어 가는데, 일말의 고통도 느끼지 못하는 듯한 안수파티를 보며 단테의 얼굴이 하얗게 질렸다.

"여우 불……."

"뭐?"

"그거, 여우 불 아니야?"

뒤늦게 사태를 깨달은 안수파티의 얼굴 역시 허옇게 질렸다.

"나, 나 좀……. 억!"

다리가 모조리 타 들어간 안수파티가 바닥에 쓰러졌다.

"단테, 단테! 나 좀 데리고 가. 다리에 감각이 없어."

"빌어먹을! 졸업은 무슨!"

단테가 시계탑 반대편으로 뛰었다.

아니, 뛰었다고 생각했다.

서걱.

순간 도시가 뒤집혔다.

"커헉."

물론 정말로 도시가 뒤집힌 건 아니었다.

발카르의 박도에 베인 단테의 머리가 땅을 굴렀을 뿐.

콰득.

단테는 상황을 인지하지도 못한 채 살려 달라고 말하려 애썼으나, 소리가 나오지 않았다.

"커, 커흡."

그때 여인의 것으로 추정되는 목소리가 단테의 귀에 닿았다.

"발카르! 문이 열렸어!"

'문?'

단테로서는 알아듣지 못할 말.

발카르가 포효를 내질렀다.

"크아아아아아!"

동시에 발카르의 발이 쿠웅. 단테의 머리를 박살냈다.

"복수의 시간이다!"

발카르의 눈동자가 불꽃처럼 타올랐다.

끼리리릭. 끼리리릭!

콰아앙!

미친 듯이 울리는 태엽 소리를 뚫고, 태양이 시계탑을 박차고 나왔다.

-탈출!

-진짜 지긋지긋했다.

-윤태양! 윤태양! 윤태양! 윤태양!

"이게 얼마만의 햇빛이야."

태양이 눈을 찡그리며 햇살을 맞이했다.

시계탑 내부도 볕이 아예 안 드는 것은 아니었지만, 정말 조금이었다.

어둡고 축축한 시계탑을 빠져나오니 갇힌 것도 아니었건만 해방감까지 느껴졌다.


[공수를 교대합니다.]

[플레이어 윤태양에게 붉은빛과 푸른빛이 동시에 내려앉습니다.]


"후. 공수교대 타이밍도 좋고."

시계탑을 빠져나온 태양의 모습은 사뭇 달라져 있었다.

꽤 그럴듯한 레더 아머에, 신발도 바뀌고 장갑도 꼈다.

바뀌지 않은 것은 레더 아머 밑에 받쳐 입고 있는 아크샤론의 허물 정도.

숨겨진 스테이지이긴 하지만, 시계탑 역시 하나의 건물. 아티팩트를 제외하고도 보급품을 어느 정도 파밍할 수 있었다.

'한 건물당 리젠되는 보급품의 양이 정해져 있어서, 획기적인

전력 증가가 된 건 아니었지만, 그래도 꽤 쏠쏠했어.'

태양은 안주머니에 넣어 둔 회중시계의 존재감을 몸으로 확인하며 주변을 살폈다.

당연한 이야기지만, 수인족의 습격을 대비하는 것이었다.

태양의 흔적은 시계탑에서 끊겼으므로 이 주변에서 그를 기다리고 있을 가능성이 높았다.

시간이 꽤 지난 탓에 그를 포기하고 다음 스테이지로 넘어갔을 가능성도 있지만.

'그런 놈들이었으면 유저 사이에서 그렇게 악명 높지도 않았지.'

인간 입장에서 바라본 수인족은 은혜는 무시하고, 원수는 열 배로 갚는 족속이었다.

크아아아아아아!

멀리서 들려오는 포효.

"거봐. 주변에 있다니까."

태양은 소리가 난 곳으로 곧장 달려들었다.

수인족 두 명.

늑대와 여우가 호랑이만 못하다지만 숫자가 둘이니 분명 어려운 싸움이 될 것이 분명한데도 태양은 망설임이 없었다.

마음먹고 제대로 뛰자 주변 건물이 순식간에 지나갔다.

"네노오오오오오옴!"

반대편에서 늑대 수인이 소리를 질렀다.

"새끼, 귀 아프게."

뛰던 태양이 별안간 몸을 뒤틀었다.

화르르륵!

허공에 갑자기 새하얀 불꽃이 튀었다.

여우 수인의 전매특허, 여우 불이다.

여우 불은 현실에 간섭하기 전에 해당 범위를 불투명하게 만드는 전조가 있었다.

전조가 짧고 알아채기 어려운 편에 속하지만 태양 정도의 플레이어가 집중하고 있으면 충분히 피할 수 있었다.

"시계탑 안에서 공부 좀 했지."

여우 수인은 여우 불을 비롯한 주술에 능통하고, 늑대 수인은 박투, 검투와 추적에 그 강점이 있다.

"자, 어디 있냐. 여우야."

전사와 마법사가 있다면 마법사부터 죽이는 게 PVP의 정석이다.

여우 수인은 마법사보다 도사에 가깝긴 하지만, 뭐 아무튼.

크르르릉.

"나 발카르! 네놈을 죽이고 뼈와 살을 발라 무테의 영혼을 위로하겠다!"

발카르가 등에 멘 박도를 뽑아내며 소리쳤다.

태양의 눈이 반짝였다.

발카르의 몸에 붉은빛이 내려앉아 있었다.

"타이밍 좋고, 아다리도 좋고."

-여우도 분명 주변에 있어! 먼저 잡는 거 잊으면 안 돼!

"알아!"

여우 불과 환각.

여우 수인을 내버려 두면 싸움이 배로 어려워졌다.

태양은 발카르의 흉포한 일격을 피해 몸을 날리며 기감에 정신을 집중했다.

후웅.

발카르의 박도가 아슬아슬하게 태양을 스쳐 지나갔다.

평소였으면 반격을 위해 파고들었겠지만, 태양은 그러지 않았다.

태양의 가슴 부분이 불투명해졌다.

전조를 확인한 태양이 뒤로 몸을 날리며 왼쪽의 건물을 바라봤다.

'저기다.'

태양의 마나 인지 감각이 방향을 정확히 가리켰다.

"비겁하게 도망치는 거냐!"

"2 대 1로 싸우면서 비겁은 무슨. 양심 있냐?"

"크아아앙!"

투웅.

태양이 대놓고 등을 보이며 건물의 창문으로 뛰어들었다.

쨍그랑.

"캬아앙!"

감각은 틀리지 않았다.

여우 수인, 아린의 재빠른 반응으로 단검을 뻗어 왔다.

태양이 주변 경관을 확인할 새도 없이 이루어진 찰나간의 습격.

"어이쿠."

태양이 몸을 아크로바틱하게 꺾어 목을 노려 오는 아린의 손목을 붙잡았다.

"어딜 역겨운 자식이!"

퍼엉.

일순 덩치 큰 거한으로 둔갑한 아린이 강력해진 힘으로 태양을 떼어 냈다.

뒤이어 태양이 넘어온 창문으로 발카르 역시 들어왔다.

앞에는 둔갑한 여우 수인, 아린.

뒤에는 박도를 든 늑대 수인, 발카르.

호랑이 수인 무테를 상대하던 때보다 더 어려운 상황임에도 불구하고 태양은 침착한 얼굴이었다.

회중시계를 붙잡은 태양이 중얼거렸다.

빨리 감기.

끼리리리리리릭.

회중시계의 시곗바늘이 빠르게 돌아가기 시작했다.

[위대한 기계장치(The Greatest Machinery)의 태엽이 빠르게 감깁니다.(쿨타임 12시간)]

[플레이어 윤태양에게 빨리 감기 1단계 버프가 부여됩니다.]

1단계.

신체의 모든 활동이 3배 빠르게 진행된다.

지속 시간은 1분.

"나쁘지 않네."

빨리 감기는 1에서 5단계까지 있으며, 각각 빨라지는 배속과 지속 시간이 달랐다.

가령 2단계는 6배 빨라지는 대신 지속 시간이 30초다.

3단계는 12배 빨라지는 대신 15초.

처음 사용해 보는 기술이라 1단계로 설정했다.

6배, 12배. 혹은 그 이상 빨라졌다면 적응이 어려웠을 테니까.

태양이 히죽 웃었다.

투웅.

태양의 신형이 쏘아져 나갔다.

아린이 태양의 동선을 예측해 여우 불을 깔았다.

경로가 삽시간에 불투명해졌지만, 태양은 멈추지 않았다.

'속도로 돌파한다.'

3배.

설명을 들었을 때는 적다고 생각했는데, 효과가 상상 이상으로 엄청났다.

2단계 이상이었다면 제어에 애를 먹었겠다고 생각할 만큼.

화르르르르륵!

"미친!"

거한으로 둔갑한 아린이 놀라서 새된 소리를 질렀다.

놀랍겠지. 말이 안 되는 속도니까.

순식간에 아린에게 접근한 태양이 콰앙. 진각을 밟았다.

파지지직!

초월 진각 - 승룡권(乘龍拳).

콰아아아아앙!

피격과 동시에 둔갑이 풀린 여우 수인이 천장에 머리부터 처박혔다.

"아, 씨. 마나 공정까지 빨라져서 개입하기가 어렵네."

"크아아앙!"

곧바로 늑대 수인, 발카르의 박도가 태양의 등을 베어 왔다.

하지만.

"느려."

후웅.

태양이 가볍게 옆으로 걸은 한 걸음이 그 수를 무의미하게 만들었다.

태양이 히죽 웃었다.

"이래서 템빨, 템빨 하는구나?"

위협적으로 이빨을 드러낸 발카르가 태양에 눈에 동내 흑구처럼 보였다.

⚜

퍼억.

늑대 수인, 발카르마저 윤태양에게 쓰러졌다.

수정구를 바라보던 안드로말리우스가 손으로 눈을 가렸다.

"위대한 기계장치. 저 아티팩트를 얻다니."

"말도 안 돼요. 지구 출신 인간이 호랑이 수인과 겨뤄서 이기다니! 고작 5층에서! 심지어 파밍도 덜 됐는데!"

벨리알이 제 붉은 입술을 꼬옥 깨물었다.

단탈리안이 어깨를 으쓱였다.

"내기는 못 물러드립니다. 제가 말씀드렸죠?"

안드로말리우스가 고개를 설레설레 저었다.

"단탈리안, 네 식견은 볼 때마다 놀라워. 어떻게 그렇게 항상 정확하지?"

"항상이라뇨. 저도 나름 많이 틀린답니다."

내기를 할 땐 거의 항상 맞지만.

단탈리안이 빙그레 웃었다.

"하, 스테이지에 들어가자마자 열쇠를 모으다니. 정말이지……."

"지구 출신 인간에게는 어드밴티지가 필요하다. 모든 마왕이 협의했던 사실 아니었습니까?"

벨리알이 반박을 하려다 말았다.

지구는 마나가 없었고, 지구의 인간들은 마나 대신 문명을 급속도로 발달시키는 것으로 세를 불렸다.

문명을 빼앗기는 대신 어느 정도의 정보를 부여한다.

실제로 차원 미궁에 관련된 마왕들이 회의를 통해 합의한 부분이었다.

"휴, 영혼은 나중에 단말로 보내 드릴게요."

"나도. 그렇게 하지."

"네, 확실하게 보내만 주세요."

빙그레 웃는 단탈리안.

벨리알이 화면을 힐긋 바라봤다.

"그나저나 저 인간, 확실히 흥미롭네요."

"최근 본 플레이어 중에 가장 낫죠?"

"곧 올라오겠죠?"

안드로말리우스가 고개를 끄덕였다.

"아마도."

"재밌겠네요."

벨리알이 혀로 제 입술을 핥았다.

안드로말리우스가 의자에서 일어났다.

"먼저 일어나지."

"아, 그럼 저도."

벨리알이 따라 일어났다.

곧 혼자 남은 단탈리안이 미소 지었다.

오랫동안 지지부진했던 차원 미궁.

지금까지의 윤태양은 확실히 차원 미궁의 게임 체인저(Game Changer)가 될 수 있을 것으로 보였다.

　

주거 지구 A-15 센터.

태양이 황금빛으로 빛나는 문을 바라보며 활짝 웃었다.

"후. 찾았다."

　

　　[2-2 살인의 거리: 플레이어 3명을 죽이고 탈출하라. - Pass]

　　[획득 업적: 도핑 중독자, 시계 도둑, 추적자, 초식동물(코끼리), 살인의 거리 클리어.]

　　[금화: +11, 현 보유: 35]

　

-5층. 클리어.

-업적은?

-5개.

-한 층당 1개의 업적밖에 못 먹었다고?

―푸. 푸하하하하하하하핫!

―(고개를 내저으며) 이거 이거, 웃음을 감출 수가 없구먼.(웃음)

―아니, 이번 층에서만. 5층 기준, 총 21개다.

―(정적)

―츠, 층 평균 업적이 4개라고?

―와, 씹덕들 단합력 봐라;

태양이 채팅 창을 보며 저도 모르게 미소 지었다가 깨닫고는 제 뺨을 때렸다.

저, 저런 거에 물들면 안 돼.

―이번 스테이지에서 정말 중요한 건 업적이 아니야. 알지?

"뭐, 그렇지."

태양이 안주머니에 손을 스윽 넣었다.

아티팩트 위대한 기계장치(The Greatest Machine).

이 고딕한 회중시계는 태양의 전력을 순간 3배 이상으로 끌어 올려 줄 수 있는 창인 동시에, 그 어떤 상처도 회복시켜 주는 방패였다.

"말도 안 되게 좋긴 해."

덕분에 나머지 업적을 얻는 게 쉬웠다.

도핑 중독자는 말 그대로 도핑 시약을 엄청나게 먹는 게 조건이었다.

이 업적이 가장 쉬웠다.

'살인의 거리'에서 가장 강한 플레이어라고 불리던 수인족 셋

을 단신으로 잡아 죽인 태양에게 덤비는 멍청한 플레이어가 있
을 리가.

태양이 건물에 들어선 순간, 그 건물의 모든 보급품은 태양
의 것이었다.

가끔 막 스테이지에 들어온 멋모르는 플레이어 몇이 있었지
만, 그렇지 않아도 압도적인 업적에 파밍까지 완벽한 태양의 상
대가 될 수 있을 리 없었다.

추적자는 타깃을 포함해 플레이어 열 명 이상을 죽이면 얻을
수 있는 업적이었고, 초식동물(코끼리)는 플레이어 본인을 타깃
으로 노리는 플레이어을 역으로 잡아 죽이면 얻을 수 있는 업적
이었다.

덤비는 플레이어가 없을까 봐 노심초사했는데, 빈틈을 슬쩍
드러내니 눈이 뒤집혀서 들어오는 플레이어가 있었다.

하긴. 내가 파밍한 건물이 1~2개였어야지.

시계 도둑은 뭐, 말할 것도 없이 아티팩트를 얻으면 딸려오
는 업적이고.

"아무튼, 조금 쉬어야겠어."

─응. 그리고 다음부터는 한 층마다 확실히 쉬자.

3개의 문 앞에서 태양이 쓰러지듯 누웠다.

─쉴 때 됐지. 하루 종일 잠도 못 자고. 이게 뭐냐고.

─거의 만 24시간 되지 않았나?

─뭔 24시간. 30시간도 넘겼음.

-보주 찾기 2일+살인의 거리 5일=인 게임 일주일(98시간)=현실 시간 약 33시간.

-스테이지 후반 가니까 집중력 살짝 떨어져 보이긴 하더라.

-끔뻑하면 끔살인데 마음 놓고 쉬었겠냐고.

-ㅇㅈ 진짜 개 빡셌다.

-로그아웃을 못 하니까 이런 부작용이 있네.

-게임이 ㄹㅇ로 현실이자너;

-아, 학교 갈 준비해야겠다.

-엄마~ 밥 줘~.

태양에게 쌓인 정신적인 피로는 태양과 현혜가 게임 시작 전 했던 예측을 아득히 뛰어넘었다.

당연한 이야기지만, 목숨이 걸린 상태로 무언가 한다는 건 상상 이상으로 체력과 심력을 갉아먹었다. 살을 찢고 뼈가 꺾이는 고통도 힘들 거라고 예상은 했지만, 그 이상으로 괴로웠다.

"대회 수준을 상정했는데, 그 이상이야."

-이런 부분은 네가 잘 조절해야 해. 안 될 것 같으면 이틀, 사흘을 쉬어도 되니까 확실하게. 무리하지 말고.

그래도 긍정적인 부분은 이런 문제점이 도출되었음에도 불구하고 스테이지를 무사히 클리어 했다는 것.

살아서 플레이하는 이상 틀린 부분은 수정할 수 있었다.

현혜의 걱정에 태양이 짐짓 삐졌다.

"나 이래봬도 프로 생활했던 몸이야. 컨디션 조절 정도는 할 줄 알아.”

　－알면 다행이고.

　“야, 너도 방송 꺼. 밥 먹고. 굶은 지 오래 됐지?”

　－안 그래도 지금 밥 먹고 있어.

　“머리도 좀 감고! 어? 너 그 머리 떡 져 가지고 안경 끼고 모니터 보고 있지?”

　감지 않은 머리를 모아 젓가락으로 고정해 놓은 채 김밥을 집어 먹던 현혜가 흠칫 놀랐다.

　……어떻게 알았지?

　－……나 머리 아침저녁으로 감는 거 몰라?

　“말머리에 여백이 있다?”

　－여백은 무슨. 기분 탓이야.

　“응~ 머리에서 기름기 좔좔. 긁으면 손톱 밑에 검은 때 극혐
~.”

　－야! 밥 먹는데 더러운 얘기 하지 말라고!

　“응~ 네 정수리 얘기~.”

　－ㅋㅋㅋㅋㅋㅋㅋㅋㅋㅋㅋㅋ 방종 전 티키타카가 개꿀잼이네.

　－이 조합... 나쁘지 않을지도?

　－격겜 랭킹 1위랑 여캠 스트리머... 망상 ON!

　－라는 내용의 애니 추천받는다.

　－야 근데, 만약 진짜로 윤태양이랑 달님 사귀는 거면, 우리랑 똑같은 거 아님?

-?

　-모니터 너머의 사랑이자너. 2D 캐릭터나 윤태양이나 현실로 못 오는 건 똑같은데.

　-미친놈인가;

　-여튼 달바~.

　송출이 비공개로 돌아가고, 태양은 문 앞에 누웠다.

　몇 십 시간 만에 만나는 안전지대였다.

　"……맨땅에서 자는 취미가 있는 건가?"

　뒤늦게 나타난 마왕 안드로말리우스가 당혹한 기색으로 태양을 내려다보았다.

　"해 줄 이야기가 있다. 이것만 듣고……."

　"쿠울."

　가상현실 속에서도 잠을 자는 건 가능했다.

　안타깝게도 태양은 안드로말리우스가 나타나기도 전에 이미 깊은 잠에 빠져 버렸다.

　안드로말리우스가 발끝으로 태양을 툭툭 쳤다.

　태양은 미동도 하지 않았다.

　"……정말 잠들었군."

　안드로말리우스가 어이가 없어져도 모르게 헛웃음을 지었다.

　팔에 휘감은 애완 뱀만이 안드로말리우스의 심정을 이해하고 쉬익, 갈라진 혓바닥을 날름거렸다.

태양이 눈을 뜬 건 그로부터 한참 뒤였다.

방송 시스템으로 확인해 보니 방송이 비공개로 바뀐 후 약 8시간 정도 지나 있었다.

'8시간. 딱 적당히 잤군.'

태양은 망설임 없이 몸을 일으켰다.

다음 스테이지로 넘어가는 문 앞은 말 그대로 맨바닥이었다.

혹여 신체 컨디션에 영향이 있다면 회복하고 넘어가야 했다.

곧 태양이 눈을 부릅떴다.

'이건!'

잠시 신체를 확인해 본 결과 별다른 이상은 없었다.

태양이 놀란 이유는 다른 곳에 있었다.

[스킬 – 보구 탐색(R): 맹독 +1, 민첩 +1, 마법사 +1]

태양의 머리가 복잡하게 돌아갔다.

스킬 카드? 언제? 누가? 나에게 왜?

이런 경우는 현혜가 해 준 이야기에도 없었다.

안드로말리우스에게 설명을 들었다면 사정을 파악할 수 있었겠지만, 그는 자는 태양을 기다려 줄 만큼 한가하지도, 자비롭지도 않았다.

곧 태양은 고민을 그만뒀다.

사실 관계는 모르겠지만, 스킬 카드는 태양에게 들어왔다.

명백한 이득.

더군다나 여기는 차원 미궁이다.

21세기 대한민국처럼 우연히 주운 지갑을 경찰서에 가져다 줘야 하는지, 법적인 처벌을 받는 것은 아닌지 노심초사할 필요도 없는 것이다.

태양이 스킬 카드를 확인했다.

맹독, 민첩, 흡혈 시너지.

ㅡ뭐야. 자는 사이에 무슨 일이 일어났던 거야?

때마침 현혜도 등장했다.

"나도 모르겠어. 자고 일어나 보니까 있던데."

ㅡ그게 무슨…….

현혜 역시 당혹한 기색이었다.

태양과 현혜는 곧 스킬 '보구 탐색'의 쓰임새에 대해 고민했다.

ㅡ보구 탐색. 일회용 스킬이네. 처음 보는 스킬이야. 하지만 비슷한 스킬을 본 적 있어.

"어떤?"

ㅡ재화 탐색. 어떤 상황에서도 금화를 얻을 수 있게 인도하는 스킬이야.

"그럼, 보구 탐색은 정말 '보구'를 얻을 수 있게 인도해 주는 스킬일까?"

─아마도. 그런데 그 '보구'의 기준도 모르겠어. 일반적인 장비인
지, '아티팩트'인지. 혹은 카드일 수도 있고.

만약 카드나 아티팩트라면 그 자체만으로 엄청나다.

─게다가 레어 등급이잖아. 일회용 스킬에 등급이 붙은 건 처음
봐.

"추가 시너지로 민첩, 흡혈이 달린 것도."

─그러니까. 일회용 스킬 카드인데 장착만 하고 있어도 어지간
한 성능을 뽑아 주는데?

"카드 슬롯도 남는대. 일단 넣어 두면 딱 맞겠네."


[스테이터스 ─ 업적(21): 솔로 플레이어, 퍼펙트 클리어(No Hit)……]

[보유 금화: 35]

[카드 슬롯]

1. 신념의 귀걸이: 신성 +1

2. 수도승의 허리띠(R): 민첩 +1, 근력 +1, 신성 +1

3. 재생의 힘(R): 맷집 +2, 흡혈 +1

4. 보구 탐색(R): 맹독 +1, 민첩 +1, 마법사 +1

5. Closed

6. Closed

7. Closed

[스킬 ─ 재생의 힘: 3초간 거대 뱀 아크샤론의 재생력을 얻는다.(쿨

타임 1,200초)]

　[스킬 − 보구 탐색: 해당 스테이지에 있는 보구의 위치를 탐색한
다.(1회용)]

[시너지]

신성(2): 모든 공격에 20% 추가 피해

맷집(2): 체력, 물리 방어력 보정


4개의 카드 슬롯을 모두 채웠다.

보구 탐색은 시너지가 3개나 달려 있었지만 나머지 카드의
시너지와 겹치는 부분이 없어 새로운 효과를 받지는 못했다.

스테이터스 창을 확인한 후, 다음 층으로 넘어가려던 태양이
문득 물었다.

"방송 켰어?"

"어. 방금."

−태하. 달하.

−오, 윤태양 이제 우리 신경 써 주는 거?

−달님 그래서 캠 방송 안 켠다고?

−누나... 방송 안 켜...?

채팅 창을 본 태양이 멈칫했다.

생각해 보면 현혜는 지금 태양 때문에 제 본업을 내팽개치고
있는 것이나 다름없었다.

"현혜야."

-응?

"캠…… 켜도 되지 않아?"

-갑자기 무슨 소리야?

"나 때문에 네 방송도 못 하고 있고. 신경 쓰여서 그렇지."

-빛태양! 빛태양! 빛태양! 빛태양!

-달님 20만 팔로워 일동은 윤태양을 지지합니다.

-감사합니다. 태양 님.

-윤태양이 뭘 좀 아네. ㅋㅋㅋ

현혜가 코웃음을 쳤다.

-나 방송 하루 이틀 쉰다고 영향받고 그런 사람 아니거든?

"크흠. 그, 하루 이틀이 아닐 것 같아서 하는 얘기지."

단탈리안 사태가 벌어지고 태양이 단탈리안에 접속하면서 현혜는 기존에 해 오던 방송, 영상 업로드를 전면 중단한 상태였다.

그에 대한 경제적인 보상은 태양이 얼마든지 해 줄 수 있었지만, 방송을 쉼으로써 줄어드는 시청자, 구독자는 현혜가 다시 방송을 켠다고 바로 돌아오는 것이 아니었다.

-야, 화장하고 캠 설정하고 하는 게 얼마나 귀찮은 줄 알아?

"좋은 게 좋은 거잖아. 후원도 받고, 시청자도 늘고, 그러면 쓸모 있는 훈수도 늘고."

-후원?

"쏘, 쏠쏠하고 좋잖아."

−이거 네 계정이어서 후원 들어오면 너한테 들어오는 거 모르냐?

태양이 고개를 끄덕였다.

"알지. 7 대 3. 네가 7, 내가 3. 어떠?"

−미쳤냐?

'좋잖아. 너도 벌고, 시청자, 구독자도 챙기고. 나도…… 좀 벌고.'

태양은 생각을 굳이 입 밖으로 뱉지는 않고, 괜히 코만 한 번 훌쩍였다.

−ㅋㅋㅋㅋㅋㅋㅋㅋㅋㅋ

−윤태양 본심. ㅋㅋㅋㅋㅋㅋ

−수금 박사 윤태양!

−금수 박사!

−금수 박사 윤태양. ㅋㅋㅋㅋㅋㅋㅋㅋ

"싫음 말고."

태양이 다음 층으로 향했다.

물론 고른 문은 노란색. 금화의 문이었다.

<br>

작은 소년이 벌벌 떨며 동굴 안으로 들어왔다.

"여기 호랑이가 한 마리 살고 있다고, 오지 말라 그러지 않든?"

호랑이.

더 정확히는 백호 수인, 파카가 낮은 목소리로 으르렁거렸다.

소년은 제대로 된 무장도 갖추지 못한 채, 백지장같이 새하얀 낯짝으로 소심하게 중얼거렸다.

"사, 살려…….."

"기대하지 마라. 죽으러 왔으면 죽어야지."

작은 소년은 급기야 딸꾹질을 시작했다.

파카가 물었다.

"깃발. 무슨 색이냐?"

"어, 없어요."

모든 플레이어는 시작할 때 랜덤한 색의 깃발을 받는다.

깃발이 없다는 이야기는 누군가에게 깃발을 빼앗겼다는 의미와 상통했다.

"쯧."

파카는 순식간에 상황을 파악했다.

소년은 주변 플레이어들에게 털린 후, 파카가 다음 층으로 넘어갔는지 확인하는 마루타 신세가 된 게 분명했다.

"악랄한 새끼들."

동족을 아무렇지도 않게 약탈하고, 죽이고, 이용한다.

호랑이 수인이 자비 없이 주먹을 내려쳤다.

퍼억.

"커헉."

소년의 가슴이 그대로 꿰뚫렸다.

파카는 그대로 손을 뽑았다.


　[플레이어 고단을 죽였습니다.]

　[해당 플레이어는 깃발을 가지고 있지 않습니다.]


펄떡거리는 심장이 파카의 손안에서 미약하게 펄떡거렸다.

그가 그 고깃덩이를 입으로 가져가며 중얼거렸다.

"녀석들이 늦는군. 갈렸나?"

같은 스테이지를 클리어한다고 해도 다른 문으로 들어갔다면 맞이하는 스테이지가 다르다.

파카는 강화의 문을 선택했는데 뒤따라오던 이들 사이에 부상자가 생겨 회복의 문을 선택했다면 만나지 못할 수도 있는 것이다.

"뭐, 녀석들이라면 잘하겠지."

에덴에서 항상 쫓겼던 것에 비하면 차원 미궁은 수인족에게 천국 같은 환경이었다.

복수하기에도, 살아남기에도.

사실 인간 사냥에 가장 심취했던 건 파카였다.

너무 심취한 나머지 셋보다 한참이나 일찍 올라와 버렸다.

"기다려 보려고 했는데, 너무 지루하군."

올라가야겠어.

호랑이는 천성이 홀로 고고한 동물이었다.

백호랑이 인간, 파카 역시 그러했다.

동료들은 기회가 닿으면 그때 보면 된다.

기회는 많았다.

6층을 클리어하면 두 번째 쉼터가 그를 기다리고 있었다.

쉼터에서 조금 기다리다가 오지 않으면 또 7층, 8층.

기약 없는 만남이지만, 미궁의 구조상 언젠가는 만나리라.

만남을 즐거워하되 헤어짐을 아쉬워하지 마라.

다만 부고(訃告)에는 피의 복수를.

파카는 백호족에 내려오는 격언을 흥얼거리며 동굴을 나섰다.

# 검사의 성 (1)

꿍장히 축축한 느낌의 성이었다.

축축하고, 음산하고, 공포 영화에 나올 법한 성.

"이번 스테이지는 성인가?"

"젠장, 분위기가 마음에 들지 않아."

플레이어들이 중얼거렸다.

연신 고개를 이리저리 돌려가며 주변을 경계하는 모습.

일반적인 플레이어가 처음 스테이지에 입장했을 때 흔히 보이는 모습이다.

"적어도 이번 스테이지는 '살인의 거리' 같은 오픈 월드 스테이지는 아니네."

─응. 오히려 이런 게 마음 편하지.

오픈 월드 스테이지는 기본 도시 하나는 깔고 들어갈 정도로 맵이 넓었다.

넓은 맵에 많은 플레이어. 당연히 변수가 많을 수밖에.

물론 장비나 각종 보상을 얻을 기회도 많았지만, 역시 변수가 많으면 골치 아프기 마련이다.

"그나저나 성이라……."

-당장 떠오르는 건 검사의 성, 프린세스 레이드. 주변 플레이어 숫자 보니까 디펜스&오펜스는 아닐 것 같고.

-ㅋㅋㅋㅋ 와, 달님은 무슨 보고 읽는 거처럼 주르륵 나오네.

-단탈리안에 갈아 넣은 인생이 얼만데~. ㅋㅋㅋㅋ

-달님만큼 각 잡고 게임 공부하는 사람 없잖아. ㅋㅋ

-저 고연수는 스트리머 달님의 캠 방송을 기다립니다.(1일차)

-태양좌 하는 것도 좋은데 달님이 단탈리안 하는 거 보고 싶다.

-다 예상해 놓고 피지컬 딸려서 아무것도 못 하던 그 모습... 그립다.

-근데 다시 보면 진짜 답답하긴 할 듯.

-ㅇㅈ. 윤태양 하는 거 보다가 달님 보면...

태양과 현혜가 어떤 스테이지일지 고민하는 사이, 허공에 무언가 나타났다.

"엇! 저기 허공에!"

"저건?"

처음으로 발견한 플레이어를 필두로 사람들이 허공을 바라
보았다.

"안녕하세요! 마왕님의 심부름꾼, 번스타인 등장!"

어린아이의 외형에 작은 박쥐 날개를 달고 있는 존재.

소악마(小惡魔).

"제가 왜 여기 있냐고요? 그야 이번 스테이지에 대한 설명을
위해서죠!"

소악마 번스타인의 말과 함께 태양의 앞에 시스템 창이 나타
났다.

　

[2-3 검사의 성: 성을 빠져나가라.]

　

"오, 맞췄네."

─훗, 이 정도야.

현혜가 뻐기는 목소리는 은근히 사람을 열 받게 만드는 부분
이 없지 않아 있다.

화가 난다기보다 괴롭히고 싶은 그런 느낌?

괜히 놀려 주고 싶다.

"또, 또 잘난 척."

─야! 배경만 보고 무슨 스테이지인지 맞추는 게 쉬운 줄 알아?

"아쉽다. '훗'까지만 하고 넘겼으면 진짜 멋있었을 텐데 주접
이 이걸……."

-ㅇㅈ.

-ㅇㅈㅇㅈ 꼭 한마디 더 해서...

-이익!

시청자들의 합세에 현혜가 잔뜩 약이 오른 기색이다.

태양은 현혜의 반응에 킥킥 웃었다.

그 사이에도 번스타인은 설명을 이어 갔다.

"이 성의 가장 위층에는 미치광이 검사가 살아요. 얼마나 미쳤냐면요. 아주 무시무시하고, 성격도 개판이어서 살아 있는 무언가를 발견하면 당장 칼을 휘두를 정도예요. 아닌가? 움직이기만 해도 휘두르던가?"

강력하고 플레이어에게 적대적인 존재.

미치광이 검사.

검사는 시간이 지날수록 활동 반경을 넓혔다.

쉽게 말하자면, 위에서 아래층으로 내려온다는 거다.

반대로 플레이어들은 지금 성 아래에 있고, 위로 올라가야 했다.

"성 안에 있는 방들은 지금 모두 잠겨 있어요. 그래서 플레이어분들이 시련을 통과하고 해금해 주셔야만 다음 지역으로 넘어갈 수 있어요. 그렇게 넘어가서, 성 중간쯤에 있는 어느 방에 들어가시면 이번 스테이지는 클리어! 참 쉽죠?"

이야기는 쉽다.

그때 한 플레이어가 손을 들고 물었다.

"검사가 먼저 중간까지 내려오면 어떻게 되는 거지?"

플레이어의 질문에 소악마가 씨익 웃었다.

어린아이 특유의 천진난만한 미소였다.

"방에 도달하기만 하면 통과예요. 아마 문 앞은 검사 아저씨가 지키고 있겠지만요. 검사 아저씨랑 잘 이야기해 보는 것도 방법의 하나겠네요."

기대된다는 듯한 똘똘한 눈동자.

아마 저 소악마가 기대하는 건 검사와 플레이어가 마주치는 일이겠지. 더 정확히는 피가 튀고 고통에 비명을 지르는 장면을 말이다.

"아참! 성 지하에 보시면 던전 입구가 있을 거예요! 시련을 겪으며 방을 해금하다가 힘에 부치시면 지하 던전으로 가서 성장을 도모하세요."

지하 던전에서는 장비, 아티팩트, 혹은 카드까지 구할 수 있었다. 물론 고등급 카드나 고급 아티팩트 같은 경우는 깊숙이 내려가야 하고 운도 따라 줘야겠지만 하여튼.

시련을 겪어 가며 방을 해금해 스테이지를 클리어하거나, 클리어를 잠시 미뤄 두고 지하 던전에 들어가서 스펙업하거나.

플레이어에게는 두 가지 선택지가 생긴 셈이다.

"팁을 드리자면, 던전에는 많은 보상이 있어요. 방을 해금하는 것보다는 차라리 던전에서 잔뜩 스펙업을 마치신 다음에 검사 아저씨를 상대하는 것도 방법이에요."

태양이 혀를 찼다.

검사의 성 스테이지는 지금까지 태양이 겪어 온 차원 미궁과는 약간 결이 다른 스테이지였다.

**튜토리얼**을 제외하면 태양이 겪은 스테이지는 둘.

보주 찾기와 살인의 거리.

이 두 스테이지는 플레이어끼리의 경쟁을 대놓고 조장했다.

보주 찾기의 경우 다른 플레이어보다 많이, 빨리 보주를 모으는 게 포인트였다.

살인의 거리는 대놓고 다른 플레이어를 죽이는 게 미션이었고, 검사의 성은 플레이어끼리 경쟁이 아니라 협동을 해야 하는 스테이지다.

그런데 그 협동 방식이 최악이다.

-조별과제 on.

-나 말고 누군가는 하겠지.

-아, 몰라~ 니들이 해~ 난 던전 들어갈 거야~.

-빼애애애액! 벌써 눈에 훤하다. ㅋㅋ

-여기 대 환장 쇼 아닌 거 본 적이 없는데. ㅋㅋㅋㅋ

-지금은 뭐 유저들끼리 모여서 정치할 수도 없고. 막막할 듯.

-윤태양 정도 무력이면 철권통치하지 않을까?

-그것도 방법이긴 하네.

이번 스테이지에 모인 플레이어는 약 서른 명.

모두가 부지런하게 방을 해금하면 스테이지 클리어는 상상 이상으로 쉽다.

이론적으로는 그렇다.

당연하게도 그런 일은 잘 없다.

처음에야 열심히 하겠지.

'그리고 곧 하나둘 지하 던전에 들어가서 안 나오겠지.'

그때.

크아아아아아아아아아아악!

등골이 쭈뼛하게 서는 비명이 성을 울렸다.

미치광이 검사의 포효.

마나가 담긴 외침이 플레이어들의 심혼(心魂)을 짓눌렀다.

태양이 눈을 찡그렸다.

다른 플레이어들 역시 포효에 반응했다.

"뭐, 뭐야."

"이게 미치광이 검사인가?"

몇몇 심약한 플레이어들은 소리를 들은 것만으로 얼굴이 새하얗게 질렸다.

그렇지 않은 플레이어들도 경각심을 되새겼다.

비명만으로도 미치광이 검사가 얼마나 강한 존재인지 와 닿았기 때문이다.

소악마 번스타인의 설명에 잠시 혹했던 플레이어들도 즉시 마음을 고쳐먹을 정도였다.

장비도 좋고 성장도 좋다.

하지만 그것보다 더 중요한 게 바로 목숨이다.

번스타인이 입술을 삐죽 내밀었다.

"뭐야. 재미없게."

깜찍한 소악마는 나왔을 때처럼 갑작스럽게 사라졌다.

"그, 그럼……."

플레이어들이 서로 눈치를 본다.

그때 근육질의 남자가 대검을 바닥에 내려쳤다.

콰아앙!

돌로 된 성의 바닥에 크레이터가 파였다.

"뭐, 뭐야."

"미친!"

타고난 용력인 걸까, 업적을 잘 모은 걸까.

태양이 저도 모르게 주먹을 쥐었다 폈다.

'저거, 나도 되려나?'

해 보지 않아서 모르겠는데, 될 것 같은 느낌이다.

태양은 문득 제 신체의 한계가 어느 정도인 건지 궁금해졌다.

업적을 얻기 어려운 탑의 초반부부터 층당 4개의 업적 페이스는 말 그대로 역대급 페이스였는데, 정작 신체의 한계에 대해 알아보질 못했다.

음. 나중에 확실히 한번 체크해 봐야겠다.

자신이 어느 정도로 움직일 수 있는지 파악해 두는 건 꽤 중요한 요소였다.

여하간, 근육질 남자의 무력시위에 분위기가 얼어붙었다.

근육질의 남자가 입을 열었다.

"지금부터. 모든 인원은 방을 해금하러 간다. 불만 있나?"

-조장 출현.

-ㅋㅋㅋㅋㅋㅋ 야, 조장 말 안 들으면 곱게 다져질 듯.

-미친 저거 근육 봐. ㅋㅋㅋㅋㅋㅋㅋ.

-쉽게쉽게 가려나?

-버스 각 잡히는데.

-오, 윤태양 이번 스테이지에서도 운 좋네.

-솔로 플레이하면 다 이런가?

-다른 사람들이 해 봤어야 비교가 되지. ㅋㅋ.

-ㅋㅋㅋㅋ 검증할 사람이 윤태양밖에 없누.

뒤에서 한 플레이어가 중얼거렸다.

"호, 혹시 저 사람이 토비인가?"

"토비?"

"깃발 뺏기 스테이지에서 혼자 성벽 3개를 부쉈다는 그 토비?"

플레이어의 말에 일부 플레이어들이 웅성거렸다.

태양이 만난 플레이어는 아니지만, 저번 스테이지에서 꽤 활약한 모양이었다.

"나도……. 크흠. 모르나?"

태양이 슬쩍 헛기침을 하며 주변을 둘러봤다.

-애 뭐 하냐?

-설마 알아봐 달라고?

-에이, 설마... ㅋㅋ.

-킹피 월챔 윤태양이 고작 이런 걸 기대한다고?

-아니지?

-아ㅋㅋㅋ 내가 다 쪽팔려.

알아보는 사람은 없는 것 같았다.

태양은 괜히 코 밑을 쓰윽 훔쳤다.

"그럼 다 같이 이동하지."

잠시 기다려도 반박하는 플레이어가 나오지 않자 곧 근육질의 남자, 토비가 플레이어들을 인솔했다.

태양도 저도 모르게 그들에게 따라붙었다.

-태양아, 뭐 해?

"응?"

-이번 스테이지, 그거잖아. 피를 먹은 카타나.

아, 그게 이번 스테이지였어?

현혜의 말에 태양이 순간 걸음을 멈췄다.

"응?"

"뭐야?"

같이 이동하던 플레이어들이 의아한 눈빛으로 태양을 바라봤다.

돌연 태양이 선언했다.

신전의
원코인
클리어

"난 안 갈래."

"뭐?"

"던전에 내려가서 스펙업을 좀 해야겠어. 토비인가 뭐시긴가, 이미 카드 좀 모은 모양인데, 난 아니거든."

태양의 목소리는 또렷했다.

주변에 있는 모든 플레이어가 들을 수 있을 만큼.

앞장서서 걷던 토비가 우뚝 섰다.

태양은 반응에 상관 않고 등을 돌렸다.

"난 던전으로 간다."

"멈춰라."

토비의 굵직한 목소리가 땅에 짓누르듯 내리깔렸다.

물론 태양은 걸음을 멈추지 않았다.

심상치 않은 분위기를 감지한 플레이어들이 좌우로 물러섰다.

스릉.

뒤돌아선 토비가 대검을 뽑아 들었다.

"멈추라고 두 번 얘기했다. 세 번은 없다."

"응. X까."

태양의 가벼운 발언에 곧 벌어질 일을 예견한 일부 플레이어가 꿀꺽, 침을 삼켰다.

후웅.

토비가 검을 휘두름과 동시에.

타앗.

태양이 몸을 날렸다.

콰앙!

토비가 집어던진 대검이 태양의 등을 스쳐 지나갔다.

대검이 애꿎은 복도 벽면에 커다란 흉터를 만들었다.

"잡아!"

응, 안 잡혀.

토비가 몸을 날렸다.

육중한 몸체가 민첩하게 달려오니 사위가 꽉 차는 듯한 느낌이다.

태양은 잡힐 듯 말 듯, 아슬아슬한 움직임으로 토비를 따돌렸다.

곧 태양이 던전 입구로 들어갔고, 토비 역시 따라 들어갔다.

─피를 먹은 카타나가 뭐임?

─암튼 좋은 거 아닐까?

─윤태양이 폐급 팀원이라고?

─???: 트롤? 당하면 빡치지만 제가 하면 재미있습니다.

─예상 못 한 그림인데.

─아, ㅋㅋ 이 스테이지 뭐냐고!

─꿀잼각 씨게 잡히네ㅋㅋㅋㅋㅋ.

남은 플레이어들이 서로 눈치를 봤다.

"드, 들어갈까?"

"토비도 들어갔잖아. 우리도······."

콰앙!

분노로 얼굴이 시뻘겋게 달아오른 토비가 입구에서 걸어 나왔다.

플레이어들이 말없이 몸을 돌렸다.

토비는 소악마 번스타인의 설명을 듣자마자 이번 스테이지의 개요를 알아들었다.

던전은 함정. 중요한 건 단합.

쉽게 가고 싶었다. 그래서 그는 굳이 총대를 멨다.

무력을 휘두르면서까지 플레이어들을 규합한 거다.

플레이어 개인이 나서서 지기엔 큰 위험부담을 그는 기꺼이 졌다.

어쩌면, 영웅적인 행보.

그리고 그 행보는 한 사내의 이탈과 함께 빛이 바래고 말았다.

'쉽게 가나 했더니.'

토비가 입술을 깨물었다.

뒤에 따라오고 있는 플레이어들이 힐긋힐긋 뒤를 돌아보는 게 느껴진다.

'빌어먹을 자식.'

이 상황 그대로라면 플레이어들의 이탈은 시간문제였다.

피를 먹은 카타나.

레어 등급의 카드로, 민첩, 근력 그리고 흡혈 시너지가 달린 장비다.

흡혈 시너지.

태양이 피를 먹은 카타나를 꼭 얻어야만 하는 첫 번째 이유가 바로 흡혈 때문이었다.

흡혈은 입힌 데미지에 비례해 체력을 회복하는 시너지였다.

아크샤론을 잡으면서 나온 스킬 카드 재생의 힘에도 흡혈 시너지가 하나 붙어 있기 때문에 카타나를 얻으면 흡혈 시너지를 누릴 수 있었다.

흡혈은 동료를 두지 않고 솔로 플레이를 하는 태양에겐 말 그대로 천금과 같은 기능이었다. 심지어 힐러가 있어도 그 가치가 빛바래지 않을 정도로 체감이 좋았다.

몇몇 플레이어들은 더 좋은 등급의 카드를 얻고도 흡혈 시너지를 포기하지 못해서 낮은 등급의 카드를 사용하는 경우가 있을 정도였다.

그리고 두 번째 이유.

피를 먹은 카타나에 내장된 스킬, 혈기충천(血氣充天).

혈기충천은 아드레날린을 강제로 분비시키는 스킬이었다.

통각을 가져가고, 그 대가로 전반적인 신체 능력을 증폭시키는 기술.

애초에 통각을 느끼지 않는 유저들 사이에선 유용한 버프로 통용되었다. 딱히 시전 시간이나 코스트를 들이지 않고 쿨타임마다 돌릴 수 있는 효율 좋은 자가 버프 정도.

하지만 태양에겐 또 다른 쓰임새가 있었다.

고통을 느껴지지 않게 하는 것.

이 두 번째 기능은 싱크로율이 100%인 태양에게 꼭 필요했다.

"참고 견디는 것도 좋지만, 그것보다 좋은 건 대처법을 만드는 거니까."

피를 먹은 카타나는 이번 스테이지의 보스, 미치광이 검사를 잡아야 얻을 수 있었다.

그것도 그냥 잡는 게 아니라, 일정한 조건을 만족해서.

미치광이 검사를 잡으려면 당연히 클리어를 방해해야 했다.

검사가 내려오기 전에 스테이지를 클리어해 버리면 검사를 잡을 수가 없으니까.

태양이 몰래 던전으로 들어오지 않고 굳이 난리를 피웠던 것은 바로 이런 이유였다.

어두컴컴한 던전 안에서 태양이 어깨를 휘돌렸다.

"곧 오겠지?"

―당연하지. 개미들 심리야 뻔하잖아?

어떤 사람이든 자기보다 앞서나간 사람을 보면 본능적으로 불안하기 마련이다.

이건 플레이어들도 똑같다.

아니, 오히려 현대인들보다 더 조급함을 느낄 수밖에 없다.

현대인들이야 내가 뒤쳐졌구나 하는 좌절감만 겪을 뿐이지만, 플레이어들은 앞서 간 플레이어에게 실제로 목숨을 위협당하기까지 했으니까.

플레이어에게 아이템, 카드, 업적은 곧 생존과 연결되는 요소다.

"그나저나 아쉽다. 그 플레이어. 이름이 토비랬나?"

─응. 이번 스테이지가 '검사의 성'만 아니었어도 얼굴 터 놓는 건데.

무력도 무력이지만 그 짧은 시간에 다른 플레이어들을 휘어잡는 통솔력. 저런 유형의 플레이어들과 친해져 놓으면 여러모로 편리한 일이 많았다.

특히 토비는 그 무력을 생각해 보았을 때 높은 층에서 다시 만날 가능성도 있었다.

"상황이 이렇게 된 이상 죽여야겠지?"

─괜히 살려 줬다가 위층에서 만나면 발목 잡힐 수도 있으니까.

─와, 우리 같은 사람들은 버스 타면 개꿀이라고 생각하는데.

─그니까. 가만히 앉아서 타기만 하면 될 걸 억지로 차를 돌려 버리네.

─심지어 버스 기사를 죽일 생각까지 해.

─잔혹하다, 잔혹해.

-이게 나라냐!

-근데 토비가 생각보다 유능해서 다른 플레이어들이 안 내려오면 어떡함?

채팅 창을 본 태양이 피식 웃었다.

해금 작업은 지연될 수밖에 없었다.

설령 만약 토비가 성정 이상의 통솔력을 발휘한다고 해도 태양이 슬쩍 가서 깽판 한 번 쳐 주면 죄다 눈이 돌아가서 던전으로 달려들게 분명했다.

물론 그 깽판이 토비가 보여 줬던 수준의 퍼포먼스여야겠지만.

'어려운 것도 아니고.'

애초에 태양은 그 그림을 위해서 일부러 아슬아슬하게 몸을 빼냈었다.

"일단 들어왔으니 아이템을 찾아볼까."

사실 던전은 태양에게 큰 메리트가 있는 곳은 아니었다.

던전은 분명 장비나 카드 등이 다른 곳보다 훨씬 후하게 들어 있는 오브젝트는 맞다.

하지만 던전에서 떨어지는 장비, 카드 대부분이 태양에게 도움이 되지 못했다.

전 스테이지 '살인의 거리'에서 파밍을 너무 착실하게 하고 온 탓이었다.

'위대한 기계장치'를 떼어 놓고 보더라도, 일반적인 장비 역시 최고급으로 맞췄으니까.

지금 태양은 15층 이하의 어지간한 플레이어보다 세팅이 더 나았다.

ㅡ지금 시점에서 더 스펙업하려면 귀하디귀한 고등급 카드나 아티팩트를 얻어야 하는데 그게 쉽지가 않지.

"그치."

던전 안에 그런 아이템이 없지는 않겠지만, 얻는 것은 완전히 운이다.

"그래도 중요 '스폿'은 돌아봐야지."

ㅡ기억 잘하고 있어?

"대충은. 가다가 틀리면 말해 줘."

태양이 빠르게 이동했다.

유저들은 당연히 '검사의 성' 스테이지의 던전도 분석했다.

던전에서도 시계탑의 '위대한 기계장치'와 같은 고급 아티팩트, 혹은 고등급의 카드를 얻는 경우가 종종 있었기 때문이다.

단탈리안 공략가로 이름 높은 플레이어, 아주르 머프는 '검사의 성' 스테이지의 던전에서 나오는 모든 아이템의 위치는 회차마다 바뀐다고 결론지었다.

하지만 소득이 전혀 없는 건 아니었다.

'스폿'.

확정적이지는 않지만, 좋은 아이템이 자주 나오는 지역을 통계로 구분해 낸 것이다.

"여기서 왼쪽이던가?"

─아니. 한 블록 더 가서. 아, 그 앞에 함정! 바닥 꺼진다! 야! 야!

태양의 거침없는 걸음에 브리핑하던 현혜의 목소리가 삽시간에 다급해졌다.

쿠구구궁.

바닥이 꺼지고, 태양이 태연하게 구덩이를 뛰어넘었다.

"알고 있어. 귀 아프니까 살살 말해."

─씨, 알려 줘도 뭐라 그러네. 알려 주지 마?

"앗, 죄송. 한 번만 봐주셈."

─진심을 담아 사과해.

"미안."

─진심이 전혀 안 느껴……. 스톱. 거기 코너 앞에서 우회전.

"오케이~."

─ㅋㅋㅋㅋㅋㅋㅋ

─얘네 뭐 하냐?

─달다, 달아.

─이게 달아?

─ㅋㅋㅋㅋ 방구석 백수들은 남자랑 여자랑 말만 섞어도 달다 그럼.

─ㅇㅈ.

─남녀칠세부동석 몰라? 여기 한국이야 한국!

현혜가 알고 있는 스폿은 대략 여섯 군데 정도였다.

던전은 함정이 가득하고, 곳곳에 몬스터가 숨어 있었지만 태양은 교묘하게 최소한만 마주치면서 스폿을 돌았다.

쿠웅.

"여기야?"

―응. 있어야 되는데.

"없네."

―그러게. 꽝이네.

태양이 쩝, 입맛을 다셨다.

스폿이라고 해도 당첨 확률은 15% 내외였다.

"이번이 몇 번째더라?"

―여섯 번째.

"마지막이었네?"

6개의 스폿 중 세 곳에 장비가 있었다.

각반, 장갑, 망토.

각반은 이미 태양이 차고 있는 것이 더 좋았고, 장갑과 망토는 바꿔 꼈다.

하지만 기존의 것과 드라마틱한 수준의 차이가 나는 것도 아니어서 태양은 아쉬움을 감추지 못했다.

"수지가 안 맞는데."

―그래도 나름 업그레이드 아님?

―업그레이드보단 살짝 옆그레이드 느낌.

―나쁘진 않은데.

-나쁘지. 들인 시간이라는 게 있는데. 차라리 업적 작업이나 했으면...

['고연수' 님이 10,000원을 후원하셨습니다!]

[저번에 마왕이 준 스킬 카드 한번 써 보는 건 어때요?]

-맞다. 그거 있었네. 스킬 카드.

-뭐였지? 보구 탐색?

-생각해 보니까 여기서 쓰면 딱인데?

태양이 무릎을 탁 치며 감탄했다.

"천잰데? 이걸 왜 생각 못 했지?"

-오. 윤태양이 도네 읽어 줌.

-ㄷㄷㄷㄷㄷ 그거 진짜 귀한 건데.

-ㅋㅋㅋㅋㅋ 연수좌 이력서에 경력 한 줄 추가요~.

-저분 그거임? 뭐 달님 캠방을 기다린다는 그분?

['고연수' 님이 1,000원을 후원하셨습니다!]

[헤헤. 뿌듯. 저 고연수는 스트리머 달님의 캠 방송을 기다립니다.(1일차)]

"현혜야, 어때? 여기서 써도 괜찮으려나?"

-흠. 괜찮을 것 같아. 어차피 시간도 남고. 조건도 여기만큼 적합한 곳 찾기 어려울 것 같고.

"민첩 시너지는……."

태양이 약간 멈칫했다.

보구 탐색 카드에는 맹독, 민첩, 마법사 시너지가 있었다.

다른 시너지는 상관없지만, 민첩 시너지가 문제였다.

태양이 장착한 또 다른 카드, 수도승의 허리띠 역시 민첩 시너지가 달린 덕에 현재 민첩 시너지는 활성화가 되어 있는 상태였기 때문이다.

만약 지금 보구 탐색 스킬을 사용하면 그 시너지가 해제됐다.

−더 좋은 아이템 찾아야지. 투자야, 투자.

"그렇겠지?"

−그래. 이런 데서 망설이다가 성장 타이밍 놓치면 나중에 땅을 치고 후회한다?

잠시 고민하던 태양이 입을 열었다.

"'보구 탐색' 사용."

파앗.

태양의 앞에 커다란 빛의 구가 떠올랐다.

❈

검사의 성 5층.

플레이어들이 삼삼오오 모여서 떠들었다.

"곧 클리어잖아. 우리도 재미 좀 봐야 하지 않겠어?"

"지금 가자고?"

"지금 아니면 언제 가? 다른 애들 다 빠지고? 보스 언제 나올

신컨의
원 코어
클리어

지 쫄려서 파밍이나 하겠어?"

"괜찮을까? 토비가 바로 앞에 있잖아. 눈치 좀 보다 가야 하지 않겠어?"

"빠져나간 플레이어들이 한둘이 아니야. 그놈들이 먼저 장비를 선점하면 우리 먹을 게 없어지는 거라고."

"그래도……."

"답답하기는. 망설이다가 우리 몫을 잃는다니까? 토비 저 친구는 저번 스테이지에서 보상을 두둑이 받았는지 몰라도, 난 아니야. 가야겠어. 안 갈 거면 넌 여기 남아 있든가."

"가, 같이 가!"

일련의 플레이어들이 슬금슬금 움직였다.

"멍청한 자식들."

토비가 빠드득, 이를 갈았다.

성 안에는 크고 작은 방들이 있었다.

모든 방은 잠겨 있었고, 해금하기 위해서 1~4명의 플레이어를 필요로 했다.

해금 작업은 순조롭게 이루어졌다.

초반에는.

1층, 2층.

다수의 플레이어가 합심하여 움직이니 클리어는 어렵지 않아 보였다.

첫 번째 고비였다.

어라? 이거 나 하나 빠져도 손쉽게 깨겠는데?

생각과 함께 플레이어들이 빠져나가기 시작했다.

하나, 혹은 둘.

그들은 쥐새끼처럼 슬그머니 사라졌다.

토비는 이들을 묵인했다.

어쩔 수 없었다.

토비는 혼자였다.

빠져나가는 플레이어들을 붙잡기에는 손이 부족했다.

3층, 4층.

해금 작업이 느려졌다.

올라갈수록 난이도가 어려워졌기 때문이다.

1층의 방 안에는 기껏해야 스켈레톤 병사가 기다리고 있었다면, 4층의 방에는 골렘이 있었다.

해금 작업에 대한 보상은 없었다.

숫제 스테이지 클리어가 보상이라는 식이다.

토비는 스테이지를 클리어하면 업적으로 보상을 받을 거라며 플레이어를 다독였지만, 당장 손에 쥐어지는 것이 없으니 플레이어들의 불만은 쌓여만 갔다.

그렇게 도달한 5층.

플레이어들의 인내심은 한계에 다다른 것으로 보였다.

1, 2층과는 이야기가 달랐다.

해금 작업에 지장이 갈 정도로 다수의 플레이어가 빠져나갈 기색이었다.

그들을 바라보며 토비가 대검을 움켜쥐었다.

1층과 2층 그리고 3층과 4층을 해금하는 데 걸린 시간.

그리고 올라가는 난이도의 폭.

'클리어 룸'은 6층에 있을 가능성이 컸다.

'지금부턴 무력으로 틀어막는다.'

계산과 동시에 토비의 대검이 바닥을 때렸다.

콰아아앙!

동시에 몇몇 플레이어들이 4층으로 내려가는 계단을 가로막았다.

탑을 올라오면서 토비와 생각을 공유한 플레이어들이었다.

삽시간에 플레이어들끼리 실랑이가 벌어졌다.

"비켜, 난 내려가야겠어."

"지금 내려가면 이제까지 한 일이 헛일이 된다. 조금만 더 고생하지?"

"네가 무슨 경비원이라도 되냐? 무슨 자격으로 우릴 막는 거야? 비켜."

토비가 그들에게 다가갔다.

"차원 미궁을 그렇게 모르나? 보스를 만나면 넌 높은 확률로 죽는다."

가장 격하게 반발하던 플레이어가 왈칵 표정을 구겼다.

"젠장. 그러니까 어떻게든 살아 보려고 그러는 거 아니야! 당장 5층 해금 작업도 버거운데 저 미친 검사 만나면 끝장날 게 뻔하니까! 장비 좀 모으고 올라온다고!"

토비가 플레이어의 어깨를 움켜잡았다.

"내려가는 게 아니라, 최대한 빨리 스테이지를 클리어하는 게 더 현명하지 않겠나? 지금 네가 빠지면 다른 플레이어들도 다 빠진다."

"이미 빠진 플레이어들은? 그 녀석들은 밑에서 꿀 빨고 우리만 일하고 있잖아."

"그건 마음에 들지 않지만 할 건 해야지."

"그럼 잠시 쉬었다가 다시 진행하자고. 무슨 공사판 노가다도 아니고 말이야. 내려갔다가 다시 올라올게. 그러면 되지?"

말이 안 통하는군.

작게 한숨을 내쉰 토비가 손아귀에 힘을 주었다.

꽈드드드드득.

"지금 뭐 하는, 크아아아악!"

어깨를 붙잡힌 플레이어가 소리를 질렀다.

곧 토비가 손을 털었다.

털썩.

붙잡혔던 플레이어가 종이 인형처럼 나가떨어졌다.

"저게 뭐야."

"말이 돼?"

"사람 손아귀 힘이 무슨……."

플레이어들이 경악했다.

붙잡혔던 플레이어의 어깨가 기형적으로 뒤틀려 있었다.

토비가 손을 털며 플레이어들에게 말했다.

"조금만 더 고생하자고. '클리어 룸'을 찾고 나면 던전이든 나발이든 상관 안 할 테니까 말이야."

정적이 흘렀다.

토비가 주위를 돌아보며 물었다.

"아니면, 또 이렇게 되고 싶은 사람 있나?"

그때였다.

짝짝짝짝짝짝.

뜬금없는 박수 소리.

토비가 주변을 훑었다.

손뼉을 치는 사람은 없었다.

토비는 곧 깨달았다.

박수 소리는 옆이 아닌 밑에서 나고 있었다.

토비가 뒤를 돌아보았다.

계단 밑에서 손뼉을 치는 플레이어.

태양이었다.

태양이 싱긋 웃었다.

"나 대신 열심히 고생하고 계시네?"

토비의 얼굴이 일그러졌다.

"네놈……."

"대신 일해 주는 건 고마운데, 이렇게 열심히 해 버리면 내가 좀 곤란하거든."

플레이어들이 태양을 보며 술렁거렸다.

"제정신인가?"

"목숨이 아깝지 않은가 보지."

"하긴. 저 녀석은 도망이나 쳤지, 토비가 어떤 전사인지 목격하지 못했잖아."

"던전에서 쓸 만한 물건이라도 얻었나?"

"글쎄, 몰골을 보아하니 고생은 확실히 하고 온 것 같은데."

토비는 강력한 플레이어였다.

초반에 보여 줬던 카리스마를 떼어 놓고 보아도 그러했다.

5층까지 올라오는 과정에서, 몇몇 플레이어는 토비가 나서는 것을 마음에 들지 않아 했고, 반발했다.

그리고 플레이어들은 토비에 대한 소문이 사실임을 알게 되었다.

토비에게 덤벼든 플레이어 셋 중 둘이 주먹질 한 번에 곤죽이 된 것이다.

숨통을 끊어 놓지는 않았으나, 회복 계열 스킬을 가진 플레이어가 아니었다면 아마 죽었을 정도의 중상이었다.

태양을 바라보는 플레이어들의 시선은 대동소이했다.

객기, 호기, 섣부른 자살.

그때 한 여성 플레이어가 입을 열었다.

신편의
월코인
클리어

"어이."

그에 수군거리던 플레이어 세 명이 여성 플레이어를 돌아보았다.

여성 플레이어가 손짓했다.

"가, 가까이 오라는 건가?"

"그런 것 같은데."

플레이어들이 쭈뼛쭈뼛 그녀에게 다가갔다.

여성 플레이어가 툭하고 물었다.

"쟤, 걔던가?"

"네. 처음에 던전으로 빠져나갔던 플레이어……일 겁니다. 아마도."

플레이어가 어색하게 머리를 쓰다듬으며 대답했다.

창천 출신의 무림계 NPC, 풍술사(風術士)란.

제 몸체의 두 배는 될 법한 커다란 부채를 다루는 매혹적인 여인이었다.

그녀에게는 말을 붙이기 어려운 특유의 분위기가 있었다.

플레이어가 슬쩍 란을 쳐다보자 란이 설레설레 팔을 휘저었다.

볼일이 끝났으니 꺼지라는 뜻.

"크흠."

아무렇지 않게 그들을 하인처럼 부리는데도 플레이어들은 아무 말을 하지 못했다.

오히려 플레이어들이 란의 눈치를 봤다.

란은 차원 미궁에서 흔치 않은 아름다운 여성이었다.

동시에 그 아름다움만큼이나 가시를 바짝 세운 장미였다.

2층에서 란에게 접근했던 플레이어 세 명이 날카로운 바람에 갈가리 찢어져 죽었다.

심지어 그녀는 말리기 위해 개입한 토비에게도 밀리지 않는 무력을 보여 줬다.

그녀는 토비와 대거리를 한 플레이어 중 유일하게 밀리지 않았던 플레이어였다.

플레이어들을 돌려보낸 란이 팔짱을 꼈다.

'이 시점에서 나타났군.'

란은 풍술사(風術士)였다.

풍술사란, 바람을 다루는 주술사를 이야기했다.

풍술사는 바람을 무기 삼아 휘둘렀다.

바람에 묻어 있는 흔적을 통해 정보를 알아냈으며, 바람의 속삭임을 통해 미래를 예지하기도 했다.

그런 존재인 만큼 란을 비롯한 풍술사들은 항상 기감을 예민하게 단련하는 것을 중요시했다.

기의 흐름, 형태, 짙음과 옅음까지.

그렇기에 알 수 있었다.

지금 토비에게 대적하는 남자, 윤태양에게서 피바람이 짙게 휘몰아치고 있었다.

피바람이 몰아치는 사람 주변엔 곧 수십의 사람이 피를 흘리는 일이 일어났다.

혼자 꺼져 줘서 다행이라고 생각했는데.

다시 나타난 태양은 여전히 피바람을 휘감고 있었다.

촤르르륵.

란이 부채를 펴며 신경질적으로 중얼거렸다.

"하아. 저 남자, 독선적이라서 마음에 안 들었는데."

<br>

"대신 일해 주는 건 고마운데, 이렇게 열심히 해 버리면 내가 좀 곤란하거든."

태양의 말과 동시에 토비가 대검을 움켜쥐었다.

태양은 어차피 생존에 도움이 되지 않는 플레이어, 혓바닥을 놀리기 전에 잡아 죽이는 게 편했다.

투웅.

토비가 태양에게 달려들었다.

어지간한 성인의 상반신은 능히 가릴 법한 커다란 대검이 대기를 찢으며 태양에게 짓쳐들어왔다.

태양이 검을 바라봤다.

대검은 무거웠고, 그 안에 마나가 역동적으로 맥동하고 있었다.

그리고 느렸다.

피하는 게 효율적인 선택이다.

태양은 그렇게 생각하면서 발을 들어 올렸다.

스타버스트 하이킥(Star Bust High Kick).

스르르.

태양의 오른발에 별가루가 모여들기 시작했다.

토비가 슬쩍 웃었다.

'정면으로 맞부딪치겠다는 건가? 피하는 것도 아니고?'

만용이다.

그의 손등에 불끈, 힘줄이 돋아났다.

"으아아아아아아!"

마치 야수의 것과 같은 포효.

태양이 히죽 웃었다.

태양은 굳이 비효율적인 선택을 했다.

왜?

능력을 보여 줘야 하기 때문이다.

"그래야 던전에 뭔가 있어 보이잖아."

토비에게서 꽁지가 빠지라 도망쳤던 플레이어가 던전에 갔
다 오더니 정면으로 맞부딪쳐서 오히려 이긴다.

플레이어들이 곧바로 이탈할 만한, 아주 극적인 그림이다.

이제는 나름 익숙해진 마나가 태양의 신체를 휘감았다.

몸의 무게를 지탱하는 왼발부터 곧추세운 허리까지.

지척까지 다가온 대검.

태양이 발을 차올렸다.

그리고 그 모든 흐름이 태양의 발끝에서 터져 나갔다.

카드드드드득.

대검이 쇳조각으로 화해 사방으로 비산했다.

"이게 무슨……."

태양을 제외한 모든 플레이어가 경악했다.

일반 플레이어들은 토비가 밀렸다는 사실에 경악했고, 풍술사 란은 태양의 힘이 상상 이상이라는 것에 경악했다.

가장 크게 놀란 플레이어는 토비였다.

태양에게서 뿜어 나온 출력을 온몸으로 겪고서는 놀라지 않을 수가 없었다.

"네놈. 도대체 업적이 몇 개나 되기에……."

외관에서는 상상조차 할 수 없는 완력.

기의 운용도 나름 감각이 느껴지긴 하지만 초보자의 것이다.

그런데 운용하는 마력의 규모가 다르다.

토비는 그것이 업적 개수에서 비롯한 차이라는 사실을 깨달았다.

콰드득.

복부에 꽂혀 들어오는 태양의 킥을 본능적으로 팔을 들어서 막아낸 토비가 으드득, 이를 갈았다.

"너 이 새끼. 힘을 숨기고 있었구나."

"내가 언제 힘을 숨겨? 스테이지에 오자마자 바로 던전에 처박혔는데."

태양은 내심 놀랐다.

토비의 신체가 생각보다 훨씬 단단했다.

잠깐의 소강상태.

토비가 낮은 목소리로 물었다.

"네놈, 목적이 뭐냐."

하.

숫제 심문하는 태도다.

태양은 내심 코웃음 치면서 대화에 응했다.

"궁금해?"

"쉽게 클리어하면 모두에게 나쁠 것이 없잖나. 이렇게까지 하는 이유가……."

"왜 없겠어?"

처음으로 토비의 눈에 의문이 담겼다.

태양이 웃었다.

"내 목표는 저 위에서 내려오는 '미치광이 검사'를 잡는 거다."

플레이어들이 술렁거렸다.

"미치광이 검사를 잡는다고?"

"보스를?"

"하긴. 강할 거라고 예상만 했지, 실제로 만나 본 건 아니잖아. 생각보다 할 만할 수도……."

"정말로 그렇게 생각해? 여기 차원 미궁이야."

토비가 물었다.

"업적 때문이냐?"

뭐, 반쯤은 맞췄다.

"그럼 뭐 때문이겠어? 너도 알잖아? 이곳은 생존만큼이나 업적이 중요해."

"그 업적 하나에 목숨을 걸겠다는 이야기냐?"

"어차피 여기서 충분히 성장하지 못하면 위에서 죽어. 모르겠어?"

토비는 태양의 말이 궤변이라고 생각했다.

하지만 동시에 반박하기 어려운 말이기도 했다.

이겨 낼 수 있는 시련은 최대한 부딪쳐서 이겨 내는 게 맞다.

하지만 척 보기에도 아닌 시련은 피해 가는 것 역시 맞다.

토비가 생각하기에 이번 시련은 후자였다.

"말로는……. 설득할 수 없겠군."

"왜, 더 해볼래? 네 칼도 깨졌는데, 주먹으로는 설득할 수 있겠어?"

"저 미치광이 검사가 내려오면 상대할 방법이 있는 거냐?"

"당연하지."

"아직 보지도 못했지 않나. 얼마나 강할 줄 알고?"

"그건 네가 알 바 아니고."

태양도 토비의 걱정이 어떤 것인지 대충은 알았다.

마왕은 플레이어가 이길 법한 상대를 준비하지 않았다.

플레이어들이 평범하게 스테이지를 헤쳐 나가는 것보다 살기 위해 발버둥 치는 걸 보는 걸 더 좋아하는 게 마왕이었다.

그래도 어떡하냐.

잡아서 아이템을 얻어야겠는데.

태양이 주먹을 쳐들었다.

"너에게는 별 감정 없다. 그냥 상황이 나빴던 거지."

의견이 다르다면 더 센 놈이 법이다.

적어도 차원 미궁에선 그랬다.

"강한 건 알겠다만 쉽게 죽어 줄 생각은 없다."

토비가 등허리에서 단도를 꺼냈다.

준비성도 좋은 녀석이다.

단검술에도 제법 조예가 있는지 자세도 꽤 단단했다.

"자세는 볼만하네."

그런데 어쩌나.

나이프 파이팅까지는, 내 전문 분야라서 말이야.

그때.

풍아(風牙).

태양에게 송곳 같은 바람이 내리꽂혔다.

심상치 않은 마나의 이동에 태양이 곧바로 몸을 날렸다.

콰드드드득!

태양이 서 있었던 바닥에 성인 상반신만 한 구멍이 뚫렸다.

"란?"

"하아, 개소리도 정도껏 해야지."

후웅.

란이 토비의 곁에 섰다.

—ㅗㅜㅑ

—예쁜 누나.

—복장 보니까 무협계인 듯?

—치파오가 저렇게 섹시합니다, 여러분!

—부채 들고 다니는 거 보니까 안 봐도 네임드.

—? 너 말에 모순이 있다?

—넘어가 인마.

—근데 부채가 왜 네임드임?

—무기도 아닌 걸 들고 다니면서 살아남는 게 말이 안 됨.

['토비네이놈!' 님이 1,000원을 후원하셨습니다!

[좀 맞았다고 여자 친구를 불러오다니! 용서할 수 없다! 받아라, 천 원 펀치!]

란이 시크하게 중얼거렸다.

"네가 마음에 들어서 돕는 건 아니야. 미리 알아 뒀으면 좋겠네."

토비가 대답 대신 태양에게 달려들었다.

"뭐, 두 명이서 덤비면 달라질 것 같아?"

태양이 마주 달려들었다.

달려들었다가.

풍아.

다시 뒤로 몸을 던졌다.

-달라지는데?

현혜의 목소리에 웃음기가 섞여 있다.

크흠.

질 것 같지는 않은데, 시간은 좀 길어질 것 같다.

<br>

쉬익!

토비의 단검이 번개처럼 뻗어 왔다.

태양이 날의 반대 방향으로 스텝을 밟았다.

"스읍."

태양이 민첩한 대처에 토비가 곧바로 몸을 빼냈다.

평소였다면 따라가서 붙잡고 늘어졌을 테지만.

후웅.

사나운 바람의 칼날 앞에선 마음을 접어야 했다.

"까다롭네, 저거."

태양이 불만스럽게 입술을 짓씹었다.

아크샤론의 허물이 있음에도 란의 풍술(風術)은 까다롭기 그지
없었다.

허물에 맞닿은 부위는 술(術)이 중화되어 타격이 없었지만, 바람의 반발력 자체는 그대로 남아서 태양을 밀어냈다.

게다가 더욱 치명적인 건, 허물을 장비 바깥이 아니라 안에 덧대듯이 입은 탓에 장비가 허물의 효과를 받지 못했다.

"이러다가 보스 만나기도 전에 장비 다 갈리게 생겼네."

그래도 상황은 나쁘지 않았다.

란과 토비, 태양의 전투가 벌어지고 약 5분.

전황이 백중세처럼 보이자, 5층에 모여 있던 플레이어 중 절반 이상이 슬금슬금 밑으로 향했으니까.

"던전 밑에 대체 뭐가 있었기에."

"우리도 저렇게 될 수 있는 건가?"

"토비 무력의 반만 따라갈 수 있어도……."

토비와 생각을 모았던 몇몇 플레이어들이 막아 보려 했지만, 이탈하는 플레이어의 수가 너무 많았다.

"이거 안 좋아지는데."

란의 인상을 찌푸렸다.

토비 역시 상황을 인지하고 있는 건지 몸놀림에서 다급함이 느껴지고 있었다.

후욱!

토비가 기습적으로 태클을 걸어왔다.

단검을 쥐고서 태클이 현명한 선택 같지는 않아 보였지만, 워낙 체격이 육중한 탓에 위협적이기는 했다.

"어딜."

태양은 민첩하게 몸을 뒤로 빼내며 오히려 토비의 턱을 가격했다.

—윤태양한테 태클을 거네. ㅋㅋ

—킹피 잡기 백만 번은 풀었을 듯.

—에이. 그거랑 이거랑 같나.

—너 킹피 한 판도 안 해 봤지?

—킹피가 현실보다 더 어려워. ^^ 태클 들어올 때 순간 속도 보정 있어서.

—킹창 인생들 여기서 날뛰네. 킹피 보러 가라. 여기서 이러지 말고.

—이제 여기가 내 보금자리야. 윤태양 못 잃어!

발에 묻어나는 타격감은 분명 가볍지 않건만, 토비는 눈 하나 깜짝하지 않고 버텨 냈다.

업적을 얼마나 쌓은 건지 몸이 튼튼하기 그지없다.

보통 상황이었다면 곧바로 스텝을 밟으며 추가타를 노려 봤겠지만, 이번에도 짓쳐 드는 바람이 문제였다.

"후우."

란과 같은 플레이어의 등장을 예상하지 못한 건 아니었다.

태양이 굉장한 스펙을 자랑하는 건 맞지만, 그렇다고 절대적인 수준은 또 아니었으니까.

오히려 란과 같은 플레이어가 한 명만 나타난 건 애초 태양과 현혜의 예상보다는 훨씬 나은 상황이었다.

문제는 그 한 명 등장한 플레이어가 바로 란이라는 것.

-와, 저건 진짜 대인 전투 서포팅형 캐릭터의 완성형이다.

적재적소의 타이밍에 각도를 구애받지 않고 태양에게 짓쳐 들어오는 무색무취의 바람.

게다가 본인 역시 부채질 한 번으로 벽 끝에서 끝으로 날아 다니고, 허공에서 내려오질 않는다.

심지어 가까이 다가가면 밀쳐 내고, 피격당할 때마다 장비가 갈리니.

"찢어 죽이고 싶다."

-ㄷㄷㄷㄷ 윤태양 극찬.

-'찢어 죽이고 싶다.' 등장.

-ㅋㅋㅋㅋㅋㅋㅋ

-대박이네.

토비는 돌 거북처럼 단단해서 때려도 지칠 기미가 보이질 않고, 란은 고양이처럼 날쌔게 이리저리 빠져나가며 태양을 귀찮게 했다.

태양은 '위대한 기계장치'의 사용을 진심으로 고민했지만, 현혜의 만류 덕분에 가까스로 삼았다.

-그대로 확실히 목표는 달성이네.

전투가 계속될수록 빠져나가는 플레이어는 많았다.

남은 건 처음의 4분지 1뿐.

란과 토비, 그리고 처음 토비를 위해 나섰던 플레이어들 정도였다.

아, 한 놈은 중간에 덤벼들기에 선풍권으로 턱주가리를 작살내 줬다.

"그럼 슬슬 끝낼까."

전투를 끝내는 방법은 쉬웠다.

잠겨 있는 방으로 들어가면 그만이었다.

토비는 몰라도 란은 태양을 따라 들어올 수 없었다.

지금에야 넓은 공간을 요리조리 날아다녔지만, 좁은 방 안으로 들어오면 상황이 달라질 테니까.

콰앙.

태양이 잠긴 방으로 들어가고, 토비가 침중하게 제 얼굴을 훑었다.

"빌어먹을."

토비가 스테이지 클리어를 위해 이끌어 온 배가 단 한 명의 훼방꾼에 의해 처참히 부서진 순간이었다.

　

　

플레이어들을 죄다 내려 보낸 후, 태양은 혼자서 해금 작업에 들어갔다. 업적을 위해서 최소한의 방 해금 개수를 채워야 했기 때문이다.

2인, 혹은 3인의 플레이어가 들어가서 공략하는 것으로 상정된 시련들을 태양은 강력한 힘으로 찍어 눌렀다.

콰아아앙!

—마나 회로 결손. 가동 불가. 시스템 종료.

정확히 핵을 타격당한 골렘이 행동을 멈췄다.

"이걸로 6개. 생각보다 쉽네."

—지금 네 파밍 상태가 상상 이상으로 괴물 같거든.

"그것보다 실력이 더 괴물 같지 않아?"

—…….

"참 못됐다. 칭찬 한 번이 그렇게 어렵냐?"

현혜는 대답하지 않았다.

—ㅋㅋㅋㅋㅋㅋㅋㅋ.

—칭찬에 굶주린 윤태양 어린이. ㅋㅋㅋㅋㅋㅋ.

—ㅋㅋㅋㅋㅋ.

—야! 우리가 칭찬해 주자!

—윤태양~ 플레이가 정말 시원시원하다~.

—진짜. 동작에 군더더기가 없는 느낌?

—왜 얘가 게임 하면 쉬워 보이지? 정말 대단해!

—그니까. 내가 할 땐 이런 게임 아니었는데~. ㅋㅋ.

아, 별로 안 고맙다.

태양이 채팅 창을 보고 고개를 절레절레 저었다.

업적을 얻으려면 미치광이 무사를 만나기 전에 최소 10개의 방을 해금해야 했다.

플레이어 중에서 가장 많이 해금하면 업적이 하나 더 있긴 한데, 그 부분은 어쩔 수 없이 포기해야 하는 부분이고.

'그래도 업적이 아쉽지는 않네.'

태양이 던전에서 얻은 카드 '스톰브링어(Storm Bringer)'을 떠올리고는 훈훈하게 웃었다.

그때.

크아아아악!

천장에서 검사의 목소리가 들려왔다. 여전히 거리는 있는 것처럼 느껴졌지만, 처음 들었을 때를 생각하면 꽤 가까워졌다.

"시간이 별로 없네. 후딱 해야겠다."

ㅡ흠. 이 정도면 한 두세 층 정도 차이인가?

ㅡ? 엄청 멀게 들리는데.

ㅡ한 여섯에서 일곱 층 정도 남은 거 아님?

ㅡ시간 많아 보이는데.

저 미치광이 무사의 비명은 실제 거리보다 훨씬 멀게 들렸다.

목소리의 거리감을 통해 플레이어들을 교란하는 거다.

이 때문에 '클리어 룸'을 찾아 놓고 미치광이 검사에게 썰려 죽는 경우도 꽤 많았다.

태양은 빠르게 4개의 방을 더 해금했다.

다른 방을 해금하고 있는 건지, 아니면 뒤늦게 지하 던전으로 내려간 건지 토비 일행은 보이지 않았다.

태양은 지하 던전의 입구로 향했다.

던전 입구에는 플레이어들이 보이지 않았다.

당연한 일이다.

플레이어들은 던전 안에서 한창 열심히 파밍 중일 테니까.

태양이 느긋하게 입구 벽에 등을 기댔다.

"한 5분. 남았을까."

지하 미궁은 미치광이 검사가 플레이어의 영역을 침범하는 순간 닫혔다.

동시에 안에 들어가 있던 플레이어들을 뱉어 냈다.

정확한 원인은 불명이지만 아마 플레이어들이 검사를 피해 던전으로 숨어드는 것을 방지하기 위해서겠지.

"이럴 때 담배 한 개비 있으면 좋은데."

ㅡ뭐야. 태양이 너 담배 피웠었어?

"아니. 피워 본 적은 없는데. 느낌이 그렇잖아."

ㅡㅋㅋ 폰 담배.

ㅡ폰 흡연자 해명해.

ㅡ해. 명. 해.

ㅡ해. 명. 해.

크아아아아아아악!

콰아아아아아앙!

벽이 무너지는 소리와 함께 시스템 창이 나타났다.

[미치광이 검사가 나타났습니다.]

[던전이 닫힙니다.]

"뭐야?"

"젠장! 바로 앞에 아이템이 있었는데!"

"이게 무슨 일이야!"

"허억!"

정신을 차리지 못하는 플레이어들.

그 와중에도 상황을 빠르게 판단하는 몇몇이 보인다.

근육질의 검사 토비 그리고 부채를 든 여자 플레이어.

결국 클리어를 포기하고 던전으로 내려왔던 모양이다.

"누구야!"

"오지 마!"

그리고 일단 칼부터 뽑아 드는 검사 플레이어 둘.

저게 맞지.

상황 파악이 안 되면 싸울 준비부터 하는 게 맞다.

태양이 벽에서 등을 떼어 냈다.

크아아아아아악!

검사의 비명이 삽시간에 가까워졌다.

쿠구구궁.

4층.

계단을 박살 내면서 내려오기라도 하는 건지, 소리가 거칠다.

쿠과과과광.

3층.

콰드드드득.

2층.

"크아아아아아아악!"

1층.

이쯤 되자 떨거지 플레이어들도 상황을 파악하기 시작했다.

그나저나 저 비명, 바로 앞에서 들으니까 정말 상상 이상으로 귀가 아프다.

곧 갑옷 차림의 검사가 나타났다.

그가 바로 미치광이 검사였다. 도깨비 가면을 쓰고, 몸 주위로 시뻘겋게 타오르는 붉은 기운이 인상적이다.

−검사 10분 컷, 업다운?

−뭔 10분이야. 5차 폭주까지 가야 하는데. 15분도 업.

−공략 영상 길이 기본 30분이던데.

−유저들끼리 하면 죄다 안전충이라 시간 존나 끌림.

−실패율 75퍼. ㅋㅋㅋ

−15분 업.

−15분 다운 걸어봄.

"크아아아아악!"

검사가 검을 뽑아 들며 플레이어들에게 달려들었다.

"크아아아악!"

"힐러! 힐러!"

"너네한테 쓸 마나 없어!"

"개새끼야! 지금 사람이 죽어 나가는데!"

"제발! 내 팔! 내 팔이 떨어져 나갔어!"

미치광이 검사의 공격권에서 벗어난 태양이 휘파람을 불었다.

"휘유, 아수라장이네."

토비의 예견처럼 미치광이 검사는 강했다.

6층의 플레이어들이 상대하기에는 절망적으로 강했다.

토비와 란을 비롯한 플레이어들 역시 태양처럼 소극적으로 움직이는 탓에 플레이어들의 희생이 두드러졌다.

―저 근육남, 신중하고 똑똑하네.

"저게 올바른 선택이긴 하지."

미치광이 검사는 기본적으로 몸 주변에 혈기를 두르고 있었다.

혈기는 스킬이나 마나를 운용한 공격에도 버틸 정도로 단단했다.

그렇다면 이 혈기를 어떻게 걷어 내느냐.

미치광이 검사가 플레이어를 죽이게 만드는 거다.

셋을 벨 때마다 미치광이 검사를 감싸고 있는 혈기가 폭주했다.

폭주한 혈기는 미치광이 검사의 몸에 스며들어 움직임을 빠르게 만드는 동시에 방패의 역할을 상실했다.

그때 타격을 넣어서 잡는 것이 미치광이 검사의 공략법이었다.

"크아아아악!"

검사의 칼질에 한 플레이어의 팔이 날아갔다.

이윽고 목까지.

첫 번째 희생자가 생겼다.

"곧 시작하겠구먼."

피 맛을 본 검사가 더욱 저돌적으로 플레이어들에게 달려들었다.

"피해!"

"너무 빨라!"

"이게 피하고 싶다고 피해지는……. 크앗!"

붉은 피 사이로 비치는 은색 날이 요사스럽다.

저 은색 날의 검은 일곱 명의 플레이어를 베면 새빨갛게 물들었다.

그게 바로 '피를 먹은 카타나'의 습득 조건이었다.

─ㅋㅋㅋㅋㅋ 존나 복잡하네.

─굳이 헬 모드로 깨려는 거 같은데 내 착각임?

-착각 아님. ㅋㅋㅋㅋ.

-피를 먹은 카타나가 그렇게 중요한가?

-그니까. 굳이 이렇게까지 무리해 가면서 잡을 필요 있음?

-돌아오는 게 크니까 하는 거지.

-뭐가 돌아오는데?

-ㅅㅂ 내가 윤태양이냐? 그걸 어케 알아?

-혈기 충천에 통각 내성 붙어 있어서 그런 거 아님?

-이거네.

-이거다.

태양이 침착하게 상황을 관조했다.

검사는 미친 듯이 날뛰고 있었다.

태양이나 토비가 나서지 않는 이상 검사의 행동을 저지할 플레이어는 없어 보였다.

"크아악!"

곧 두 번째 피해자가 나타났다.

이번에는 나름 조직적으로 대처했지만, 속절없다.

검사는 평범한 플레이어들에 비해서 너무 빠르고 강력했다.

심하다 싶을 만큼.

-볼 때마다 느끼는 건데 진짜 너무 빠르다.

-ㄹㅇ. 내 눈앞에 있다고 생각하면 손도 까딱 못 할 듯.

-손 까딱은 할 듯.

-말꼬리충 쳐 내!

―쳐내 충 쳐 내!

―쉿. 영화 감상 방해하지 마세요.

상황은 빠르게 악화됐다.

어설프고 어정쩡하지만, 그런대로 유지되고 있던 플레이어의 밀집 진형이 빠르게 붕괴하기 시작했다.

퍼억.

"이, 이봐! 누가 좀 막아 봐!"

"란 씨! 뭐라도 좀⋯⋯."

"윤태양! 당신이 잡는다고 했잖아!"

크아아아아아악!

후두둑.

"커헉."

이윽고 세 번째 희생자의 심장에 검이 꽂혔다.

태양은 여전히 나서지 않았다.

후우웅.

새빨간 혈기가 검사의 피부 밑으로 침잠했다.

크르르르르

가면 밑으로 침이 뚝뚝 떨어졌다.

유일하게 드러나 검사의 두 눈동자가 새빨갛다 못해 검붉게 충혈됐다.

―폭주야.

"지금 몇 분이야?"

-15분. 아마 통상 5분에서 7분 정도 지속될 거야.

현혜의 말에 태양이 고개를 끄덕였다.

"누가 나서서 막아 봐!"

"이건 던전에서 파밍을 한다고 잡을 수 있는 수준이 아니잖아."

"빌어먹을. 이럴 줄 알았으면 해금 작업이나 하는 건데."

"토비 씨, 당신이 옳았어⋯⋯."

몇몇 플레이어의 뒤늦은 반성.

플레이어들의 진영은 거의 아비규환이었다.

이를 보며 반대편에 자리 잡은 토비가 코웃음을 쳤다.

하긴, 그렇게 말을 해도 들어먹지 않았던 건 저기 있는 플레이어들이다.

"이봐! 당신이 책임을 지라고!"

"이 상황이 된 건 당신 때문이잖아!"

"잡을 수 있다고 했잖아. 방법을 말해 보라고!"

플레이어들이 이번에는 숫제 태양을 원망하기 시작했다.

태양은 어깨를 으쓱일 뿐이었다.

아니, 그렇잖아.

저 시퍼렇게 질려 있는 얼굴들에 대고.

'너희들 한 다섯 명쯤 더 죽으면 그때 시작하려고.'

이렇게 말할 수는 없으니까.

크아아아악!

다시금 검사가 가까운 플레이어들에게 뛰어들었다.

방금과는 확연히 다른 속도.

"더 빨라졌어?"

희생자 셋이 추가되는 데는 채 3분도 걸리지 않았다.

—이건 안 좋은데.

—ㅇㅇ 전형적인 전멸 패턴.

시청자들이 걱정하기 시작했다.

희생자가 늘어나는 속도가 너무 빨랐던 탓이다.

—이거 1차 끝나려면 한참 남았는데 2차까지 바로 켜졌네.

—폭주 중첩됨?

—ㅇㅇ 죽어 나가면 나가는 대로 폭주 중첩됨. 이대로 가면 3
차, 4차 폭주까지 쌓일 듯?

—아무리 봐도 전멸 패턴인데.

—KK가 와도 못 막을 듯.

—아니 근데 얘는 왜 이렇게 느긋하냐. 뒈질 위기인데.

태양이 슬쩍 토비 쪽의 진형을 살폈다.

토비도, 란도 움직일 기미는 보이지 않았다.

"그렇게 나온다 이거지."

말하자면 치킨 게임이다.

버티지 못하고 먼저 나간 사람이 손해 보는 구조.

태양이 느긋하게 웃었다.

"언제까지 버티나 보자고."

그러는 사이, 일반 플레이어 진영은 피바람이 몰아치고 있었다.

퍼억.

검사가 손잡이로 플레이어의 머리를 찍어 내렸다.

고작 그 동작만으로 플레이어의 머리가 수박처럼 터져 나갔다.

이것으로 플레이어 일곱이 삽시간에 죽어 나갔다.

검사가 쥐고 있던 검이 시뻘겋게 충혈된 그의 눈처럼 변색되었다.

"사, 살려……."

비인도적인 가면 검사는 검의 변화에 개의치 않고 일말의 망설임도 없이 검을 휘둘렀다.

퍼억.

이것으로 희생자가 여덟이 되었다.

태양은 여전히 움직이지 않았다.

[투신윤태양 님이 10,000원을 후원하셨습니다!]

[태양아, 3차 폭주 일어나면 감당 안 된다. 아직 1차 폭주 지속 시간도 3분이나 남았는데.]

후원을 본 태양이 피식 웃었다.

"야, 나 못 믿나?"

-뭘 믿으라는 거야. ㅋㅋ

-근데 이제까지 윤태양 해 온 거 보면...

−윤태양 특) 이거 되냐? → 다 되긴 함.

−그렇긴 한데...

그때 반대편에서 란이 부채를 휘둘렀다.

동시에 토비가 달려들며 외쳤다.

"희생자가 더 늘어나면 안 돼! 지금 잡는다!"

늘어나는 피해자, 폭주와 함께 강해진 검사.

상관관계를 파악한 거다.

아까부터 힐끔힐끔 태양 쪽을 째려보던 것이 아마 태양이 먼저 나서길 기대했던 것 같은데 결국 포기한 모양이었다.

낭풍(浪風).

파도처럼 밀어닥치는 바람.

후웅.

검사의 몸이 순간 허공에 덜컥 들렸다.

아마도, 검사가 등장한 이후 처음으로 들어간 유효타다.

"크르르르르……."

검사는 아무렇지도 않게 자리를 털고 일어났다.

−3분 지났다.

"1차 폭주 지속 시간 대략 4분?"

−거기에 2차 폭주 지속 시간 대략 6분. 태양아, 폭주 중첩은 곱연산인 거 알지?

"응. 기억하고 있어."

태양에 미치광이 검사에게 시선을 고정한 채 대답했다.

란의 바람과 단단한 토비의 조합은 공격력이 강하지는 않았지만 까다로운 조합이었다.

이건 태양이 몸으로 직접 경험한 부분이니 이견의 여지가 없다.

과연 저 둘의 조합이 미치광이 검사에게도 통할까.

"으아아아아!"

토비가 검을 뽑아 들며 검사에게 달려들었다.

부서지기 전에 그가 사용하던 것만큼이나 거대한 대검.

그 짧은 사이에 던전에서 잘도 구했다.

"으랴아아아!"

"크아아아아악!"

토비의 대검과 피를 머금은 카타나가 맞부딪쳤다.

콰아앙!

충돌의 결과를 본 태양이 헛웃음을 지었다.

"……이번엔 단단한 대검으로 구하긴 했나 보네."

대검은 부서지지 않았다.

토비가 대검을 쥔 채로 튕겨 나갔을 뿐.

근육질의 거체가 벽에 형편없이 처박혀 구겨지는 모습이 마치 만화의 한 장면 같았다.

"토, 토비가 단 한 번에!"

"이런 미친……."

"진형 무너뜨리지 마!"

토비가 외쳐 보지만 이미 당황한 플레이어들은 간격을 벌려 버렸다.

든든하게 버텨 줄 것 같던 토비가 미치광이 검사의 일격에 튕겨 나갔으니 당황하는 게 이해됐다.

물론 그건 플레이어들의 입장이고.

"크르르아아아아악!"

빈틈을 비집고 온 미치광이 검사가 플레이어들의 실수에 따른 과실을 달게 챙겼다.

"젠장!"

"푸글리시!"

푸화하학!

목의 동맥 부위를 정확하게 베었는지, 피가 분수처럼 뿜어 나왔다. 란의 지원으로 다시 한번 진형을 구축하는 데 성공했지만, 이미 늦었다.

"와, 생각보다 너무 못 버텼는데?"

피해자 아홉 명.

-3차 폭주 시작 20분. 1차 폭주 남은 시간 2분. 2차 폭주 남은 시간 4분.

현혜의 말과 함께 채팅이 좌르륵 내려왔다.

-ㄷㄷㄷㄷㄷ.

-윤태양 헬게이트 예약.

-이거 되냐?

─음. ㅈ된 거 같은데?

　생각보다 너무 쉽게 허물어지는 토비 일행을 보면서, 태양이
느긋하게 어깨를 풀었다.

　"아, 자식들 의심 진짜 많네."

다음 권으로 이어집니다

# 우리 교황님 좀 말려주세요

판미손 퓨전 판타지 장편소설

## 비정상 교황님의
## 듣도 보도 못한 전도(물리) 프로젝트!

이세계의 신에게 강제로 납치(?)당한 김시우
차원 '에덴'에서 10년간 온갖 고생은 다 하고
겨우 교황이 되어 고향으로 귀환했건만……

경고! 90일 이내 목표 신도 숫자를 달성하지 못할 시
당신의 시스템이 초기화됩니다!

퀘스트를 달성하지 못하면 능력치가 도로 0이 된다고?
그 개고생, 두 번은 못 하지!

### "좋은 말씀 전하러 왔습니다, 형제님^^"

※주의※ 사이비 아닙니다, 오해하지 마세요!

# 망한 가문의 검술 천재가 되었다

소구장 퓨전 판타지 장편소설

역사에서도 잊힌 비운의 검술 천재
최강의 꼰대력으로 무장한 채
후손의 몸으로 깨어나다!

만년 2위 검사 루크 슈넬덴
세계를 위협하던 마룡을 물리치며
정점에 이른 순간

**이대로 그냥 죽어 다오, 나를 위해서.**

라이벌인 멀빈 코넬리오에게 목숨을 잃……
……은 줄 알았는데,
200년 후의 몰락한 슈넬덴가에서 눈뜨다!
가족이라고는 무기력한 가주, 망나니 1공자뿐
망해 버린 가문을 살리기 위해
까마득한 조상님이 팔을 걷었다!

설풍 같은 검술, 그보다 매서운 독설로
슈넬덴가를 정점으로 이끌어라!